"诗词名家讲"丛书总序

叶嘉莹

中国是一个诗的国度。孔子说:"不学诗,无以言。"读诗不仅可以雅化言辞,而且能够美化心灵。我之喜爱和研读古典诗词,本不出于追求学问、知识的用心,而是出于古典诗词中所蕴涵的一种感发生命对我的感召和召唤。在我看来,兴发感动的力量与作用,正是中国古典诗歌所具含的一种极可宝贵的质素。中国传统诗论早就对此做过深入阐发。《诗大序》述及诗歌创作时,即曾提出"诗者,志之所之也"及"情动于中而形于言"的说法,可见内心情志之有所兴起感发的活动,实在乃是诗歌创作的一种基本动力。真正伟大的诗人,不仅用生命来写作诗篇,而且用生活来实践诗篇。优秀的诗篇,往往蓄积了古代伟大之诗人的所有心灵、智慧、品格、襟抱和修养。所以,中国有着源远流长的"诗教"传统,非常重视读者读诗时兴发感动、变化气质的作用。孔门说诗,就一直重视诗之"兴"的作用,既说"兴于诗",又说"诗可以兴"。在中国文化之传统中,诗歌最可宝贵的价值和意义,就正在于它可以从作者到读者之间,不断传达出一种生生不已的感发的生命,让人葆有一颗关怀宇宙万物与社会人生的不死的心灵。

而我们讲诗的人所要做的,就正是要引导读者体认诗歌中兴发感动的作用,使诗人的心魂得到又一次再生的机会。不过诗人的品质各不相同,写作能力也高下各异,因而一个优秀的说诗人,就不仅应具有能体认诗歌中之兴发感动之生命的能力而已,还需要有一种能分辨出其作品中之感发生命之品质与其写作艺术之高下的修养,并且能加以传述、说明,使聆讲者也能有此种感发与分辨,如此才可以说完成了一种对诗歌中感发生命之传承的责任与使命。

现在喜欢诗词的朋友越来越多,但市面上真正能够引导人领会诗篇所蕴涵的感发之生命的读物却极为罕见。有鉴于此,我们经过详细调查、反复斟酌,编选了这套"诗词名家讲"丛书,按专题分辑推出。所选书籍,大都是夏承焘、程千帆、钱仲联、霍松林等20世纪国学根底深厚、研究和创作兼擅的名家泰斗为大众撰写的诗词普及读物。这些读物,往往言简意赅,深入浅出,既能传达古典诗词的神髓,又可切合现代读者的需求。而且,它们已经经过时间的检验和淘洗,具备了和中华优秀诗词一样的"经典"属性。通过阅读它们,读者朋友们不仅可以了解关于诗词的基本知识,领略鉴赏和创作诗词的主要法门,而且可以"尚友古人",与千百年来的诗人做朋友,感受那一颗颗关怀宇宙万物与社会人生的不死的心灵,让自己的心灵也得到陶冶、净化。

读诗的好处,就在于可以培养我们拥有一颗美好的活泼不死的心灵。我们作为一个现代人,虽然不一定要再学习写作旧诗,但是如果能学会欣赏诗歌,则对于提升我们的性情品质,实在可以起到相当的作用。孔子与他的学生子夏讨论"巧笑倩兮,美目盼兮,素以为绚兮"的诗句,可以使子夏联系到"礼后乎"的修养。王国维也从晏殊、欧阳修等人的相思怨别之词,联想到"古今之成大事业、大学问者"的三种境界。凡此种种都说明,在中国的诗词中,确实存在有一条绵延不已的、感发之生命的长流。希望这套"诗词名家讲"丛书,能够引领广大的读者朋友们,不仅可以体认到这条生命的长流,在兴发感动中获得生命的享受与快乐,而且可以汇入到这条绵延数千年的生命长流中来,为之推波助澜,使之永不枯竭!

前　言

　　在日本,以汉语写成的文学作品,以诗为盛,汉诗是日本文学,特别是日本古代文学的有机组成部分。在日本文学漫长的历史发展中,汉诗人写出了数量既多质量又高的作品。中日两国,语言虽异,但文字部分相同,因而汉语古典诗歌这种艺术样式,能够长期地风行日本。不仅朝野广为传诵,而且群起取则,抒情言志,运用自如,诗人辈出,卓然成家。这是国际文化交流史上非常值得珍视的现象,也是一衣带水的两个邻邦在源远流长的交往中结出的丰硕成果。

　　日本著名典籍《古事记》载:"百济照古王,派阿知献上牡马、牝马各一匹,并大刀、铜镜。朝廷敕命:'百济国如有贤人,务必派来。'于是,百济派出王仁,携《论语》十卷、《千字文》一卷,计携书十一卷来日本。"这是应神天皇十六年(285)的事。《日本书记》中还说:"王仁来,太子菟道稚郎子拜为师,随王仁研习诸典籍,无不通晓。此王仁即文首之祖。"这个传说告诉我们,早在二世纪,汉字和中国文化典籍,经过朝鲜半岛,传到了日本。从那时起,人们开始学习汉字,掌握中国文化。同时,汉字也作为日本的表音文字用来书写日语。

由于中国古典诗歌特有的格律不易掌握,日本汉诗的创作当然迟于汉文的应用。今存最早的汉诗是大友皇子(648—672)所写的两首诗,其中《述怀》云:"道德承天训,盐梅寄真宰。羞无监抚术,安能领四海。"口吻与皇储极为相称,说明了他在这方面的修养很深厚。到了奈良时期(710—784),日本屡次派出遣唐使。由于朝廷重视中国文学,曾经抄写了《离骚》、《文选》、《庾信集》、《太宗文皇帝集》等,促使汉诗创作发展起来。孝谦天皇天平胜宝三年(751),编成了日本最早的汉诗集——《怀风藻》。其中存诗一百十七篇,作者多是皇帝、贵族、官吏、儒者、僧侣等上层阶级,绝大多数是五言诗,诗风模仿六朝。作为最早的汉诗集,《怀风藻》的意义是重要的。正如冈田正之所说:"设无《怀风藻》,焉征古诗之精华。"

继《怀风藻》之后,又出现了三部汉诗集,即嵯峨天皇时的《凌云集》和《文华秀丽集》,淳和天皇时的《经国集》(包括诗、赋、对策,计二十卷,今存六卷)。此时已到了日本历史上的平安时期(794—1192)。历时四百年的平安时期,就汉诗的发展来看,可以分为前后两段,以朱雀天皇登基(930)为界。前一阶段,汉诗隆盛,三本汉诗集,均产生于这个阶段。当时几代天皇都崇尚汉文,奖励学问,喜爱诗歌。其中以嵯峨天皇最为著名,《凌云集》和《文华秀丽集》都由他敕撰。他本人创作的汉诗,至今尚存九十多首。在奈良时期,诗人们奉萧统的《文选》为金科玉律,到了平安时期,成为学习典范的就变为唐代诗歌了。四杰、陈子昂、王维、李白、王昌龄、白居易、元稹等人的诗篇,这时纷纷传到日本,促使日本诗坛的风尚为之一变。七绝和七言歌行替代了《怀风藻》中的五言诗,乐府诗也兴起了,除了宴集、游猎的内容外,还产生了很多言志抒情之作。日本汉诗创作开始迈出了新的步子。这时的诗人多宗白居易,如菅原道真即为一例。十一世纪编成的适合吟咏的《和汉朗咏集》,在所选一百九十五首汉诗中,白居易的诗竟占一百三十五首之多,可见其影响之深远。平安时期的后一阶段,汉诗略呈衰微之势。

奈良平安时期的汉诗,主要出于宫廷贵族之手。到了镰仓(1192—1333)、室町(1334—1602)时期,五山文学兴起,产生了禅林文学。这个时期,皇权旁落、武士崛起,战争不断。宫廷贵族在政治上一蹶不振,文化上也失去了主导地位。当武士们忙于争斗的时候,居住山寺的佛教僧侣们,积年累月地沉浸于学习和传播中国文化的狂热中,汉诗创作也随之高涨起来。

这个时期的文学,称为五山文学。"五山"之称,起源于中国。南宋时,曾指定杭州径山万寿寺、北山灵隐寺、南山光孝寺,宁波太白山天童寺、阿育王山广利寺,为佛寺中最高级别的敕建寺庙。日本加以模仿,有镰仓五山,即巨福山建长寺、瑞鹿山圆觉寺、龟谷山寿福寺、金宝山净智寺、稻荷山净月寺。有京都五山,即灵龟山天龙寺、万年山相国寺、东山建仁寺和万寿寺、慧日山东福寺。但是,五山文学并不单单指这几个寺院僧侣创作的汉文汉诗,而是包括了这一时期所有寺院从住持到一般僧侣的作品在内。据统计,五山时期日本僧侣入宋求法的有三十七人之多,宋元时代东游日本的中国禅僧亦有二十一人。他们之间的交往,除了禅宗教理的交流和仪式的传习外,诸如寺院建筑、雕塑、印刷以至儒学等宋代文明,乃至糕饼、馒头等中国食品,也都带到日本,传播到整个社会。

五山诗僧以虎关师炼、雪村友梅、中岩圆月为良好开端,继起者义堂周信和绝海中津,成为五山汉诗文的高峰。最后希世灵彦、景徐周麟等,以自己的创作光荣地结束了这个时期。作为禅僧的文学活动,表现出徜徉山林、流连光景的特点。他们表达感情带有内省体验的方式。五山文学的兴隆,基本上与室町幕府确立封建制相并行。随着室町幕府的灭亡,受其庇护的五山禅林逐渐式微,五山文学便随之没落。

从庆长八年(1603)德川家康开幕府于江户(今东京都),到庆应三年(1867)第十五代将军德川庆喜将政权奉还天皇为止的二百六十余年间,称为江户时代。汉诗发展到这个时期,成为家喻户晓的士人文学、儒者文学。一般知识阶层的日本人,几乎没有不会作汉诗的。汉诗的基础更为扩大了。

江户时代的汉诗可以分为三个阶段。十七世纪(1603—1709)为第一阶段。汉诗盛行于研究儒家经学的学者中,诸如藤原肃、林忠、伊藤维桢。他们写作汉诗,只是作为儒者余技。而致力汉诗创作的诗人,则以石川凹和释日政为著名。石川凹曾筑诗仙堂,请画家狩野探幽作汉魏至唐宋中国诗家三十六人像,日日吟咏其间。赖山阳《论石川凹》云:"抛剑援毫岂等闲,现身欲列古诗班。领他三十六峰碧,却乞残烟向五山。"可见此时五山诗风余绪尚存。

十八世纪(1710—1788)是江户汉诗的第二阶段。著名学者荻生双松,在学术上排斥程朱理学,推崇以先秦典籍为主的"复古学";创作上倡导李攀龙、王世贞"文必秦汉、诗必盛唐"的主张。李攀龙所编《唐诗选》风行一时,取代了五山时期的教科书《三体诗》。诗风此际由宋转唐。正如俞樾《东瀛诗选序》所说:"家有沧溟之集,人抱弇洲之书,词藻高翔,风骨严重,几与有明七子并辔齐驱。"荻生双松的弟子太宰纯、服部元乔、高野惟馨等,都是这个时期的著名诗人。明代七子"古文辞派"的主张风靡日本诗坛,久而生弊。于是不少有才气的诗人奋起革新,祇园瑜以清新之声发唱,江村绥继之,著《日本诗史》，追本溯源，鼓吹风雅。山本北山旗帜鲜明地反对古文辞派，推重宋诗。他的弟子市河世宁，专力汉诗创作，当时比之香山、剑南。以李、王为依归的风尚转变了，汉诗发展的道路拓宽了。

十九世纪（1789—1867）是江户汉诗的第三阶段。这时，汉诗深入知识阶层，成为必修的学业，涌现出许多诗社，汉诗集的印行也盛极一时。这是日本汉诗发展的辉煌时期。诗人辈出，各擅胜场。大洼行一扫七子余习，自由抒写情志，开拓了新的境界。菊池桐孙笔墨酣畅，信手描摹日本风物。山梨治宪才藻富丽，古贺焘雍容大雅。久家朗平易清丽，不事雕琢。篠畸弼多用险韵，精心修饰。菊池保定长于古风，藤井启专攻七绝。这个时期的杰出诗人，则是赖襄、梁川孟纬和广濑谦。

赖襄也是杰出的史学家。他用汉文写的《日本外史》，和他的《山阳诗草》一样，长久地受到日本民众的喜爱。他曾亲手抄录杜甫、韩愈、苏轼的诗篇，反复吟诵。他主张转益多师、唐宋兼取，在创作实践上获得了很高的成就。梁川孟纬的诗，多流连风月、登临凭吊之作，具有古雅清奇的情趣，形成独特的风格。广濑谦曾受到俞樾很高的评价，认为"长篇大作，极五花八阵之奇，而片语单词，又隽永可味"（《东瀛诗选》）。斋藤正谦也赞他"构思若泉涌、若潮泻"，作品"虽多不滥，虽长不冗"。各具特色的诗家，争奇斗妍，把汉诗坛装点成万紫千红的百花园。

1868 年的明治维新，引起了日本思想文化领域中的大变革。欧美文化逐步取代了在日本广泛传播并深深扎下根的中国文化。但是，当时日本社会上许多积有江户时代汉文学教养的知识分子，依然喜作汉诗。总的时代风气尽管起了某些变化，而汉诗还是沿着自己的道路发展着。此时诗社众多，梁川孟纬的门人大沼厚，创下谷吟社,鼓吹宋诗。他继承的方面,以陆游为主,辅以苏、黄、范、杨诸家。同属梁川门下的森鲁直,创茉莉吟社,提倡清诗,推尊吴伟业、王士禛。茉莉吟社的著名诗人有小野长愿、鹭津宣光、桥本宁、永阪德彰、岩谷修等。森鲁直的儿子森大来,主持星社,野口一、国分高胤、本田秀便是该社成员。此外,著名汉学家竹添光鸿、重野安绎,著名政治家西乡隆盛、副岛种臣,也都有出色的汉诗作品。著名小说家夏目漱石,同样以汉诗称名一时。这种汉诗创作的盛况大体保持了二十年光景。到1894年甲午战争爆发,清政府失败,日本汉文学,包括汉诗在内,也就不再像以前那样流行了。

汉诗在日本兴起、发展、繁荣,到形成独特的“日本汉诗”风格,最后终于式微,大约有一千三百年之久。考察一下日本汉诗的风会迁移,不难发现与中国诗歌的发展、诗家的主张,每有桴鼓相应、钟磬和声之处。东瀛诗苑宗唐宗宋、复古变革之争,独尊一家或兼收并蓄之别,往往或迟或早受着中国诗坛风尚的影响。

中日两国诗人,同用汉语及其诗歌艺术形式进行创作,这实在是饶有兴味的现象。1882年(光绪八年,明治十五年),日本岸田国华,专程携带日本各家汉诗集到中国,约请著名学者俞樾编选日本汉诗。第二年六月,俞樾即编成了《东瀛诗选》,共四十卷,补遗四卷,选诗四千五百多首,并作《东瀛诗记》,评述诗人成就。这部诗选印成于日本。这是我国学人第一次编选日本汉诗。近年,中日友好关系逐步恢复,日益发展。日本汉诗再次引起人们广泛的注意。我们编选这部书,正是这种新形势促成的。

我们都在南京工作。南京与名古屋结为友好城市之后,学术交流日见频繁。爱知县立大学副教授坂田新先生,曾游学南京一年。相互过从,汉诗成为我们经常谈论的话题。兴之所至,决心编选一部新的日本汉诗集。坂田新先生鼎力相助,提供众多的材料。京都大学教授清水茂先生,闻讯之后,赠以《五山文学全集》。日本汲古书院,慷慨赞助,赠送十一厚册《日本汉诗》。此外,村上哲见、松冈荣志、横山宏诸先生,或赠书,或鼓励,都给我们帮助,盛意极为可感。应当说,这本诗选,也是中日两国人民之间友好交往的见证。

本书由程千帆(闲堂)、孙望(蜗叟)选评,吴锦、严迪昌、屈兴国、顾复生注释。我们对日本的有关情况知之甚少,对汉诗作者了解不多,选评和注释中一定有许多缺点和谬误,请方家不吝赐教。

吴　锦
于南京师范大学
一九八六年四月

目 录

2

5

7

刀利宣令

刀利宣令，日本奈良时代(710—784)人，曾任伊豫(今爱媛县)掾，元正天皇养老(717—723)年间，辅东宫太子。

秋日于长王宅宴新罗客[1]，赋得"稀"字[2]

玉烛调秋序，金风扇月帷[3]。
新知未几日[4]，送别何依依[5]。
山际愁云断，人前乐绪稀[6]。
相顾鸣鹿爵[7]，相送使人归[8]。

蜗叟曰：此《怀风藻》中诗也。《怀风藻》为奈良时代诗总集，辑于天平胜宝三年(751)，当我唐天宝十载。时东国诗人方研摩六代，步趋初唐，《怀风藻》作者六十有四，诗以五言为主，句虽求偶对而不全协近体音律，盖当时风会好尚如此也。

闲堂曰：齐梁遗韵，初唐标格。扶桑律诗之先驱也。

❖ 注 释

[1] 长王宅：长屋王宅。长屋王是天武天皇(673—689)之孙，官至式部卿左大臣，天平元年(729)遭谗自杀。他在宅邸宴请新罗来客时，许多人赋诗纪盛。新罗：朝鲜古国，七世纪中叶灭百济和高句丽，统一朝鲜半岛大部，到九世纪衰落。这里的新罗客，正是新罗全盛时期派往日本的使者。
[2] "赋得"句：赋诗限用"稀"字韵。古人在一起作诗，常限定某人用某一韵部之字押韵。得"稀"字即表示所作之诗要押"稀"字及与"稀"字同韵的字。

[3] "玉烛"二句：均指秋天。玉烛：《尔雅·释天》："四气和谓之玉烛。"意为四时风调雨顺，冷暖合序。金风：秋风。戎昱《宿湘江》："金风浦上吹黄叶，一夜纷纷满客舟。"月帷：月光照着的帷幕。

[4] 新知：新交的知心朋友。《楚辞·九歌·少司命》："乐莫乐兮新相知。"

[5] 依依：依恋不舍。

[6] 乐绪：快乐的情绪。

[7] 鸣鹿爵：指告别宴会上的酒杯。鸣鹿：即鹿鸣。《诗经·小雅》有《鹿鸣》篇，《毛诗序》云："燕群臣嘉宾也。"后以"鹿鸣"指代这类宴会。爵：酒杯。

[8] 使人：指新罗使臣。

藤原宇合

　　藤原宇合(694—737)，日本文武天皇时极有权势的藤原不比的儿子，元正天皇养老元年(唐玄宗开元五年，717)以遣唐副使名义到中国，第二年归国。他博览典籍，有文武之才，官至参议式部卿。

奉西海道节度使之作[1]

往岁东山役[2]，今年西海行。
行人一生里[3]，几度倦边兵[4]。

蜗叟曰：此亦《怀风藻》集中诗。藤原宇合五七言均善，今存诗六首，以此诗及《游吉野川》(五言十二句)最为人知。《游吉野川》有用典使事之长，此则质朴平易，明白如话，弥可讽咏。

闲堂曰：此即柳中庸"岁岁金河"一篇之意，特质直耳，此时代之别也。

✤ 注 释

[1] 西海道：日本古代地区名，即今九州岛。
[2] 东山役：指担任东山道节度使。东山道：日本古代地区名，即今滋贺、岐阜、长野、群马、福岛、青森等县地区。《诗经·豳风·东山》："我徂东山，慆慆不归。""我东曰归，我心西悲。"此暗用其意。
[3] 行人：行役之人，作者自比为东奔西走的人。
[4] 边兵：边境上的军事活动，指征战戍守之类。

菅原清公

菅原清公（770—842），从小涉猎经史，延历（782—805）中对策登第，为大学少允，不久为遣唐判官，回国后历仕平城天皇、嵯峨天皇、淳和天皇，官至大学头、左京大夫。

冬日汴州上漂驿逢雪[1]

云霞未辞旧，梅柳忽逢春。
不分琼瑶屑[2]，来沾旅客巾。

闲堂曰：用笔处处转折，虽小诗，固自精妙可玩。

✿ 注释

[1] 汴州：今河南开封。作者为遣唐判官时经过此地。
[2] 不分（fèn）：不料，不意。

嵯峨天皇

嵯峨天皇（786—843），809 年至 823 年在位，曾下令编撰汉诗，成《凌云集》和《文华秀丽集》。能诗，今存九十七首。

春日游猎，日暮宿江头亭子

三春出猎重城外[1]，四望江山势转雄。
逐兔马蹄承落日，追禽鹰翮拂轻风[2]。
征船暮入连天水，明月孤悬欲晓空。
不学夏王荒此事[3]，为思周卜遇非熊[4]。

蜗叟曰：嵯峨天皇敕撰《凌云集》，收二十四家诗，起自桓武延历元年，迄于嵯峨弘仁五年（782—814），当我唐建中三年至元和九年之际。时沈、宋、李、杜之名篇伟章已广传于东国，东国诗人渐舍因袭而趋创新，转尚五七言近体。嵯峨以天皇之尊，躬事倡导，故奋翥而起者踵相继。《日本诗史》作者江村绶氏以为嵯峨七言近体，词藻富赡，警联殊多，然溺于时风，未免骈俪合掌。其意良是。

闲堂曰：有雄直之气，自是帝王口吻。

✤ 注释

[1] 三春：春天。农历正月为孟春，二月为仲春，三月为季春，合称"三春"。亦可偏指季春。重(chóng)城：古代城垣有两重。《管子·度地》："内为之城，外为之郭。"所以称重城。
[2] 鹰翮(hé)：鹰的翅膀。

[3] "不学"句：意思是不学夏代的太康而沉迷于田猎之事。《尚书·伪孔传》：太康"启子也，盘于游田，不恤民事，为羿所逐，不得反国"。夏王：太康。荒：沉迷。

[4] "为思"句：意思是田猎在外，希望能像周文王那样得到贤臣姜尚，表示思贤若渴。据《六韬》，周文王将出猎，史编为之占卜，曰："田于渭阳将大得焉，非龙非螭，非熊非罴(一作非虎非罴)，兆得公侯。天遗汝师，以之佐昌，施及三王。"文王到渭水北边，果然见到了垂钓于渭水之上的姜尚，"乃载与归，立为师"。

江头春晓

江头亭子人事睽[1]，欹枕唯闻古戍鸡[2]。
云气湿衣知近岫[3]，泉声惊寝觉邻溪。
天边孤月乘流疾，山里饥猿到晓啼。
物候虽言阳和未[4]，汀洲春草欲萋萋[5]。

蜗叟曰：此东国七言近体创制阶段之作，犹存斧斤之痕，江村绥氏所以止取"云气湿衣"一联叹为警句也。

✤ 注释

[1] "江头"句：意思是江边亭子与纷繁的世事远离。睽：乖违。
[2] 古戍鸡：指古代边防城堡中的鸡鸣声。
[3] 岫(xiù)：山中洞穴。
[4] 物候：景物，风物。因其随节候而变异，故称"物候"。阳和：和暖的春天。
[5] 汀洲：水中和水边的陆地。萋萋：茂盛。崔颢《黄鹤楼》："芳草萋萋鹦鹉洲。"

渔歌五首 (选二首)[1]
每歌用"带"字

溪边垂钓奈乐何[2]，世上无家水宿多。

闲酌醉,独棹歌,浩荡飘飖带沧波。

蜗叟曰: 嵯峨天皇《渔歌》五首,载《经国集》,题"太上天皇,在祚",则是弘仁年间(810—820,当唐宪宗元和间)所作也。可知彼时张志和诗已远传东国,故嵯峨得兴到取效,且令公主有智子及朝臣滋野贞主奉和也(诗亦载《经国集》)。张诗每歌用"不"字,嵯峨每歌用"带"字,公主二首,每歌用"送"字,滋野五首,每歌用"入"字,其步趋研精也若此。

闲堂曰: 有玄真子之风神,可谓善学者矣。

❖ 注 释

[1] 这里所选为第四、五两首。

[2] 奈乐何:乐得不行,形容极为快乐。

寒江春晓片云晴,两岸花飞夜更明。
鲈鱼脍,莼菜羹[1],餐罢酣歌带月行。

❖ 注 释

[1] 鲈鱼、莼菜:《晋书·张翰传》:张翰在洛阳做官,"因见秋风起,乃思吴中菰菜、莼羹、鲈鱼脍。曰:'人生贵得适志,何能羁宦数千里以要名爵乎?'遂命驾而归"。后人因用莼羹、鲈鱼脍表示思乡之情或弃官归隐之乐。莼(chún)菜:一种水生植物,可做羹。

淡海福良满

淡海福良满,生活在桓武天皇、嵯峨天皇时代,曾任日向(今宫崎县)权太守。

被谴别丰后藤太守[1]

故乡何处在,天际白云浮。
归雁遥将没,漂查去不留[2]。
边声四面起[3],悲泪数行流。
今日生死别,何年问白头。

蜗叟曰:悲怅交集,情见乎辞。

✤ 注 释

[1] 丰后:日本古地名,今大分县。
[2] 漂查:即漂槎。查与"槎"通,木筏。
[3] 边声:边地凄凉悲哀的声音。《文选·李陵·答苏武书》:"侧耳远听,胡笳互动,牧马悲鸣,吟啸成群,边声四起。"这里喻作者被谴所去远地的荒凉。

坂上今继

坂上今继,嵯峨天皇、淳和天皇时人,官至左太史。

咏 史

陶潜不狎世[1],州里倦尘埃[2]。

始觉幽栖好[3],长歌《归去来》[4]。

琴中唯得趣[5],物外已忘怀[6]。

柳掩先生宅[7],花薰处士怀[8]。

遥寻南岳径[9],高啸北窗隈[10]。

嗟尔千年后,遗声一美哉。

闲堂曰:檃括陶公生平极具体,知五柳先生在东国有知己也。

蜗叟曰:美陶公高风亮节也,景慕之意可知。林鹅峰氏谓坂上今继"出
   自后汉灵帝"(见《本朝一人一首》卷二),殆据东国古史言之。

❖ 注释

[1] 不狎世:不习世务,即不趋附世俗。狎:习。

[2] "州里"句:意思是厌烦官场浑浊,不愿做官。萧统《陶渊明传》:"起为州祭
   酒,不堪吏职,少日自解归。州召主簿,不就。"

[3] 幽栖:隐居。杜甫《宾至》:"幽栖地僻经过少。"

[4] "长歌"句:陶渊明为彭泽令,"仲秋至冬,在官八十余日","自免去职",赋《归
   去来兮辞》。

[5] "琴中"句:萧统《陶渊明传》:"渊明不解音律,而蓄无弦琴一张,每酒适,辄抚

弄以寄其意。"

[6] 物外：犹世外，尘俗之外。

[7] "柳掩"句：陶渊明《五柳先生传》："宅边有五柳树，因以为号焉。"萧统《陶渊明传》："尝著《五柳先生传》以自况，时人谓之实录。"

[8] "花薰"句：萧统《陶渊明传》："尝九月九日出宅边菊丛中坐，久之，满手把菊。"

[9] "遥寻"句：陶渊明《饮酒》："采菊东篱下，悠然见南山。"南岳：这里指南山，即庐山。

[10] "高啸"句：即长啸北窗下。《晋书·隐逸传》：陶渊明"夏月虚闲，高卧北窗之下，清风飒至，自谓羲皇上人"。限：角落。

良岑安世

良岑安世（785—830），桓武天皇（781—805 在位）之少子，赐姓良岑，才兼文武，妙解音律，官至右大将大纳言。

山亭听琴

山客琴声何处奏[1]，松萝院里月明时。
一闻烧尾手下响[2]，三峡流泉座上知[3]。

蜗叟曰：足见高人雅怀，可与右丞《竹里馆》同读。不足者，第三句语嫌质
直耳。

❖ 注 释
[1] 山客：山人，隐士。
[2] 烧尾：指代琴。《后汉书·蔡邕传》："吴人有烧桐以爨者，邕闻火烈之声，知
其良木，因请而裁为琴，果有美音，而其尾犹焦，故时人名曰焦尾琴焉。"
[3] 三峡流泉：古琴曲名。岑参有《秋夕听罗山人弹三峡流泉》诗，李季兰有《三
峡流泉歌》。

平五月

平五月，嵯峨天皇时官至武藏国录事。

访幽人遗迹[1]

借问幽栖客，悠悠去几年[2]。
玄经空秘卷[3]，丹灶早收烟[4]。
影歇青松下，声留白骨前[5]。
因今访古迹，不觉泪潺湲[6]。

闲堂曰：李长吉云"几回天上葬神仙"，况幽人哉？尾联即贾岛"自嫌双泪
下，不是解空人"之意。

蜗叟曰：究玄经，事丹灶，道家风习之影响于东国者亦若是。当时藤原
冬继曾作诗和之，曰："玄书明月照，白骨老猿啼。风度松门寂，
泉飞石室凄。"则更有阴森凄戾之感矣。

❖ **注 释**

[1] 幽人：幽居之人，隐士。

[2] 悠悠：遥远，长久。

[3] "玄经"句：意思是修真养性的道书白白地珍藏着。玄经：指道家经典。《老
子》："玄之又玄，众妙之门。"故道家之书称"玄经"。

[4] 丹灶：炼丹炉。

[5] 白骨：指幽人墓中遗体。

[6] 潺湲：流泪不断的样子。《楚辞·九歌·湘君》："横流涕兮潺湲。"

12

桑原腹赤

　　桑原腹赤（789—825），后改姓都，故亦称都腹赤。官少内记兼播磨（今兵库县）少目。

月夜言离

地势风牛虽异域[1]，天文月兔尚同光[2]。
思君一似云间影，夜夜相随到远乡。

闲堂曰：风牛月兔，属对甚工。

✿ **注释**

[1] 风牛：即风马牛。《左传·僖公四年》："君处北海，寡人处南海，唯是风马牛不相及也。"后用以比喻事物之间毫不相干，或相去甚远。

[2] "天文"句：意思是千里共明月。月兔：指月亮。古代神话，月中有兔，所以称月亮为月兔或玉兔。

有智子

有智子(807—847)，嵯峨天皇之女，涉猎经史，能诗能文，为贺茂斋院叙二品。

奉和巫山高[1]

巫山高且峻，瞻望几岧岧[2]。
积翠临苍海[3]，飞泉落紫霄[4]。
阴云朝晻暧[5]，宿雨夕飘飖[6]。
别有晓猿叫，寒声古木条。

闲堂曰：此拟初唐，居然神似。窈窕帝子，洵未易才。

蜗叟曰：林鹅峰氏以为"非寻常墨客所及，虽拟乌孙公主、班婕妤，恐不为过论"。余谓处境遭际有不同，若论其才，诚当时女中无双也。

✤ 注 释

[1] 奉和：指和嵯峨天皇之作。奉：谦词。巫山高：汉乐府《铙歌》名，古辞写江淮水深，无桥可渡，临水远望，不得东归。

[2] 几岧岧(tiáo)：多么高啊。岧岧：高高耸立的样子。

[3] 积翠：指青绿的山。

[4] 紫霄：天空。

[5] 晻暧：昏暗无光。

[6] 宿雨：昨夜之雨。王维《田园乐》之六："桃红复含宿雨，柳绿更带春烟。"

惟 氏

惟氏，嵯峨天皇时代女诗人。

奉和捣衣引[1]

秋欲阑[2]，闺门寒，风瑟瑟[3]，露团团[4]。

遥忆仍伤边戍事，征人应苦客衣单[5]。

匣中掩镜休容饰[6]，机上停梭裂残织。

借问捣衣何处好，南楼窗下多月色。

芙蓉杵[7]，锦石砧[8]，出自华阴与凤林[9]。

捣齐纨，捣楚练[10]，星汉西回心气倦[11]。

随风摇飔罗袖香，映月高低素手凉。

疏节往还绕长信，清音凄断入昭阳[12]。

就灯影，来玉房，把刀尺，量短长，

穿针泣结连枝缕，含怨缝为万里裳。

莫怪腰围畴昔异，昨来入梦君容悴。

蜗叟曰：惟氏者，盖嵯峨帝宫女，林鹅峰氏比之为上官昭容、宋尚宫之辈。
嵯峨右文，时与群臣唱和，故皇子皇女，莫不能诗，风流所及，才
女间出，于公主有智子之外，惟氏其尤著者。其诗婉约多致，惟
阅世不深为憾耳。

闲堂曰：齐梁小乐府体，虽无深意，然自流美可玩。

✤ 注 释

[1] 奉和捣衣引：此为和嵯峨天皇之作。捣衣引：即捣衣曲，古代为琴曲，又名《秋水弄》、《秋杵弄》，传为唐代潘庭坚作。抒写妇女为远戍边地的亲人捣衣时的怀念之情。捣衣：一种洗衣的方法，将衣浸湿后，用木杵在石上捶捣去垢。古代以丝织物缝衣，也要先捣过，称为捣练、捣素。

[2] 阑：残，尽。

[3] 瑟瑟：风声。

[4] 团团：凝聚的样子。江淹《刘文学桢感怀》："团团霜露色。"

[5] 征人：被征发的士卒。

[6] 休容饰：不再梳妆打扮。

[7] 芙蓉杵：绘有荷花的捣衣棒。

[8] 锦石砧：五色斑斓的捣衣石。

[9] 华阴与凤林：均是地名，华阴在今陕西东部，凤林在今甘肃省临夏县南。

[10] 齐纨、楚练：齐地和楚地出产的白色细丝织物。

[11] 星汉：天上的银河。

[12] "疏节"二句：意思是凄凉的捣衣声萦绕长信宫，飞入昭阳殿。据《玉台新咏》班婕妤《怨诗》序，汉成帝时班婕妤失宠，供养太后于长信宫，作《捣素赋》和《怨诗》。赋中写捣衣声："调非常律，声无定本，任落手之参差，从风飘之远近。"疏节：稀疏的节拍，指捣衣声。长信宫为汉代太后所居，昭阳宫为皇后所居。

菅原道真

菅原道真(845—903)，字三，少而好学，博涉经史，平安时期杰出的汉学家。官至右大臣兼右近卫大将。后遭谗降为驻九州的太宰权帅。有《菅家文草》、《后草》。

路遇白头翁

路遇白头翁，白头如雪面犹红。
自说行年九十八，无妻无子独身穷。
三间茅屋南山下，不农不商云雾中。
屋里资财一柏柜，柜中有物一竹笼。
白头说竟我为诘[1]："老年红面何方术？"
白头抛杖拜马前，殷勤请曰叙因缘[2]。
"贞观末年元庆始[3]，政无慈爱法多偏。
虽有旱灾不言上[4]，虽有疫死不哀怜。
四千余户生荆棘，十有一县无爨烟。
适逢明府安为氏[5]，奔波昼夜巡乡里。
远感名声走者还，周施赈恤疲者起。
吏民相对下尊上，老弱相携母知子。
更得使君保在名[6]，卧听如流境内清[7]。
春不行春春遍达[8]，秋不省秋秋大成[9]。
二天五袴康衢颂[10]，多黍两岐道路声[11]。

愚翁幸遇保安德[12]，无妻不农心自得。

五保得衣身甚温[13]，四邻共饭口常食。

乐在其中断忧愤，心无他念增筋力。

不觉鬓边霜气侵，自然面上桃花色。"

我闻白头口陈词，谢遣白头反复思。

安为氏者我兄义，保在名者我父慈。

已有父兄遗爱在[14]，愿因积善得能治。

就中何事难仍旧，明月春风不遇时。

欲学奔波身最懒，将随卧听年未衰。

自余政理难无变[15]，奔波之间我咏诗。

闲堂曰：道真心摹手追，惟在白傅。此诗措意遣词，皆得白法，惜出笔稍
平，遂少飞动之致。

❖ **注释**

[1] "白头"句：白头翁说完了我就请问他。竟：尽，完。诘：问。

[2] 因缘：原因，缘由。

[3] 贞观：日本清和天皇年号，贞观元年到十七年(859—875)；阳成天皇继位，年
号仍用贞观，876年为贞观十八年。贞观末年指876年。元庆：日本阳成天
皇年号，元庆元年到元庆八年，877年到884年。

[4] 不言上：不向天皇报告。

[5] 明府安为氏：作者原注："今之野州别驾。"明府：汉代对郡守的尊称，唐以后
多用于称县令。这里即指县官。安为氏：菅原安为，作者的兄长。当时已由
县官升任野州别驾。野州：上野、下野的总称，今日本群马县、栃木县。别
驾：汉代置别驾从事史，为州官刺史的佐吏。刺史巡视辖境时，乘驿车随行，
故名。

[6] 使君：汉代称州刺史为使君。保在：即菅原是善，作者的父亲。作者原注：
"今之豫州刺史。"豫州：伊豫，今日本爱媛县。

[7] 卧听如流：意思是卧在床上听论政事，从善如流。《周书·苏绰传》：太祖问

以治道,卧而听之。绰"指陈帝王之道,兼论申韩之要,太祖乃起,整衣危坐,不觉膝之前席"。

[8] "春不"句:意思是春天不用巡视督劝,农民却到处勤于耕作。汉代太守在春季巡视州县,督劝耕作,谓之"行春"。《后汉书·郑弘传》:"弘少为乡啬夫,太守第五伦行春,见而深奇之。"

[9] "秋不"句:秋天不必巡行督察,作物却照样获得丰收。

[10] "二天"句:意思是百姓把菅原使君也看成"青天"似的,唱着"五袴歌"和"康衢谣",赞扬之声,不绝于路。二天:指自然界的天和造福人民的良吏。《后汉书·苏章传》:冀州刺史苏章巡视部属时,特宴请清河太守。清河太守喜曰:"人皆有一天,我独有二天。"杜甫《江亭王阆州筵饯萧遂州》:"二天开宠饯,五马烂生光。"五袴:指五袴歌。《后汉书·廉范传》:廉范字叔度,为蜀郡太守,"旧制禁民夜作,以防火灾"。"范乃毁削先令,但严使储水而已。百姓为便,乃歌之曰:'廉叔度,来何暮?不禁火,民安作。平生无襦今五袴。'"康衢:指康衢谣。相传尧治天下五十年,不知天下治得如何,于是穿了便服游于康衢,听到儿童们唱着:"立我蒸民,莫匪尔极?不识不知,顺帝之则。"事详《列子·仲尼》。按,此谣前两句出《诗经·周颂·思文》,后两句出《诗经·大雅·皇矣》。

[11] "多黍"句:意思是庄稼丰收,人们唱出赞美歌。多黍:《诗经·周颂·丰年》:"丰年多黍多稌,亦有高廪,万亿及秭。"这里泛指谷物结得多,收成好。两岐:即麦秀两岐。《后汉书·张堪传》:堪为渔阳守,民歌之曰:"桑无附枝,麦穗两岐,张君为政,乐不可支。"表示对地方官的颂扬。

[12] 保安:指菅原保在和菅原安为。

[13] 五保:即五家保。这里是指若干家邻里,与"四邻"义同。原意是五家相保,不犯罪过。《周礼·地官·大司徒》:"令五家为比,使之相保。"疏:"使五家相保不为罪过。"又,《隋书·食货志》:"制人五家为保,保有长。保五为闾,闾四为族。"

[14] 遗爱:对人民的慈爱遗留于后世。《汉书·叙传》:"淑人君子,时同功异,没世遗爱,民有余思。"

[15] 自余政理:意思是自己以后剩下的政治生涯。

山　寺[1]

古寺人踪绝，僧房插白云[2]。

门当秋水见，钟逐晓风闻。

老腊高僧积[3]，深苔小道分[4]。

文殊何处在[5]，归路趁香薰[6]。

闲堂曰：萧散似张文昌，张今体诗亦白派也。

蜗叟曰：意在白云秋水之际，莒右相情趣于此可知。

❖ 注 释

[1] 这是作者《晚秋二十咏》中的一篇。自序云："九月二十六日，随阿州(阿波，今
德岛县)平刺史到河西之小庄，数杯之后，清谈之间，令多进士题二十事。于
时日回西山，归期渐至，含毫咏之，文不加点，不避声病，不守格律，但恐世人
嘲弄斯文，恐之思之，才之拙也。"

[2] "僧房"句：形容僧房地势之高，上接云天。

[3] "老腊"句：意思是僧厨积有陈年干菜。腊：这里指腌制风干的菜。积：堆
积，还暗用《维摩诘经》"有国名众香，佛号香积"，"苑囿皆香，其食香气"之
意。香积厨即僧厨。

[4] "深苔"句：小路两旁满是深苔。

[5] 文殊：对僧人的尊称。白居易《答闲上人来问因何风疾》："一床方丈向阳开，
劳动文殊问疾来。"

[6] "归路"句：意思是山寺归来犹染香气。佛经称佛地为"众香国"，香气周流，
故寺院亦称香界。

晨起望山

不寐通宵直到明，芦帘手拨对山晴。

避人猿鸟松萝里，唯有飞泉雨后声[1]。

闲堂曰：幽居景物如画。杜老云："客睡何曾着，秋天不肯明。卷帘残月影，高枕远江声。"境界颇近，而哀乐自别。

❖ 注 释

[1] "避人"二句：意思是不闻鸟啼猿啸，只有雨后飞泉玎琮作响。王维《送梓州李使君》："山中一夜雨，树杪百重泉。"

藤原为时

　　藤原为时,生活在十世纪末十一世纪初,官越前(今福井县)守,诗文兼擅。

题玉井山庄[1]

玉井佳名被世称,松楹半接碧岩稜[2]。

山云绕舍应褰缦[3],涧月临窗欲代灯。

梅发寒花朝见雪,水收幽响夜知冰[4]。

池边何物相寻到,雁作来宾鹤作朋。

蜗叟曰:寓情于景,诗律亦匀称可吟。为时有女紫式部,以著《源氏物语》
　　称于世,时人以为"犹班彪之有班昭,蔡邕之有蔡琰"云。

闲堂曰:工丽称题,惜尾联稍落凡近。

✤ 注 释
[1] 玉井山庄:作者原注:"在和泉国。"和泉国即今大阪府。
[2] "松楹"句:形容玉井山庄半悬山崖上。楹:厅堂前部的柱子。这里用"松楹"
　　 代整座建筑。岩稜:犹岩边,岩角。
[3] "山云"句:意思是绕舍的山云可以代替原有的帘幕。褰缦:揭去帘幕,缦
　　 同"幔"。
[4] 幽响:轻轻的流水声。

和高礼部再梦唐故白太保之作[1]

两地闻名追慕多[2]，遗文何日不讴歌。
系情长望遐方月[3]，入梦终逾万里波。
露胆虽随天晓隔[4]，风姿未与影图讹[5]。
仲尼昔梦周公久[6]，圣智莫言时代过。

闲堂曰：乐天为广大教化主，宜其流风所被，无间中外古今。

❖ 注 释

[1] 高礼部：高阶积善，曾任民部太辅。他有《梦中谒白太保元相公》诗，表示对白居易、元稹的仰慕之情。白太保：指白居易，实际上白居易任太子少傅，不是太子太保。这里恐是作者误记。

[2] 两地：中日两国。

[3] 遐方：远方。

[4] 露胆：坦露衷肠，指对白居易的敬慕心情。

[5] "风姿"句：作者原注："我朝慕居易风迹者，多图屏风，故云。"

[6] "仲尼"句：《论语·述而》："子曰：'甚矣吾衰也，久矣吾不复梦见周公。'"

具 平

具平(964—1009),村上天皇(946—966 在位)第六皇子,以才学著名,官中务卿,世称后中书王。

题故工部桔郎中诗卷[1]

君诗一帙泪盈巾,潘谢末流原宪身[2]。
黄卷镇携疏牖月[3],青衫长带古丛春。
文华留作荆山玉[4],风骨销为蒿里尘[5]。
未会茫茫天道理[6],满朝朱紫彼何人[7]。

蜗叟曰:《恨赋》云"赍志没地,长怀无已"者是也,诗人深哀之。顾朱紫盈朝,无非庸懦之辈,诗人又深恶之。

闲堂曰:次句谓其才丰遇啬,然"末流"二字含贬意,未安。

❖ 注 释

[1] 桔郎中:桔正道,官官内少辅,能诗,后遁迹不知所终。工部郎中是他官职的中国化称呼。

[2] "潘谢"句:意思是桔郎中生活贫困,犹如原宪,诗歌风格则与潘岳、谢灵运相似。潘岳(247—300):西晋诗人,风格富艳。谢灵运(385—433):刘宋时代诗人,善写山水景色。原宪:孔子学生,据《史记·仲尼弟子列传》,原宪居"穷阎","摄敝衣冠",生活贫困。

[3] "黄卷"句:月光整夜映照着书卷,形容清寒苦读。黄卷:书籍,古代用黄蘗染纸以防蠹,故名。镇:久、常之意,这里犹言整夜。

[4] 荆山玉：宝玉。《韩非子·和氏》：楚人卞和得璞玉于荆山,献之厉王,王使玉人相之,谓石也,王以为诳,刖和氏之左足。武王立,又献之,被刖右足。文王立,和氏抱其璞哭于山中,王使玉人理璞,果得宝玉,命曰和氏之璧,也称荆山玉。

[5] 蒿里尘：葬于蒿里,化为尘土。蒿是"薧"的借字。《玉篇》："薧里,黄泉也,死人里也。"

[6] "未会"句：意思是简直不懂老天是何道理。暗用《史记·伯夷列传》"余甚惑焉,傥所谓天道,是邪非邪"之意。

[7] 朱紫：唐代三品以上官服用紫,五品以上用朱,后来用"朱紫"代高级官员。

藤原伊周

藤原伊周(974—1010),父亲道隆为关白(摄政大臣),伊周官内大臣兼东宫傅,世称仪同三司。

牛女秋意

何为灵匹久相思[1],一岁唯成一会期[2]。
行佩应纫泠露玉[3],双蛾且画远山眉[4]。
未终秋夜难来意,已至朝云欲别时[5]。
此恨绵绵无说尽,苍茫天水问阿谁[6]。

闲堂曰:颈联与李义山"清漏渐移相望久,微云未接过来迟"一结一起,可合观也。

蜗叟曰:伊周好文词,诗亦情致缠绵,惜其人淫凶无道,时论鄙之。

❖ 注 释

[1] 灵匹:指牵牛星和织女星。谢惠连《七月七日夜咏牛女》:"云汉有灵匹,弥年阙相从。"
[2] "一岁"句:牛郎织女一年相会一次。《文选·洛神赋》李善注引曹植《九咏注》:"牵牛为夫,织女为妇,织女牵牛之星各处河鼓之旁,七月七日乃得一会。"
[3] 行佩:织女身上佩带的玉饰,行走时发出丁当之声。这些玉石晶莹剔透,犹如露珠,所以称"泠露玉"。
[4] 远山眉:形容女子秀丽的眉毛。《西京杂记》:"(卓)文君姣好,眉色如望远山。"
[5] 朝云:指清晨。宋玉《高唐赋》:"旦为朝云,暮为行雨。"
[6] 天水:指天河、银河。

铁庵道生

　　铁庵道生（1262—1331），羽州（今山形县）人，一说相模（今神奈川县）人，五山时期（即镰仓幕府中叶到德川幕府初期，约为十三世纪中到十七世纪初四百年间）诗僧，敕谥本源禅师，有《钝铁集》。

山　居（选一首）[1]

　空山无处着尘累[2]，清磬声中绝是非[3]。
　水落溪痕冰骨断，月生屋角树阴移。
　残香印篆一炉火[4]，新稿删繁五字诗。
　世味寒酸归淡薄，只容老鹤野猿知。

闲堂曰：颇能匠物，枯寂荒寒之状如见。更加凝练，即是贾长江矣。

✤ 注　释
[1]《山居》共八首，这里所选为第二首。
[2] 尘累：尘俗之事的牵累。
[3] 磬声：佛寺中击磬之声。磬：佛教法器，铜制钵状。
[4] 残香印篆：焚点的篆香已经燃残。香篆：据《香谱》："近世尚奇者作香篆，其文准十二辰，分一百刻，凡燃一昼夜已。"

感　怀

西锡东筇六十一[1]，羞将衰朽对残阳。

青鞋犹负百城债[2]，白发重添昨夜霜。

应是尧天无远近[3]，为怜祖域易昏黄[4]。

寸畦尺亩战蛮触[5]，何处乾坤安折床[6]。

蜗叟曰：一生游方说法，毕竟尘世纷纭，难免"安床无所"之感耳。

✤ 注释

[1] "西锡"句：意思是挂着拐杖，各处行脚，现在已经六十一岁了。按，本源禅师云游诸方近三十年，所至大刹，往往授以高职。锡：锡杖，和尚所用，杖高与眉齐，上有锡环，乞食时振环作响，以代扣门。筇（qióng）：竹杖，用于旅途。

[2] 青鞋：草鞋。

[3] 尧天："尧天舜日"，比喻理想中的太平盛世。

[4] 祖域：故乡。

[5] "寸畦"句：尺土寸地之间，都在纷纷扰扰，争斗不休。蛮触：《庄子·则阳》："有国于蜗之左角者曰触氏，有国于蜗之右角者曰蛮氏，时相与争地而战，伏尸数万，逐北旬有五日而后反。"后指因琐细之事而引起争端攻讦。苏轼《跋王晋卿所藏莲华经》："乃知蜗牛之角，可以战蛮触。"

[6] 乾坤：天地，世界。折床：可以折叠的坐具。

秋湖晚行

秋塘雨后水添尺，苇折荷倾岸涨沙。

唤得扁舟归去晚[1]，西风卷尽白蘋花。

闲堂曰：即目唯见，风调不凡。

✤ 注 释

[1] 扁(piān)舟：小舟。苏轼《赤壁赋》：“驾一叶之扁舟。”

天岸慧广

　　天岸慧广(1273—1335)，武藏(今东京、神奈川一带)人，五山时期诗僧。元应二年(元代延祐七年，1320)到中国，吴、楚名山，游历殆遍，正中元年(元代泰定元年，1324)东返。敕谥佛乘禅师，有《东归集》。

喜见山

　　放洋十日竟无山，惭说平生眼界宽。
　　弱水谁言三万里[1]，扶桑仙岛照眸寒[2]。

闲堂曰：极是高格，想见禅机。

❖ 注 释
[1] 弱水：《十洲记》："凤麟洲在西海之中央，地方一千五百里。洲四面有弱水绕
　　之，鸿毛不浮，不可越也。"这里泛指浩瀚难渡的海洋。
[2] 扶桑仙岛：指日本。

虎关师练

虎关师练(1278—1346),京都人,五山时期诗僧。敕谥正觉国师,有《济北集》。

游 山

今日最和晴,游筇唤我行。

上山心自广,渡水足先清[1]。

坞媚群花发,溪幽一鸟鸣。

归途随牧竖[2],牛背夕阳明。

闲堂曰:山行风物如画。颔联有机锋。

蜗叟曰:从王籍"鸟鸣山更幽"(《若耶溪》)与王荆公"一鸟不鸣山更幽"(《钟山绝句》)中来,此居众鸟鸣与无鸟鸣之间,意境有不同耳。

✤ 注 释

[1] "渡水"句:《孟子·离娄上》"孺子歌":"沧浪之水浊兮,可以濯我足。"此反用之。

[2] 牧竖:牧童。

秋日野游

浅水柔沙一径斜,机鸣林响有人家[1]。
黄云堆里白波起[2],香稻熟边荞麦花[3]。

闲堂曰:宋僧道潜诗:"隔林仿佛闻机杼,知有人家在翠微。"东坡赏之。首二句用其意。后二句则荆公"缲成白雪桑重绿,割尽黄云稻正青"法也。

蜗叟曰:如行农野,如闻稻香。

❖ **注 释**

[1] 机鸣:指织机声。

[2] 黄云、白波:指黄熟的香稻和雪白的荞麦花。

[3] 花:开花。

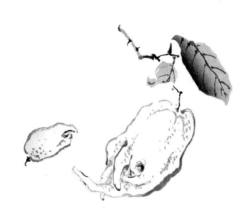

龙山德见

龙山德见(1284—1358),下总(今千叶县)人,五山时期诗僧。嘉元三年(元代大德九年,1305)到中国,正平四年(元代至正九年,1349)归国。特赐真源大照禅师。

明极老人山中杂言十章,倚韵言志(选三首)[1]

我昔过东海,清游到江西[2]。
爱此江山好,驻锡已忘归[3]。
自觉尘缘断,由来物理齐[4]。
薰风忽然起[5],吹绽紫蔷薇。

闲堂曰:数诗挥洒自如,亦有理致,想见此老胸次湛然。

蜗叟曰:第一首结末两句与韦苏州"微雨夜来过,不知春草生",及张水部"渡口过新雨,夜来生白蘋"同妙,高密李怀民氏赞谓"元化"者是矣。

❖ 注 释

[1] 明极老人:明极楚俊(1264—1336),浙江宁波人,元代至顺元年(1330)到日本,赐号佛日焰慧禅师,有《明极楚俊遗稿》。倚韵:即依韵,按照原作的韵。诗共十首,这里所选为第一、五、九首。

[2] "清游"句:龙山德见曾在江西庐山东林寺任职,有《游庐山》:"一雨消残暑,秋色满天地。拄杖化苍虬,草鞋追赤骥。蹋翻五老峰,吸尽虎溪水。远公连著忙,失却铁如意。"

[4] 物理齐：意为一切事物无界限差别，等同齐一，语本《庄子·齐物论》。

[5] 薰风：东南风,和风。《吕氏春秋·有始》："东南曰薰风。"白居易《首夏南池
独酌》："薰风自南至,吹我池上林。"

溪山几重叠，寂寞道人家。

路僻客来少，春深兴有加。

难医泉石痼[1]，易匿瑾瑜瑕[2]。

有时锄隙地，和露艺兰花[3]。

❖ 注 释

[1] 泉石痼：指对山水的癖好。唐田游岩自称有"泉石膏肓，烟霞痼疾"。见《旧
唐书》本传。

[2] "易匿"句：意思是容易藏起玉石的瑕疵，比喻人能隐退，则不易被人指摘。
瑾瑜：玉石。

[3] 艺：种植。

悠哉徐孺子[1]，三征终不起。

高矣庞德公[2]，一生不入市。

此时是何时，多见嚣浮士[3]。

循利复贪名，营营不肯已[4]。

❖ 注 释

[1] 徐孺子：徐稚，字孺子，豫章南昌(今属江西)人，东汉时高士。家境贫寒，桓
帝时，因不满宦官专权，虽多次征聘，终不为官，时称"南州高士"。事见《后汉
书·徐稚传》。

[2] 庞德公：东汉末年隐士，躬耕于襄阳岘山，与诸葛亮、司马徽、徐庶等友善，拒
绝刘表礼请，终于鹿门山。事见《后汉书·逸民传》。

[3] 嚣浮士：尘俗之人。嚣浮犹言尘世。

[4] 营营：钻营谋利。已：终止。

龙泉令淬

　　龙泉令淬（？—1365），尾张（今爱知县）人，后醍醐天皇庶子，五山时期诗僧，有《松山集》。

谢泄上人自洛阳来海东（选一首）[1]

　　乌藤横占百城烟，破笠斜遮四海天[2]。
　　抖擞全身无所有，一包风月短长篇[3]。

闲堂曰：气象宏阔，禅林所罕见也。惜不得从释惠洪游处。

❖ 注 释

[1] 原为三首，这是第二首。海东：郡名，为作者出生地。洛阳：中国河南洛阳。
[2] "乌藤"二句：意思是携藤杖，戴斗笠，云游天下。
[3] 风月短长篇：吟风弄月的诗篇。

雪村友梅

雪村友梅（1290—1346），越后（今新潟县）人，五山时期诗僧。德治二年（元成宗大德十一年，1307）到中国，与朝野交往，元德元年（元文宗天历二年，1329）返国。元文宗曾特赐宝觉真空禅师称号，有《岷峨集》。

寄王州判 （云阳）[1]

耿世文章自有宗[2]，鹈膏百炼淬词锋[3]。
佐州先试判花手[4]，莅事全无芥蒂胸[5]。
江带青衣秋涨渌[6]，城连白帝晚烟浓[7]。
知公政简多吟兴[8]，还许诗僧一笑逢。

闲堂曰：寻常酬应之作，居然雍容大雅，知寝馈于唐贤者深也。

蜗叟曰：首美文学涵养，次赞佐州吏治，次羡蜀地风光，末申相期后会作结。随意写来，却步骤井然。

❖ 注释

[1] 州判：元代州官的辅佐官，或称判官。云阳：元代的云阳州，今四川云阳。

[2] 耿世：光耀世间。

[3] "鹈膏"句：形容文章功力精纯，语言爽利。鹈膏：鹈鹕膏。鹈鹕，野兔，用其膏涂刀剑以防锈。杜甫《荆南兵马使太常卿赵公大食刀歌》："镵错碧罂鹈鹕膏，铓锷已莹虚秋涛。"

[4] "佐州"句：意思是预祝王州判前途无量。宋时政府有军国政事，中书舍人可

以用书面各抒己见,分别署名,称为五花判事。这句诗说王某现在做州判,将来却是要做中书舍人的,眼前只是试试五花判事的手段而已。

[5]"苴事"句:意思是秉公办事,没有丝毫芥蒂。芥蒂:此喻小小的私心。司马相如《子虚赋》:"吞若云梦者八九于其胸中,曾不蒂芥。"

[6]青衣:青衣江,在云阳附近。渌:这里指清澈的江水。

[7]白帝:白帝城。在重庆市奉节县东白帝山上,东汉初公孙述自号白帝,在此筑城,故以为名。

[8]吟兴:诗兴。

中秋留别觉庵元文[1]

孤云踪迹元无定[2],兴尽京华我欲行[3]。

山好岂辞秦路远[4],身闲尤喜客装轻。

一天霁色秋如洗,二老风襟日见清[5]。

不审明年今夜月[6],分光还照别离情。

闲堂曰:语淡情浓,想见胸次。

❖ 注 释

[1] 作者十八岁抵中国,不久,元朝与日本交恶,被捕下狱,二十七岁流放西蜀,经函谷,度秦陇,到四川。这首诗是离开大都(今北京)时作。

[2] 孤云:比喻孤身来往的人。

[3] 京华:元代大都,即北京。

[4] 秦路:指陕西一带路程。

[5] 二老:《孟子·离娄上》:"二老者,天下之大老也。"指伯夷、吕望,后泛指二位齐名的贤者。这里指作者和觉庵元文。

[6] 不审:不察,不知。

九日游翠微[1]

一径盘回上翠微,千林红叶正纷飞。
废宫秋草庭前菊[2],犹看寒花媚晚晖[3]。

闲堂曰:虽不及杜牧、崔橹《华清》之作,读之亦能抒怀旧之蓄含,发思古
之幽情。

❖ 注 释
[1] 翠微:青山,这里指陕西临潼的骊山。李白《下终南山过斛斯山人宿置酒》:
"却顾所来径,苍苍横翠微。"按,作者流放西蜀十年后得到大赦,于元泰定三
年(1326)到长安,居留三年,此诗当在长安作。
[2] 废宫:指骊山上唐明皇、杨贵妃住过的华清宫。
[3] 寒花:深秋的菊花。

试 茶

手煎蟹眼瀹花瓷[1],春色霏霏落硙时[2]。
一啜芳甘回齿颊,睡魔百万竖降旗。

蜗叟曰:昔竟陵子语炙茶,谓"其沸如鱼目,为一沸;缘边如涌泉连珠,为
二沸;腾波鼓浪,为三沸"。此诗称"蟹眼",殆当于一沸之初乎?

❖ 注 释
[1] 蟹眼:茶水初沸时泛起的小气泡,喻为螃蟹眼睛。苏轼《试院煎茶》:"蟹眼已
过鱼眼生,飕飕欲作松风鸣。"瀹(yuè)花瓷:将煎好的茶注入花瓷杯中。瀹:
以汤煮物。
[2] "春色"句:古人饮茶,先将茶叶碾碎,这是形容碾碎的茶叶倒入杯中。硙
(wèi):磨,碾。这里指碾茶之器。

天境灵致

天境灵致(1291—1381),甲斐(今山梨县)人,五山时期诗僧,曾随元朝到日本的清拙正澄和尚学习,敕赐宝鉴圆明禅师,有《无规矩集》。

江村雨后 (选一首)[1]

十里渔村一水浔[2],晚来天气半晴阴。
东家有雨人归尽,西舍无云日未沉。

闲堂曰:从刘梦得"东边日出西边雨"化出,而弥为闲逸。

✤ 注 释
[1] 诗共二首,这是第一首。
[2] 水浔:水边。

鸡冠花

冠冕秋英占小庭[1],迎风翠叶振疏翎[2]。
篱边带露天将晓,误尽旁人侧耳听。

蜗叟曰:将晓未晓、疑是疑非气氛。着"误尽"两字,直混花草、家禽为一体矣。构想入神。

[1] 冠冕：原是古代帝王、官员的帽子，这里形容鸡冠花的花形。秋英：秋花。

[2] 疏翎：形容鸡冠花的叶子如疏疏的鸡尾羽毛。

别源圆旨

别源圆旨(1294—1364),越前(今福井县)人,五山时期诗僧。元应二年(元代延祐七年,1320)到中国,居留达十一年之久。有《南游集》、《东归集》。

和天岸首座采石渡[1]

万里江天接海天,清波浴出月娟娟[2]。
醉魂千载若招返[3],我亦何妨去学仙。

蜗叟曰:元萨天锡诗有"采石江空月满船"及"不作天仙作水仙"之句,盖信传说而赋之。此则就传说而疑之,意转妙。

❖ 注 释

[1] 天岸:即天岸慧广。首座:寺院最高职位,即上座。采石渡:即采石矶,在安徽省马鞍山市西北长江边上。

[2] 娟娟:美好的样子。

[3] 醉魂:指李白。王定保《唐摭言》:"李白着宫锦袍,游采石江中,傲然自得,旁若无人,因醉入水中捉月而死。"后传为骑鲸仙去。宋代梅尧臣悼李白诗云:"采石月下逢谪仙,夜披锦袍坐钓船。醉中爱月江底悬,以手弄月身翻然。不应暴落饥蛟涎,便当骑鲸上青天。"据孟棨《本事诗》,贺知章读李白《蜀道难》,"读未竟,称叹者数四,号为谪仙"。既是谪仙,又"骑鲸仙去",所以称为"招返"。

和古心圣侍者五偈 (选一首)[1]

已无闲事到心头,今日逢君话旧游。
吴越江山忘未得[2],孤舟短棹过长洲[3]。

闲堂曰:已无闲事,难忘江山,亦杜老所云"药裹关心诗总废,花枝照眼句
还成"之意也。

❖ 注 释

[1] 侍者:指僧徒。《释氏要览》下"住持":"侍者,即长老左右也。"偈:偈陀(梵
   文音译)的简称,义为"颂",即佛经中的唱词,多以四、五、六、七言以至多言为
   句,四句为一偈,与诗相类。本偈原列第五。
[2] 吴越江山:指中国江浙山水。
[3] 长洲:今江苏苏州。

送崇侍者归京省亲

春入京城花草暖,忽催归兴绊行滕[1]。
堪为方外不羁客[2],正是人间无住僧。
孤雾断云三事衲[3],残山剩水一枝藤。
恩波爱浪未全尽,难使情怀冷似冰。

闲堂曰:与上篇略同,动归兴,即是尘念犹存也。

❖ 注 释

[1] "忽催"句:指崇侍者出于想念父母而改变了到处云游的计划。绊:牵制。行
   滕(téng):绑腿布,这里指游踪。《三国志·吴书·吕蒙传》:"为兵作绛衣
   行滕。"

[2] 方外：世俗之外。《庄子·大宗师》："孔子曰：'彼游方之外者也，而丘游方之内者也。'"

[3] 三事衲：即皈依佛教的僧侣。三事：三归，指信仰佛教者表示对佛、法、僧三宝归顺依附的入教仪式。衲：僧衣。这里代和尚。

此山妙在

此山妙在（1296—1377），信浓（今长野县）人，五山时期诗僧，有《若木集》。

城中闲居二首

闹啾啾地寄闲身[1]，万境消融独掩门[2]。
不觉憨眠光景过[3]，半檐风雨自黄昏。

✤ **注 释**

[1] 闹啾啾地：嘈杂的地方。啾啾：形容繁碎的声音。
[2] 万境：意为一切事物。
[3] 憨眠：不问世事地酣睡。

闹中消息静中看，世味何如曲臂眠[1]。
门掩夕阳春寂寂，更无花鸟到阶前。

闲堂曰：静以待动，寂以待喧。禅家本色，如是如是。
蜗叟曰：此可谓"修得自在身，懒散遣芳春"矣。

✤ **注 释**

[1] 曲臂眠：《论语·述而》："子曰：'饭疏食，饮水，曲肱而枕之，乐亦在其中矣。不义而富且贵，于我如浮云。'"曲臂即曲肱。

中岩圆月

中岩圆月（1300—1375），相模（今神奈川县）人，正中元年（元代泰定元年，1324）到中国，元弘二年（元代至顺三年，1332）归国。敕赐佛种慧济禅师，有《东海一沤集》。

思 乡

东望故乡青海远[1]，十春闲却旧园花。
可怜蝶梦无凭仗[2]，飞遍江山不到家。

蜗叟曰：乡思如春草，偏向客中生。

❖ 注 释

[1] 青海：这里指碧海。
[2] 蝶梦：《庄子·齐物论》："昔者庄周梦为胡蝶，栩栩然胡蝶也。"后因称梦为蝶梦。这里指梦魂。凭仗：凭借，依靠。

佚 名

　　这首诗是在庵普在弟子某所作,见《五山文学新集》第四卷《云巢集》。

燕 子

　　冥濛社雨暗春郊[1],两两三三掠柳梢。
　　莫向画梁深处语[2],茅檐犹在去年巢。

闲堂曰:杜老云:"频来乳燕定新巢。"此反用之,弥有意味。

✿ **注 释**

[1] 社雨:社日前后的雨。古代春秋两次祭祀土神(即"社"),一般在立春、立秋
　　后第五个戊日,称为社日。这里的"社雨"指春社日时雨。
[2] 画梁:指代华丽的堂屋,意为豪富之家。

友山士偲

友山士偲(1301—1370)，京都人，五山时期诗僧。嘉历三年(元代天历元年，1328)游学中国，前后历十八年，于贞和元年(元代至正五年，1345)归国。有《友山录》。

含晖亭晚望

含晖亭上立，矫首望扶桑[1]。

谁言沧海阔，一苇可通航[2]。

白云生足下，空翠滴衣裳[3]。

沉吟不忍去，倚栏静思量。

古人曾有语，行脚莫归乡[4]。

苟得莫归旨，虽皈也不妨[5]。

吾生困异域，踪迹徒漫浪[6]。

短景难拘束[7]，头颅已欲霜。

再作径山客[8]，愈觉增痴狂。

归欤且少待，八月秋风凉。

蜗叟曰：行脚释子而有"困顿异域"之嗟，则亦"不是解空人"矣。

闲堂曰：一结渺然。

❖ 注释

[1] 矫首：昂首，抬头。陶渊明《归去来兮辞》："时矫首而遐观。"扶桑：日本。

[2] 一苇：小船的代称。《诗经·卫风·河广》："谁谓河广？一苇杭之。"杭，通"航"。

[3] 空翠：山间草木的青绿色。

[4] 行脚：云游四方，佛教用语。杜牧《大梦上人自庐峰回》："行脚寻常到寺稀，一枝藜杖一禅衣。"

[5] 皈：皈依，归依。这里指居留中国。

[6] 漫浪(láng)：自由自在，不受拘束，到处漫游。

[7] 短景：短暂的时光。

[8] 径山：在浙江省杭州市余杭区西北，为天目山的东北峰。作者在中国，曾遍游江、浙名山宝刹。

题万年院（选一首）[1]

延文丁酉（二年）春三月[2]，余就于京口宝山右趾创精舍[3]，追慕吾三世祖径山圆照（无准师范）老师塔院[4]，号曰万年正续，因榜之曰万年。乾峰（士昙）和尚大书二字，而山高地远，江山万里，皆吾几案上物，辄成八句，以遣兴云尔。

前是米山后宝山，长江万里座中看。
千株金橘屋檐下，一朵黄花篱落间。
竹笕远分三峡水[5]，茶铛常激五湖澜[6]。
举头咫尺长安近，大道无拘任往还。

蜗叟曰：胸则宽广，笔亦豪健。

❖ 注 释

[1] 原诗二首，这是第一首。

[2] 延文丁酉：1357 年。延文：日本南北朝时期北朝后光严天皇年号。

[3] 京口：今江苏镇江。宝山：与下面的米山，均为镇江附近山名。精舍：指
    佛寺。

[4] 塔院：指径山圆照埋骨的寺院。和尚死了，建塔为瘞骨之所。

[5] 竹笕（jiǎn）：连接起来引水用的竹管。这里所引当为长江水，所以说"远分三
    峡水"。

[6] 茶铛（chēng）：煮茶的壶。五湖：泛指太湖流域的大小湖泊。镇江与太湖地
    区相邻，故云"茶铛常激五湖澜"。

梦岩祖应

梦岩祖应（？—1374），出云（今岛根县）人，五山时期诗僧。敕赐大智圆应禅师，有《旱霖集》。

读《西域求法传》

细思浪死与虚生[1]，心勇无前十万程。
失路朝随牛矢进[2]，寻村夕逐鬼磷征[3]。
险崖攀树身毛竦[4]，危彴乘绳命叶轻[5]。
吾辈何人温且饱，开经半面玉山倾[6]。

闲堂曰：法显传耶？慈恩传耶？中四极能状旅途之险，知此老身手不凡。
蜗叟曰：总谓求法非易耳。

✤ 注 释

[1] 浪死与虚生：轻率地死和白白地活。

[2] 矢：屎。

[3] 鬼磷：鬼火。

[4] 身毛竦：头发和汗毛根根竖起。

[5] 危彴（zhuó）：危险的独木桥。乘绳：缘绳而过。命叶轻：生命如树叶般轻。

[6] "开经"句：意思是一打开经书就为之倾倒。经：即《西域求法传》。玉山：形容仪容美好。玉山倾，原指人酒醉后倒地。《世说新语·容止》："嵇叔夜（康）之为人也，岩岩若孤松之独立；其醉也，傀俄若玉山之将崩。"

龙湫周泽

　　龙湫周泽（1309—1388），甲斐（今山梨县）人，五山时期诗僧，有《随得集》。

客　夜

　　钟声夜夜落谁边，客梦黄粱四十年[1]。
　　起坐松棂我忘我[2]，云生岭上月行天。

闲堂曰：解脱。先叔祖父十发老人自题写真云："清白吾身此去来，乾坤消息一真胎。若然便是浮生用，月自当天花自开。"可验靳也。

❖ 注 释

[1] 黄粱：唐代沈既济《枕中记》：卢生在邯郸客店中昼寝入梦，历尽富贵荣华。梦醒，店主人所炊黄粱尚未煮熟。后以黄粱梦喻虚幻的事。

[2] 松棂(líng)：松木床。棂：这里指有栏槛的床。我忘我：指忘情一切。《庄子·齐物论》："南郭子綦隐机而坐，仰天而嘘，答焉似丧其耦。"子綦曰："今者吾丧我。"忘我，犹"丧我"，失去了为己、为功、为名的旧我。

愚中周及

愚中周及（1323—1409），美浓（今岐阜县）人，五山时期诗僧。历应四年（元代至正元年，1341）到中国，观应二年（至正十一年，1351）归国。敕赐佛德大通禅师，有《草余集》。

三月二日夜听雨

佩玉珊珊鸣竹外[1]，谁家公子入山来。
今宵赚我一双耳，明日桃花千树开。

闲堂曰：转接变幻，虽小巧，亦自可喜。
蜗叟曰：写细雨声，匠。由夜雨而想来朝"花发千树"，其喜悦心境，有非可言喻者矣。

✿ **注 释**

[1] 佩玉珊珊：古人衣裾上所系玉佩发出的声音。这里比喻雨声，是作者的想象。杜甫《郑驸马宅宴洞中》："时闻杂佩声珊珊。"

义堂周信

义堂周信（1325—1388），土佐（今高知县）人，五山时期著名诗僧，有《空华集》。

春日漫兴

老去才仍拙，春来睡更痴。

每惊风动竹，无奈雨催诗。

褪蕊轻轻急[1]，幽花稍稍迟[2]。

开襟成独笑，此意竟谁知。

蜗叟曰：嗟才拙，是犹未能逃于尘累也。

❖ **注 释**

[1] 褪蕊：萎谢的花朵。

[2] 幽花：僻静处的小花。

题《庐山图》

道人来自海西头[1]，千仞匡庐半幅收[2]。

楼观已随兵火尽，山林犹见画图留。

九江秀色清于水[3]，五老苍颜瘦似秋[4]。

指点远公高隐处[5]，白云丹壑兴悠悠。

闲堂曰：观颔联似有本事，今不可知矣。后幅皆想象之词，非所画必此
　　　景也。

❖ **注 释**

[1] 道人：六朝称佛教徒为道人，道教徒为道士。这里即指佛教徒。海西头：指
　　中国。

[2] 匡庐：庐山。相传周代有匡氏七兄弟上山修道，结草庐为舍，故名"匡庐"，又
　　名匡山。

[3] 九江：《晋太康地记》："九江，刘歆以为湖汉九水入彭蠡泽也。"湖汉九水是赣
　　江及其八大支流，即为"九江"，皆注入彭蠡泽，即鄱阳湖。

[4] 五老：五老峰，庐山胜景之一。李白《望庐山五老峰》："庐山东南五老峰，青
　　天削出金芙蓉。九江秀色可揽结，吾将此地巢云松。"

[5] 远公：慧远法师(334—416)，东晋高僧，倡导弥陀净土法门，为净土宗初祖。
　　太元六年(381)入庐山，长期在庐山修行。

绝海中津

绝海中津（1336—1405），土佐（今高知县）人，五山时期著名诗僧。正平二十三年（明代洪武元年，1368）游中国，天授二年（明代洪武九年，1376）归国。特赐佛智广照净印翊圣国师，有《蕉坚稿》。

古　寺

古寺门何向，藤萝四面深。
檐花经雨落，野鸟向人吟。
草没世尊座[1]，基消长者金[2]。
断碑无岁月，唐宋竟难寻。

闲堂曰：清峭似浪仙。颈联与胡翔冬先师《自怡斋诗》中"城殃鱼自乐，石烂佛无皮"之句为近。然师意深矣。

❖ 注 释

[1] 世尊座：佛教徒对于释迦的尊称。这里泛指佛像。
[2] "基消"句：意思是佛像的座基埋没了，佛身的金粉褪落了。长者：指佛像。

出塞图

驰马腰弓箭，军行无少留。
只须身许国，不敢计封侯。

寒雨黄沙暮，西风白草秋。

何人画图里，一一写边愁。

蜗叟曰：颔联写坦白襟怀。如此将卒，诚可赞。如此画手，亦可佩。

多景楼

北固高楼拥梵宫[1]，楼前风物古今同。

千年城堑孙刘后[2]，万里盐麻吴蜀通[3]。

京口云开春树绿，海门潮落夕阳红[4]。

英雄一去江山在，白发残僧立晚风[5]。

闲堂曰：感慨沉雄，怀古正格。

❖ **注 释**

[1] 北固高楼：即北固山上的多景楼，在今江苏镇江东北江滨。它在甘露寺后
    面，所以说"拥梵宫"。梵宫：佛寺。

[2] 孙刘：三国时东吴孙权与南朝宋武帝刘裕。孙权曾在京口（镇江）建立首都；
    刘裕在这里起事，推翻东晋，做了皇帝。城堑：城墙和护城河。

[3] "万里"句：意思是镇江处在长江水道交通之要，使相距万里的吴蜀的物产互
    相交流。

[4] 海门：指镇江地处长江下游入海处。与上句"京口"为巧对。

[5] 残僧：孤僧。

惟忠通恕

惟忠通恕(1349—1429),自号云壑道人,五山时期诗僧,有《云壑猿吟集》。

天地一沙鸥

天地一沙鸥,机心万事休[1]。

冷看劳跼蹐[2],甘自任沉浮。

甚爱五湖景[3],不承千户侯[4]。

阳颓青崦上[5],先落白蘋洲。

闲堂曰:达者之言,读之令人去鄙吝。诗笔亦流转可观。

蜗叟曰:营营奔竞者,可以为戒。

✿ 注 释

[1] "天地"二句:作者以沙鸥自喻,以示没有任何机变之心。据《列子·黄帝》,古时海上有好鸥者,每日从鸥鸟游,鸥鸟来者数以百计。其父要他取鸥鸟来玩,次日至海上,鸥鸟舞而不下,说明无机心者则与异类亦相亲。后来有"鸥鹭忘机"的成语。陆龟蒙《酬袭美夏首病愈见招》:"除却伴谈秋水外,野鸥何处更忘机。"机心:机变、权变的心计。《魏书·公孙表传》:"不可启其机心,而导其巧利。"

[2] "冷看"句:意为冷眼旁观世人营营操劳,恐惧不安。跼蹐:不得舒展的样子。《诗经·小雅·正月》:"谓天盖高,不敢不跼。谓地盖厚,不敢不蹐。"

[3] "甚爱"句:喻隐退江湖。

[4] 不承：不做。

[5] "阳颓"句：意思是太阳落山了。颓：落下。陶弘景《答谢中书书》："夕日欲颓，沉鳞竞跃。"崦：崦嵫山，神话传说中日落的地方。《山海经·西山经》有"崦嵫之山"，郭璞注曰："日没所入山也。"

招高林侍者[1]

想见佳人拔俗标[2]，幽居日日别魂销[3]。
可堪江左风流远[4]，须拟淮南大小招[5]。
岩畔桂花秋未老，阶前兰叶露先凋。
何时细听同窗雨[6]，软语挑灯度一宵[7]。

闲堂曰：以淮南小山有《招隐士》之篇，遂改大小山为大小招以趁韵，究不可为法。然此联却偶傥有韵致。

❖ **注释**

[1] 高林：和尚名。

[2] 佳人：这里指高士、才人，即高林侍者。拔俗标：超越流俗的仪表气度。孔稚珪《北山移文》："耿介拔俗之标。"

[3] "幽居"句：意思是我虽归隐，也天天为思念你而忧伤。幽居：隐居。《礼记·儒行》"幽居而不淫"孔颖达疏："幽居，谓未仕独处也。"苏轼《宿水陆寺寄北方清顺僧》："年来渐识幽居味，思与高人对榻论。"别魂销：江淹《别赋》："黯然销魂者，唯别而已矣。"销魂：形容极度悲伤仿佛魂离形体。

[4] "可堪"句：意思是怎能忍受与具有江左风流的高林侍者远隔。江左：江东，长江下游东部地区，历史上是东吴，东晋，南朝宋、齐、梁、陈各朝的疆域。江左风流即为六朝流风遗韵。这里指高林侍者的风度。

[5] 淮南大小招：指王逸《楚辞章句》中所收的淮南小山的《招隐士》（《文选》则题《招隐士》作者为刘安）。王逸云，淮南王刘安众门客，"各竭才智，著作篇章，

分造辞赋,以类相从。故或称小山,或称大山,其义犹《诗》之有'小雅''大雅'也。"这里的大小招,即或称小山,或称大山的意思。

[6] 细听同窗雨:李商隐《夜雨寄北》:"何当共剪西窗烛,却话巴山夜雨时。"

[7] 软语:温和的絮语。杜甫《赠蜀僧闾丘师兄》:"夜阑接软语,落月如金盆。"

愕隐惠豁

　　愕隐惠豁（huò）（1357—1425），筑后（今福冈县）人。五山时期诗僧，至德三年（明代洪武十九年，1386）到中国，居留十年左右返国。善楷书，世称"愕隐体"。敕赐佛慧正续国师，有《南游稿》。

寒夜留客

一粲灯花照雪浓[1]，相邀喜色动帘栊[2]。
别来肝肺冷于铁，听尽长安半夜钟[3]。

闲堂曰：别则肝肺冷，逢则喜色动，殷勤留客之意，不言自明。

❖ 注 释

[1] 粲：灿烂，形容灯花的明亮。
[2] 帘栊：门帘。
[3] 长安：中国西安。半夜钟：张继《枫桥夜泊》："姑苏城外寒山寺，夜半钟声到客船。"

牧　笛

悠扬无律吕[1]，牛背等闲吹[2]。
数曲草多处，一声风度时。
江村梅落雪[3]，野驿柳收丝[4]。

弄得升平乐[5],牧童知不知。

闲堂曰:柳收丝,"收"疑"抽"之误,俟更得善本校之。

蜗叟曰:无律吕,盖不拘乐家宫商规矩之谓。亦惟"等闲"出之,乃更悠
  扬悦耳而不同于呕哑嘲哳之声。

❖ **注 释**

[1] 律吕:古代乐律依据声音的高低分为六律和六吕,合称十二律,这里泛指
  音律。

[2] 等闲:随意。

[3] "江村"句:赞美曲调动人,引得落梅如雪。古曲有《梅花落》,所以诗人有这
  样的联想。李白《与史郎中钦听黄鹤楼上吹笛》诗:"黄鹤楼中吹玉笛,江城五
  月落梅花。"

[4] "野驿"句:曲调优美,引得柳丝飘荡。古曲有《折杨柳》。

[5] 弄:吹奏。

西胤俊承

西胤俊承(1358—1422)，筑后(今福冈县)人，五山时期诗僧，有《真愚稿》。

秋　扇

巧制霜纨宫样新[1]，高堂六月主恩频[2]。

一朝秋至宠还断[3]，恨在西风不在人。

闲堂曰：恨在西风，诗人忠厚之意也。

❖ 注 释

[1] 霜纨：这里指白绢做的团扇。宫样：宫廷中的式样。《文选·班婕妤·怨歌行》："新裂齐纨素，皎洁如霜雪。"

[2] 主恩频：意思是六月炎夏，主人离不开它。班婕妤《怨歌行》："出入君怀袖，动摇微风发。"

[3] "一朝"句：班婕妤《怨歌行》："常恐秋节至，凉飙夺炎热。弃捐箧笥中，恩情中道绝。"

听夜泉

独坐听泉久，寒声入夜深。

初如漱哀玉，忽似罢鸣琴。

动静能随境，抑扬非有心。

安倾天下耳，一一洗尘襟[1]。

蜗叟曰：入夜深，则听久矣。或如漱玉，或如鸣琴，惟宁心久听斯能辨之。此公诚有心人也。

♣ **注 释**

[1] 尘襟：俗念。

惟肖得岩

惟肖得岩(1360—1437)，备中(今冈山县)人，五山时期诗僧，别号蕉雪，有《东海琼华集》。

江山小隐

老树谁家孤屿间，青围碧拥画屏山[1]。

出无骑从行何待[2]，门欠童膺设不关[3]。

冷暖人情苍狗变[4]，江湖雅意白鸥闲。

香尘如海众如水，一榻展图惭暮颜[5]。

闲堂曰：颔联舒卷自如，佳句也。

蜗叟曰：道尽世态，益见高怀。

❖ 注 释

[1] 画屏山：如画屏上的青碧山水。画屏：彩绘屏风。

[2] 骑从(jì zòng)：骑马的从者。

[3] "门欠"句：意思是因为没有守门的童子，所以门是不关的。膺(yìng)：应答。设不关：陶渊明《归去来兮辞》："门虽设而常关。"

[4] 苍狗："白云苍狗"，比喻世事变幻无常。杜甫《可叹》："天上浮云如白衣，斯须改变如苍狗。"

[5] 一榻展图：作者书房命名"睡足轩"，有诗云："独卧高轩春尽长，暖云垂地梦苍苍。诗人观物九方马，认作春风催海棠。"

岐阳方秀

岐阳方秀(1363—1424),赞岐(今香川县)人,号不二道人,五山时期诗僧,有《不二遗稿》。

立春探梅[1]

乍闻春色到山家,起看梅梢悉着花。
只怪无风递香去,不知残雪压枝斜。

闲堂曰:体物入微。

❖ **注 释**

[1] 作者原注:"龙安山中寒甚,所以未见梅花。"按,龙安山在日本京都。

东沼周曚

东沼周曚（1391—1462），五山时期诗僧，有《流水集》。

赋雪山招山阴季正侍者

天际芙蓉想玉颜[1]，年年雪解涨溪湾。
请君来看愁城外[2]，春不能青镜里山[3]。

蜗叟曰：雪解溪涨，可以泛舟矣！此所以诗招侍者也。

闲堂曰：山谷诗云："春不能朱镜里颜。"末句拟之，然不害其佳。

❖ **注 释**

[1] 芙蓉：荷花，这里喻高耸半天的雪山。疑指日本富士山。明治时代诗人柴邦
彦《富士山》云："谁将东海水，濯出玉芙蓉。"我国诗人黄遵宪在《日本杂事诗》
中写道："拔地摩天独立高，莲峰涌出海东涛。二千五百年前雪，一白茫茫积
未消。"他们都把白雪皑皑的富士山比作莲花。

[2] 愁城：比喻为忧愁所包围。周邦彦《满路花》词："酒压愁城破。"

[3] 镜里山：这里指雪山。

和子明高书记之韵[1]

达人如有约[2]，归思浩无边。
一出湘中寺，三年渭上船[3]。

花阑胡蝶晓[4]，竹暗鹧鸪烟。

此日温存问，亲于共被眠。

闲堂曰：流丽似中晚唐人。

❖ 注 释

[1] 书记：古代官府中主管文书的人员。这里指佛寺中担任这项工作的和尚。

[2] 达人：通达事理的人，指高子明。

[3] 湘中、渭上：指陕西、湖南。湘：湘水，代湖南。渭：渭水，代陕西。

[4] "花阑"句：意思是暮春花尽，犹有蝴蝶绕之而也。花阑：花尽，表示暮春时
分。晓：疑是"绕"字之误。

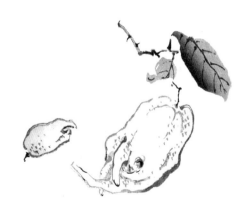

瑞溪周凤

瑞溪周凤(1392—1473),和泉(今大阪府)人,五山时期诗僧,敕赐
兴宗明教禅师,有《卧云稿》。

读范至能《梅谱》[1]

揽辔功名鬓已丝[2],花村春静与梅期。
渡江诸将中兴日[3],花亦南枝胜北枝[4]。

❖注释

[1] 范至能:范成大(1126—1193),字至能,号石湖居士,平江府(今苏州市)人,
南宋著名诗人。其《梅谱》自序云:"吴下栽梅特甚,其品不一,今始尽得之,随
所得为之谱,以遗好事者。"

[2] "揽辔"句:意思是澄清天下、建功立业的壮志未酬而两鬓已经花白。揽辔:
《后汉书·范滂传》:"滂登车揽辔,慨然有澄清天下之志。"后用"揽辔"或"揽
辔澄清"喻政治上的伟大抱负。范成大有《揽辔录》,记出使金国事。

[3] 中兴日:即"王师北定中原日",南宋军队收复沦于金人之手的北方领土
之时。

[4] "花亦"句:表示梅花也怀着对南宋王朝的忠心,所以南枝先开放。

希世灵彦

希世灵彦(1404—1488），一作村庵灵彦，京都人，五山时期诗僧，敕赐慧鉴明照禅师，有《村庵稿》。

赋得桃花送某人行色[1]

离亭春晚酒杯空[2]，路畔桃花驻小红。
故插一枝纱帽上，思君心在不言中。

闲堂曰：不折柳而插花，亦自别致。

✤ 注　释

[1] 赋得：古代取前人成句为题、应制之作、集会分题的诗，题首均冠以"赋得"二字。这里是诗人集会分题，分得的题目为"桃花"。行色：指行旅出发前的情景。周邦彦《兰陵王·柳》："隋堤上、曾见几番，拂水飘绵送行色。"
[2] 离亭：送别的长亭。

扇面麻雀

竹从墙外出横枝，风里低昂不自持[1]。
暮雀欲栖心未稳[2]，飞来飞去已多时。

蜗叟曰：写竹雀风神宛然，忘其为画矣。

✤ **注释**

[1] 不自持：竹随风动，不由自主。

[2] 心未稳：心不定，不放心。

天隐龙泽

天隐龙泽（1422—1500），播磨（今兵库县）人，五山时期诗僧，有《默云稿》。

公子游春图（选一首）[1]

领取名园处处春，华筵一醉动弥旬。
金鞍玉勒桃花马[2]，啜尽民膏是此人。

蜗叟曰：前三句写足公子豪华气派，正所以为后一句兜出公子罪戾设地也。

❖ **注 释**

[1] 原诗共三首，这里所选为第一首。
[2] "金鞍"句：桃花马配上镶嵌黄金的马鞍和宝玉装饰的马络头，极言公子坐骑的豪华。金鞍玉勒，庾信《三月三日华林园马射赋》："控玉勒而摇星，跨金鞍而动月。"桃花马：白毛红点的马。杜审言《戏赠赵使君美人》："红粉青娥映楚云，桃花马上石榴裙。"

横川景三

横川景三(1429—1493)，播磨（今兵库县）人，五山时期诗僧，有《东游集》。

扇　面[1]

此画江南物，梅花一朵新。
莫言生绢薄[2]，中有大唐春。

闲堂曰：语淡情浓，深得唐人小诗之法。

❖ **注 释**
[1] 作者原注："唐扇，以绢裁之，有梅花。"
[2] 生绢：生丝织成的绢。

暮秋话旧

秋云暮矣夜萧萧，乱后烦君又过桥。
白发僧兼黄叶寺[1]，旧游总似话前朝。

蜗叟曰：取意于元微之（一作王建诗）"白头宫女在，闲坐说玄宗"。

❖ **注 释**
[1] 黄叶寺：深秋落叶纷飞中的寺院。

送遣唐使[1]

皇明持节海程遥[2]，一别春风绾柳条[3]。
若写离愁上船去，和烟和雨入中朝[4]。

蜗叟曰：送使遣中土，只从离愁染笔，而情致深挚，斯为得体。

♣ 注 释

[1] 遣唐使：原指日本派赴唐王朝的使节，后泛称派赴中国的使节。
[2] 皇明持节：持节出使皇明。节：符节，古代使者所持，以作凭信。皇明：
　　明朝。
[3] 绾柳条：折柳告别。绾：系缠，指使者手持柳条。
[4] 中朝：指中国。

景徐周麟

景徐周麟（1440—1518），近江（今滋贺县）人，五山时期诗僧，有《翰林葫芦集》。

山寺看花

路入青山欲暮鸦，白樱树下梵王家[1]。
居僧不识惜春意，数杵钟声惊落花[2]。

闲堂曰：体物精妙，语带禅机。

❖ **注释**

[1] 梵王家：指寺庙。梵王：即佛。
[2] 杵：这里指撞钟的木槌。

宋宫殿《钱塘观潮图》

势似银山忽欲颓，海涛卷地宋楼台。
观潮亭上七行酒[1]，北使年年带雪来[2]。

❖ **注释**

[1] 七行酒：即酒过七巡的意思。
[2] 北使：指金国使节。宋金在和议局面下，互相派遣使臣贺年、贺节（皇帝生辰）。最后二句隐讽南宋朝廷苟安宴乐，媚颜事敌。

兰坡景茝

兰坡景茝(？—1501)，近江(今滋贺县)人，五山时期诗僧，敕赐佛慧圆应禅师，有《雪樵独唱集》。

花下思洛[1]

独乘款段涉江干[2]，桃李开遍雪尚残。
寄语溧阳寒处士[3]，有花即是小长安[4]。

闲堂曰：后半自解之词，而托之于寄语古人，构思甚妙。
蜗叟曰：聊堪自慰之意。

❖ 注 释
[1] 原注："江左道上之作。"江左：即日本木曾川东岸。洛：洛阳，洛下，实为当时
日本的首都平安京，即京都。
[2] 款段：马行迟缓的样子。《后汉书·马援传》："乘下泽车，御款段马。"这里代
指缓缓而行的马。江干：江岸，江边。
[3] 溧阳寒处士：指作溧阳县尉的唐代诗人孟郊。
[4] "有花"句：意思是不一定要在京城长安才能得意地看花。孟郊及第后有诗
《登科后》云："春风得意马蹄疾，一日看尽长安花。"

彦龙周兴

彦龙周兴,生卒年不详,山城(今京都)人,五山时期诗僧,有《半陶文集》。

上元前买芙蓉灯[1]

富家一碗费千金,独买芙蓉照苦吟。

屈指灯前数佳节,江湖夜雨十年心[2]。

闲堂曰:羁旅贫贱,感喟深至,因物寓情,意不在灯也。

蜗叟曰:曲致委婉,怨而不怒。

❖ 注 释

[1] 上元:旧以阴历正月十五为上元节,其夜为上元夜,也叫"元宵",习俗有花
灯。芙蓉灯:莲花灯。

[2] "江湖"句:黄庭坚《寄黄幾复》:"江湖夜雨十年灯。"

一曼圣瑞

一曼圣瑞,生平不详,五山时期诗僧,《五山文学新集》第五卷收有他的《幽贞集》。

和友人韵

自携诗卷扣禅关[1],竹树森沉白日闲。
汲黯固宜居禁闼[2],仲宣何意客荆蛮[3]。
华筵清肃同听讲[4],宝地从游且解颜。
我亦拂衣尘土外,十年驴背饱看山。

闲堂曰:格局甚整,亦有气象,有唐贤风味,佳作也。

❖ 注 释

[1] 扣禅关:意为从事佛门修炼。禅关:即坐禅入定,排除一切杂念,冥想佛理,犹如守关,故称禅关。

[2] 汲黯:字长孺。汉武帝时任主爵都尉,好黄老之术。居禁闼:意为在皇帝身边做官。禁闼:禁中,古时帝王所居处,防卫森严,门户有禁,非亲信大臣不得妄入。

[3] 仲宣:王粲,字仲宣,建安时期著名作家。遭遇汉末动乱,曾依附刘表于荆州,但不被重用,曾作《登楼赋》以见意。荆蛮:指荆州(今湖北荆州市)。王粲《七哀诗》:"复弃中国去,远身适荆蛮。""荆蛮非我乡,何为久滞淫。"所以这里说:"何意客荆蛮。"

[4] 华筵:这里指法筵,即宣讲佛经的讲席。

赞孟东野[1]

龙钟白首据吟鞍,棘句钩章卒未安[2]。
快意看花春一日[3],溧阳寂寞老微官[4]。

闲堂曰:抵得上一篇东野传。

蜗叟曰:前两句可作东野先生小像看,如李洞赋"敲驴吟雪月"之为浪仙
写像同。所以"棘句钩章卒未安"者,以见东野谋篇构想之不
苟,掐擢胃肾,皆从肺腑出而不蹈寻常蹊径也。后两句一暖一
冷,相去奚啻万里。信非高手莫能出。

❖ 注 释

[1] 孟东野:孟郊(751—814),字东野,唐代诗人。少年时隐居嵩山,四十六岁中
进士,后任溧阳县尉。诗多寒苦之音,用字造句追求瘦硬,与贾岛齐名,有"郊
寒岛瘦"之称。

[2] "棘句钩章"句:意思是孟郊苦吟出文辞奇特、佶屈聱牙的诗句后,还要苦苦
思索推敲。韩愈《贞曜先生(即孟郊)墓志铭》:"钩章棘句,掐擢胃肾。"

[3] "快意"句:孟郊中进士,作《登科后》:"昔日龌龊不足夸,今朝放荡思无涯。
春风得意马蹄疾,一日看尽长安花。"

[4] 微官:卑微之官,即孟郊所任溧阳县尉。孟郊任溧阳县尉时为五十岁。孟郊
一生终老于微官,所以称"老微官"。

林　忠

　　林忠（1583—1657），一名信胜，字子信，号罗山，平安（今京都）人，固守程朱理学，江户幕府初任德川家康顾问。著书凡百有余部，有《罗山先生诗集》。

夜渡乘名[1]

　　扁舟乘霁即收篷[2]，一夜乘名七里风。
　　天色相连波色上，人声犹唱橹声中。
　　众星闪闪如吹烛，孤月微微似挽弓。
　　渐到尾阳眠忽觉，卧看朝日早生东[3]。

闲堂曰：颔联状乘舟夜渡甚工致。

❖ **注释**

[1] 乘名：地名。

[2] 霁：这里指风停。

[3] 朝日早生东：韩愈《谒衡岳庙遂宿岳寺题门楼》："呆呆寒日生于东。"

再和羽林君[1]

　　白乐天元和辛卯《春雪》诗[2]，与今兹同干支同月[3]，诚偶然奇事也。余已追和之，既奉劝三品羽林君，乃裁一篇以赐之，且请余批语，殷勤之至，何言哉。遂再和进呈于左右。

武州庆安年[4]，辛卯仲春月。
上旬浃尽夜[5]，五更满天雪。
黎明犹密密，寒花未消歇。
倚天锟吴剑[6]，切玉作泥屑。
谷中莺路涩，冰下鱼池冽。
原上烧痕草，加霜露亦结。
时有梅开迟，北枝香骨折。
可怜跨驴客[7]，板桥滑欲绝。
燕鸿共冥冥[8]，来往早晚别。
阴沴久凝滞[9]，阳和苦拥阏[10]。
春耕土未拨，盍闻氾胜说[11]。
植物虽萌动，新青倏尔杀[12]。
愿修太昊德[13]，祈晴福转孳[14]。
迟日江山丽[15]，喜怒要中节[16]。

闲堂曰：蔼然仁者之言，上追白傅。此自是思虑通接，非徒时日之巧合也。

❖ 注释

[1] 羽林君：源羽林，官居三品。作者已写过《奉同三品羽林君追和昌黎春雪诗》，所以本篇是"再和"。

[2] 白乐天：唐代诗人白居易字乐天。他的《春雪》诗作于唐宪宗元和六年（811），时为辛卯年。

[3] 同干支：这首诗作于日本后光明天皇庆安四年（1651），也是辛卯年。下雪是二月十一日。白居易《春雪》："元和岁在卯，六年春二月。月晦寒食天，天阴

夜飞雪。"所以既同干支又同月。

[4] 武州:武藏,今日本东京都、神奈川一带。

[5] 上旬浃(jiā)尽:指十一日。浃:浃日,古代以干支纪日,自甲至癸十日为浃
日,与"上旬"同义。

[6] "倚天"句:倚天、锟吴:均指宝剑。倚天:李白《大猎赋》:"于是擢倚天之
剑。"锟吴:应作"锟铻"或"昆吾"。《列子·汤问》:"周穆王大征西戎,西戎献
锟铻之剑,其剑长尺有咫,练钢赤刃,用之切玉如切泥焉。"

[7] 跨驴客:骑驴踏雪寻梅的人。踏雪寻梅是古代文人的雅事。

[8] 冥冥:这里是弄糊涂了,分辨不清的意思。

[9] 阴沴(lì):阴寒之气。沴:气不和而生灾害。

[10] 拥阏(è):即"壅阏",阻塞不通。

[11] "盍闻"句:应该听听氾胜之所说的。盍:何不。氾胜:这里指《氾胜之书》,
是成书于公元前一世纪的古农书,原书已佚,有辑本,其中讲到了耕地之法。
作者氾胜之,汉成帝时为议郎,后升迁为御史。

[12] "新青"句:刚刚长出的绿色的萌芽会很快被杀死。倏(shū)尔:很快地。

[13] 太昊德:即上天好生之德。

[14] 转孽:改变灾难的日子。

[15] 迟日:指春天阳光灿烂的日子。杜甫《绝句二首》:"迟日江山丽。"

[16] 中节:合乎节度。意思指老天喜怒要合于节令。

石川凹

石川凹（1583—1672），字丈山，号大拙、东溪、六六山人、四明山人等，三河（今爱知县）人，著有《覆酱集》、《诗仙诗》、《诗法正义》等。

溪　行

高岩浅水边，回眺弄吟鞭[1]。

野径菅茅露[2]，田村篁竹烟。

溪空莺韵缓[3]，山尽马蹄前。

懒性与云出[4]，又应先雨还[5]。

蜗叟曰：石川丈山，史称宽文（1661—1672）中诗豪也。江村绶氏则病其"句多拙累，往往不免俗习"。然若此诗，亦复潇洒有韵致，固不可以一概论也。

❖ **注 释**

[1] 吟鞭：诗人乘马吟诗时手中所持马鞭。辛弃疾《鹧鸪天》："愁边剩有相思句，摇断吟鞭碧玉梢。"

[2] 菅（jiān）茅：泛指野草。

[3] 莺韵：黄莺鸣啭声。

[4] 懒性：疏懒闲逸的心情。

[5] 先雨：赶在下雨前。

题樱叶再为花

寒林秀色夺红霞,片片随风飘水涯[1]。
春缀素纨秋锦绣[2],一株枝叶两回花。

✤ **注释**

[1] 水涯:水边。

[2] 素纨:这里形容白色的花朵。原指白色细绢。

木下贞幹

木下贞幹(1621—1698),字直夫,号顺庵,京都人,有《锦里文集》、《恭靖先生遗稿》。

稚　松

稚松三四尺,直立影森森[1]。
昂壑虽无势[2],凌云自有心。
相期霜干老,不受岁寒侵。
嘉树勤封植[3],会成君子林。

闲堂曰: 吾尝爱唐僧"近种篱边菊,秋来未着花"句,以为有殷勤之意,顺庵此作,盖亦近之。

❖ **注释**

[1] 森森:茂盛繁密的样子。杜甫《蜀相》:"丞相祠堂何处寻?锦官城外柏森森。"

[2] 昂壑:昂首山谷中。

[3] 封植:栽培。封:原指培土。

春　雨

细细连朝雨,欲晴不肯晴。

柳边看有色，花上听无声。

湿翼归鸿重，衔泥乳燕轻[1]。

薰炉春昼静[2]，相对畅幽情。

闲堂曰：中四亦善体物。

✤ 注 释

[1] 乳燕：幼燕。鲍照《咏采桑》："乳燕逐草虫，巢蜂拾花药。"

[2] 薰炉：即熏炉，古代用来熏香和取暖的炉子。

菊

今日即重阳[1]，东篱一夜霜。

叶犹存故绿，花始发新黄。

岂与众芳伍，独于晚节香。

徒移三径里[2]，白露滴幽光。

蜗叟曰：实自写高尚风标，亦咏菊常格。

✤ 注 释

[1] "今日"句：苏轼《江月五首并引》："菊花开处乃重阳，凉天佳月即中秋。"

[2] 三径：三条小路，指隐者居住的地方。《文选》李善注引《三辅决录》：汉代蒋诩归隐后，舍中开三径，只与志同道合的求仲、羊仲交往。

释日政

释日政（1623—1668），字元政，号妙子、泰堂等，京都人。京都深草瑞光寺开山祖师，称深草元政。有《草山集》。

次韵宜翁

设门常不掩，客至莫谁何[1]。
花瘦蝶来少，林深鸟集多。
唯为禁酒约，未作《采薇歌》[2]。
枯木白云里，无心萦碧萝[3]。

闲堂曰：尾联寄兴，枯木无萦萝之心，即隐居自适不慕荣利之意也。

❖ **注 释**

[1] "客至"句：意思是客人来了不须应门问答。贾谊《过秦论》："陈利兵而谁何。"谁何：哪个，指喝问来人。

[2] "唯为"二句：受到朝廷约束，还不能立即归隐。《三国志·魏书·徐邈传》：曹操严厉禁酒，人们讳言酒，称清酒为圣人，浊酒为贤人。尚书郎徐邈喝醉了，"问以曹事，遂曰'中圣人'"，几至罚罪。这里的禁酒约，泛指受朝廷制约。《采薇歌》：见《史记·伯夷列传》：周武王灭商，伯夷、叔齐不食周粟，逃到首阳山下采薇而食，饿死前作《采薇歌》，其词曰："登彼西山兮，采其薇矣。以暴易暴兮，不知其非矣。神农、虞、夏忽焉没兮，我安适归矣？于嗟徂兮，命之衰矣！"这里泛指归隐。

[3] 碧萝：绿色的藤萝植物。

草山偶兴[1]

晦迹烟霞避世尘[2]，云松为屋竹为邻。

闲中日月不知岁，定里乾坤别有春[3]。

会面何嫌青眼友[4]，慈颜每爱白头亲[5]。

门前流水净如练[6]，好是无人来问津[7]。

闲堂曰：善写闲居之乐，结句点睛。

❖ 注释

[1] 草山：在日本京都，又名深草山。

[2] 晦迹烟霞：隐遁于山水胜景之中。《北史·徐则传》："餐松饵术，栖息烟霞。"

[3] 定里乾坤：入定中的世界。"定"为佛家语，意为安静心宁，神不驰散。《观无量寿经》："出定入定，恒闻妙法。"

[4] 青眼友：尊敬的知心朋友。《晋书·阮籍传》："籍又能为青白眼，见礼俗之士，以白眼对之"，遇志同道合的嵇康，"乃见青眼"。

[5] "慈颜"句：意思是人们总是挚爱白发的母亲。慈颜：慈祥的容颜，指母亲。

[6] 净如练：洁净犹如白绢。谢朓《晚登三山还望京邑》："余霞散成绮，澄江静如练。"

[7] 问津：探问寻访。陶渊明《桃花源记》："后遂无问津者。"津：原指渡口。

饥年有感

八月雨犹少，引流理水车。

途穷人弃子[1]，林瘦竹生花[2]。

荒草穿龟背[3]，乱虫入犬牙[4]。

自惊清福足，香饭及芳茶。

87

蜗叟曰：愍饥民也，见释子恻隐之心。诗则朴实平易，不落七子套熟窠臼。末两句殆少陵"生常免租税，名不隶征伐"之比。

❖ **注 释**

[1] "途穷"句：王粲《七哀诗》："路有饥妇人，抱子弃草间。"途穷：走投无路。

[2] 竹生花：竹子开花，多因地土贫瘠。

[3] 龟背：土地干旱而裂开，犹如龟背。

[4] 犬牙：形容农作物高矮不一、杂乱无章。

伊藤维桢

伊藤维桢(1627—1705),字源佐,号仁斋,平安(今京都)人,著有《论语古义》《孟子古义》《语孟字义》《古学先生诗文集》等。

与诸友游贺茂得"薰"字[1]

游历丛祠下[2],长吟日未曛[3]。
酒携新酿至,题取古诗分[4]。
细雨林偏净,斜风草自薰[5]。
更添庙前水[6],应是北山云[7]。

蜗叟曰:伊藤氏为东国著名汉学家,始出于程朱而终斥之,乃专事《论》、《孟》,自创一家之说,以其余力为文学。若此寻常分韵酬应之作,亦自闲雅清润,朗朗可讽。

✤ 注 释

[1] 贺茂:在日本京都北郊。得"薰"字:即赋得"薰"字。

[2] 丛祠:这里指贺茂神社。神社是日本固有的宗教庙宇,有别于佛寺。丛祠原指丛林中的祠庙,柳宗元《韦使君见召》:"谷口寒流净,丛祠古木疏。"

[3] 长吟:曼声吟诵写好的诗篇。杜甫《解闷》:"陶冶性灵存底物,新诗改罢自长吟。"日未曛:日未暮。曛:昏暗。

[4] "题取"句:用古人诗句中字为韵,各人分题作诗。这首诗"得'薰'字",即押"薰"字韵,而"薰"字又出自古诗某句。

[5] 薰:花草的芳香。江淹《别赋》:"陌上草薰。"

[6] 庙前水：贺茂神社前面的贺茂川。

[7] 北山：在贺茂神社西南。

嵯峨途中[1]

十里嵯峨路，往还天欲昏。

钟声云外寺，树色雨余村。

相伴只筇竹[2]，所携唯酒樽。

阿宣与通子[3]，双立候柴门[4]。

闲堂曰：清微淡远，颇近中唐。

❖ 注 释

[1] 嵯峨：山名，在日本京都西郊。

[2] 筇竹：用筇竹做的手杖。

[3] "阿宣"句：陶渊明《责子》："阿宣行志学，而不爱文术。""通子垂九龄，但觅梨
    与栗。"阿宣、通子都是陶渊明孩子的小名，这里借喻自己的儿子，即自比陶
    渊明。

[4] 候柴门：陶渊明《归去来兮辞》："稚子候门。"

释尧恕

释尧恕（1640—1695），字体素，号逸堂，自称萨达磨，后水尾帝第六皇子，平安（今京都）人，有《逸堂集》。

绝　句

十月北风吹古木，破蒲团上足容身[1]。

窗间山水皆诗料，我是人间富贵人。

闲堂曰：如此富贵，尽消受得，盖取之无不义也。

❖ **注释**

[1] 蒲团：信仰佛教的人打坐和跪拜时所用蒲草编成的团形垫具。

林春信

林春信（1643—1666），又名春恕，字孟著，号勉亭，又号梅花洞主，林罗山的孙子，江户（今东京都）人，有《梅洞集》。

落　叶

朔风吹万木，落叶满墙阴。

犹有恋枝意，飘飘绕故林。

楼

登览四望开^[1]，高楼信美哉。

天低星可摘，水近日先来^[2]。

蜗叟曰：从杜审言《登襄阳城》前四句化出而创造新意。

❖ 注释

[1] "登览"句：杜审言《登襄阳城》："层城四望开。"

[2] "水近"句：杜审言《登襄阳城》："汉水接天回。"

鸟山辅宽

鸟山辅宽（1655—1715），字硕夫，号芝轩，京都人，有《芝轩吟稿》。

江村即事

四面云山千里沙，中间随处著渔家。

清愁满目斜阳外，妆点芦花入蓼花[1]。

闲堂曰：结句善于设色。

❖ **注 释**

[1]"妆点"句：雪白的芦花、淡红的蓼花，杂然相映。

秦始皇

弃掷皇坟与圣经[1]，漫求仙药究蓬溟[2]。

盛称水德真堪笑[3]，不救咸阳火一星[4]。

蜗叟曰：可作一篇《过秦论》读。后两句假阴阳家"五行生克"之说以讥之，妙。

闲堂曰：余往过骊山，辄题一绝云："发冢诗书一炬灰，祖龙当日亦惊才。栖惶没世龙蹲叟，枉费微辞记定哀。"用意与芝轩自别。世有赏音，必能辨之也。

[1] "弃掷"句：指秦始皇焚书事。《史记·秦始皇本纪》：三十三年,秦始皇据李斯所奏,实行焚书,"所不去者,医药卜筮种树之书"。皇坟、圣经,泛指先皇圣贤传下的典籍。皇坟：三坟,相传是三皇之书。《左传·昭公十二年》载古书有《三坟》、《五典》、《八索》、《九丘》,今皆失传。

[2] "漫求"句：秦始皇曾遣方士徐福入海到蓬莱仙山求仙人及不死之药。漫求：空求。蓬溟：传说在大海中的蓬莱仙岛。

[3] 水德：秦始皇根据战国时邹衍提出的所谓金、木、水、火、土五德终始论,以为周为火德,秦代周,应为水德。

[4] 咸阳火：指秦亡,项羽入咸阳,放火烧秦宫室。

新井君美

新井君美（1657—1725），字在中，一字济美，号白石，又号锦屏山人，江户（今东京都）人，洽闻多识，著作丰富，有《西洋纪闻》、《古史通》、《东雅》等一百六十余种，诗集为《白石诗草》。

己巳秋到信夫郡奉家兄[1]

远送朱轮出武城，清秋孤剑赋《东征》[2]。
故园丘墓松楸冷[3]，长路关山鸿雁惊。
芳草池塘他日梦[4]，夜床风雨此时情[5]。
登楼相望浮云隔，空寄愁心对月明[6]。

闲堂曰：乡思宛转，一往情深。
蜗叟曰：结联自太白"浮云蔽白日"、"我寄愁心与明月"诗意化出。

✤ 注 释

[1] 作者原注："兄在马邑，去郡止八十里。"己巳：日本东山天皇元禄二年，1689年。信夫郡：今日本福岛。奉：侍奉，探望，问候。
[2] "远送"二句：意思是人们送我出武城，我走向东方。朱轮：指代古代达官贵人所乘的华美车子。武城：武藏国，江户，今东京都。作者当时在德川幕府中担任官职。赋《东征》：《文选》有班昭《东征赋》，这里指诗人自己走向东方。
[3] 松楸：指墓地上种的树木。朱子奢《文德皇后挽歌》："寒光向垄没，霜气入松楸。"

[4] "芳草"句：以同族兄弟谢灵运、谢惠连喻兄弟之情。《诗品》引《谢氏家录》
云："康乐(谢灵运)每对惠连,辄得佳语。后在永嘉西堂,思诗竟日不就,寤寐
间,忽见惠连,即成'池塘生春草'。故尝云:'此语有神助,非我语也。'"

[5] 夜床风雨：以苏轼、苏辙兄弟之情为喻。苏轼《雨中作示子由》："对床空悠
悠,夜雨今萧瑟。"

[6] "空寄"句：李白《闻王昌龄左迁龙标遥有此寄》："我寄愁心与明月,随君直到
夜郎西。"这里进一层谓"空寄愁心"。

九日示故人

黄金不结少年场[1],独对寒花晚节香。
十载故人零落尽,故园秋色是他乡。

闲堂曰：明人李寒支句云："怀人惟故鬼,作客在家乡。"比此诗后二句尤
为沉痛。

❖ **注 释**

[1] "黄金"句：意思是当年不去一掷千金,结客报怨,出入少年场。乐府杂曲
歌辞有《结客少年场行》。《乐府诗集》引《乐府解题》："《结客少年场行》,
言轻生重义,慷慨以立功名也。"曹植《结客篇》："结客少年场,报怨洛
北邙。"

送复轩之南海

春风扬白花,吹江江水碧,
化作水中萍,忽如江上客。
浮云东北集,飘扬无定迹。

结欢犹未久，为此风波隔。

春色何时归，秋光亦可惜。

明月一千里，永怀伤今夕。

闲堂曰：弥有古意。拟选体而不雕饰，佳作也。

南部景衡

南部景衡（1658—1712），字思聪，号南山，又号环翠园，长崎（今长崎县）人，精通经术，尤长史学，有《环翠园史论》。自己删定诗文集，题作《唤起漫草》。

怀环翠园十首 并引（选一首）[1]

无用之材，逢时不收；多病之人，触物易感。余兼此两者，而官况已索然[2]。春日偶有怀环翠园，因赋诗以言志。

江上春来雁几群，归飞遥度万山云。
谁怜叔夜不堪俗[3]，自羡仲连能解纷[4]。
徒有寸心怀暗恨，却无尺璧献明君[5]。
多情试倚楼头望，花事阑珊落日曛[6]。

蜗叟曰：以雁归发兴。既南山先生官况索然，登楼凭栏，能无归兮之思乎？

闲堂曰：颔联自占身分。

❖ **注释**

[1] 这里所选为第五首。

[2] 官况已索然：意为做官不得志，没有什么兴致。

[3] 叔夜不堪俗：嵇康，字叔夜，是曹魏宗室女婿，对抗司马氏势力，拒绝做官。他在《与山巨源绝交书》中提出了不可做官的"七不堪"、"二甚不可"：如："不

喜俗人,而当与之共事,或宾客盈坐,鸣声聒耳,嚣尘臭处,千变百伎,在人目前,六不堪也。”

[4] 仲连能解纷:鲁仲连,战国时齐人,曾帮助平原君却秦军而解邯郸之围,帮助齐国收复燕将占领的聊城,以善于排难解纷著称。详见《史记·鲁仲连列传》。

[5] 尺璧:直径一尺的宝玉。这里即指和氏之璧,一名荆山玉,系卞和献给楚王。诗中暗用此事,所以说"却无尺璧献明君"。

[6] "花事"句:落日余光照着将尽的春花。阑珊:衰落。李煜《浪淘沙》:"春意阑珊。"

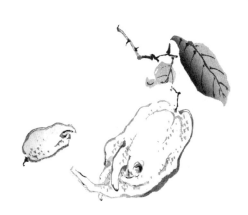

室直清

室直清（1658—1734），字师礼，一字汝玉，号鸠巢，又号沧浪，备中（今冈山县）人，有《鸠巢文集》。

送青地伯契丈适东都[1]

《阳关三叠》暂盘桓[2]，相送西楼月色残。
剑气遥侵霄汉动[3]，马蹄远蹑塞云寒[4]。
离家还忆倚闾望[5]，许国何言行路难。
万里秋高如见雁[6]，为书数字报平安[7]。

闲堂曰：送别诗正格，是学唐有得者。
蜗叟曰：颔联气韵，直逼盛唐。

❖ 注 释

[1] 青地伯契：一位年辈比作者高的人。丈：对长者的尊称。适：前往。东都：今日本京都。

[2]《阳关三叠》：又名《阳关曲》，以王维《送元二使安西》诗为主要歌词的琴曲，因诗中有"劝君更尽一杯酒，西出阳关无故人"而得名。全曲分三段，原诗反复三次，故称"三叠"。

[3] "剑气"句：比喻对方英才杰出。《晋书·张华传》：张华见斗、牛两星间有紫气，后使雷焕在丰城狱中掘得龙泉、太阿两把宝剑。王勃《滕王阁序》："龙光射斗牛之墟。"霄汉：高天，即斗牛之墟。

[4] 塞云：边塞风云。

[5] 倚闾望：指母亲。《战国策·齐策》：王孙贾的母亲对王孙贾说，"女（汝）朝出

而晚来，则吾倚门而望；女（汝）暮出而不还，则吾倚闾而望。"

[6] 雁：即鸿雁、雁足，传送书信人的代称，也可指书信。《汉书·苏武传》：使者谓单于："天子射上林中得雁，足有系帛书，言武等在某泽中。"

[7] 报平安：一语双关，既是报告平安的消息，以免挂念，又因为青山伯契所去之东都称平安京的缘故。

新年早监城门[1]

画戟森森华烛收[2]，东来佳气入楼浮。
春归沧海三千里，日出扶桑六十州[3]。
花外钟鸣起鹓鹭[4]，柳边雪尽散骅骝[5]。
太平时节古难遇，只恐冯唐易白头[6]。

闲堂曰：端丽雅饬，颂圣之体。盛唐诸公遗烈也。

✤ 注释

[1] 早监城门：早晨督察城门。城门：指江户（今东京都）城门。江户为日本京城，天皇所居。

[2] "画戟"句：意思是灯烛熄了，曙光初露，天皇宫门的仪仗森森林立。画戟：古代武器之一，这里指作门卫陈设的仪仗。森森：这里是林立的意思。韦应物《郡斋雨中与诸文士燕集》："兵卫森画戟，燕寝凝清香。"

[3] 六十州：泛指全日本。日本旧分六十六州，这里是举成数而言。

[4] 鹓鹭(yuān lù)：均为鸟名。鹓和鹭飞行时次序井然。这里比喻群臣朝见时的行列。

[5] "柳边"句：意思是群臣来时所骑的马散在柳树底下。骅骝：骏马名。杜甫《奉简高三十五使君》："骅骝开道路，鹰隼出风尘。"

[6] "太平"二句：意思是当今太平盛世，千古难逢，四方无事，只怕冯唐白头到老也无用武之地了。冯唐：汉文帝时人，年老而官甚微，白首屈于郎署，后为魏尚仗义执言，持节云中，恢复了魏尚云中太守的职务，汉文帝任命他为车骑都尉。《史记》有《冯唐列传》。

释万庵

释万庵（1666—1739），名原资，江户（今东京都）人，通内外诸典，善诗，有《解脱集》、《江陵集》。

读孟浩然诗

吾爱襄阳子[1]，篇咏如萧瑟[2]。

岂无鸿华章[3]，匠心迥独立[4]。

高兴淡夷间[5]，丽才亦婉密。

可怜王中允[6]，寓直论胶漆[7]。

片言触龁纩，孤影旋蓬荜[8]。

圭组幸无縻[9]，心迹倍幽逸。

真宰工赋授[10]，清声永盈溢。

季世操觚客[11]，徒忧遭遇失。

职竞罗文场，百年无遗帙[12]。

喟然鹿门山[13]，千秋何律律[14]。

闲堂曰：抵得一篇孟公论赞。得失之论，足见方外人襟怀。

蜗叟曰：非深探襄阳肺腑者莫能出。

❖ 注 释

[1] 襄阳子：即孟浩然，唐代著名诗人，襄阳人。

[2] 萧瑟：寂寞凄清之状。这里指孟诗风格。

[3] 鸿华章：壮丽华美的诗篇。

[4] "匠心"句：创造性的构思十分巧妙，与众不同。第一个为孟浩然编定诗集的
    王士源，赞孟浩然曰："文不按古，匠心独妙。"

[5] 淡夷：平淡，指诗歌风格的冲淡平和。

[6] 王中允：即唐代著名诗人王维，安史乱后，贬官为太子中允。

[7] "寓直"句：意思是王维因值日翰苑，孟浩然往访，谈得情投意合。事见《唐摭
    言》。胶漆：如胶似漆，喻亲密无间。

[8] "片言"二句：据《唐摭言》，王维与孟浩然在翰苑，适唐明皇至。王维不敢隐，孟
    浩然出见。孟诵诗："北阙休上书，南山归敝庐。不才明主弃，多病故人疏。"明
    皇曰："我未尝弃卿，卿自不求仕，何诬之甚也？"因命放归襄阳。触：触犯。黈
    (tǒu)纩：黄色丝绵。古代冕制：用黄绵大如丸，悬于两边当耳处，以示不欲妄闻
    不急之言。这里借古代冕制，指代唐明皇。旋蓬荜：回到简陋的草房中，指归隐。

[9] "圭组"句：意思是孟浩然未曾做官。圭：古代王侯手中所持礼器。组：印
    绶。圭组：这里代官职。

[10] "真宰"句：意思是上天赋予孟浩然工于作诗的才能。真宰：造物主。

[11] "季世"句：意思是末代的文人。操觚客：文人。觚(gū)：古人书写时所用
    木简。宋濂《王冕传》："操觚赋诗，千百言不休。"

[12] "职竞"二句：在人才济济，竞争激烈的文坛上，孟浩然的诗传之百年，没有
    遗失，流传至今。职竞：一味竞争。职：主。罗：网罗，汇聚。

[13] 鹿门山：在湖北襄阳，孟浩然隐居于此。

[14] 律律：山势突兀的样子。

游东山咏落花[1]

金界东风卷彩霞[2]，春光惨淡夕阳斜。
云中嶂壁花千树[3]，湖上楼台雪万家[4]。

蜗叟曰："花千树"、"雪万家"，是远眺、近看，兼繁花如雪与落花如雪两层
    言也。

❖ **注 释**

[1] 东山：在日本京都。

[2] 金界：即金刚界，佛家密教修行法门之一。这里泛指佛地。

[3] 嶂壁：高险的山壁。

[4] 湖上：琵琶湖上。

荻生双松

　　荻生双松（1667—1728），字茂卿，号徂徕，又号蘐园。本姓物部，亦作物茂卿，江户（今东京都）人。苦学成名，推崇明代李攀龙、王世贞，倡导古文辞学，学识渊博，著书数十部，有《论语征》、《徂徕先生集》等。

酬涌谷麟上人见寄[1]

麟公修道深山里，俯视山云涌谷起。
空翠缥缈结楼台[2]，时复随风散锦绮[3]。
锦绮片片中宫商[4]，楼台一一发异香。
乃知六尘本无碍，何啻空中观色相[5]。
上人因之写为诗，无心犹似出岫姿[6]。
自言山中无所有，聊以赠汝知不知[7]。

蜗叟曰：全从"山云"生发，中涉释理。"聊以赠"者，是上人诗及上人一
　　　　片自在岩云之心意耳。

闲堂曰：色相之相，去声漾韵，此作平声阳韵，亦白璧之微瑕。

❖ 注　释

[1] 涌谷：在今神奈川县箱根山中。麟上人：梵挂和尚，字独麟，号醉竹。上人：
　　对僧人的敬称。

[2] 空翠：青绿色的自然景观。这里指浮绕在楼台四周的云气。王维《山中》诗
　　云："山路元无雨，空翠湿人衣。"缥缈：隐隐约约、若有若无的景象。结：

连接。

[3] 锦绮：精致华丽的丝织品。这里指云霞。

[4] "锦绮"句：意思是片片云霞，随着音乐的节拍飞舞。宫商：宫调和商调，这里泛指乐曲。

[5] "乃知"二句：意思是六尘也无碍于修炼，何况只是看到空中的这些景象呢。六尘：佛教名词，色、声、香、味、触、法的合称。当它们作为眼、耳、鼻、舌、身、意(亦称六根)的对象时，称"六尘"。尘：有污染意。何啻：何只。色相：佛教名词，指一切事物的形状外貌。这里指锦绮、异香之类。

[6] 出岫姿：指白云。陶渊明《归去来兮辞》："云无心以出岫。"姿：指白云从山穴中冉冉而起的样子。

[7] "自言"二句：梁代陶弘景《答(高帝)诏问山中何所有》："山中何所有？岭上多白云。只可自怡悦，不堪持寄君。"此处用其语意。

暮秋山行

青嶂听猿度[1]，白云立马看。
萧萧皆落木[2]，历历几晴峦[3]。
九月征衣薄[4]，千山秋日寒。
乡心何廓落[5]，鸟道自艰难[6]。

闲堂曰：风格朴老，似陈拾遗。

❖ **注释**

[1] 度：越过。

[2] 萧萧：草木摇落声。杜甫《登高》："无边落木萧萧下，不尽长江滚滚来。"

[3] "历历"句：多少峰峦，分明可数。历历：清楚可数。晴峦：阳光照射下的山头。

[4] 征衣：远行者身上的衣服。元好问《药山道中》："西风砧杵日相催，著破征衣整未回。"

[5] 廓落：空虚、孤寂。《楚辞·九辩》："廓落兮羁旅而无友生。"

[6] 鸟道：险峻狭窄的山路。李白《蜀道难》："西当太白有鸟道，可以横绝峨眉巅。"

少年行

猎罢归来上苑秋[1]，风寒忆得鹔鹴裘[2]。
分明昨夜韦娘宿[3]，杜曲西家第二楼[4]。

闲堂曰：龙标摩诘之遗韵也。

蜗叟曰：风韵洒脱，俨然盛唐气概。

✤ 注 释

[1] 上苑：上林苑，汉武帝时著名苑囿，放养禽兽，供射猎用。故址在今陕西西安市西。

[2] 鹔鹴：一种雁，用它的羽毛织成的锦衣叫鹔鹴裘。

[3] "分明"句：暗示解裘相赠、醉宿歌楼的风流事。韦娘：即杜韦娘，唐时歌妓。这里是泛指。刘禹锡《赠李司空妓》："高髻云鬟宫样妆，春风一曲杜韦娘。"（一作韦应物诗，题作《杜司空席上赠妓》。）

[4] 杜曲：地名，在今陕西省西安市长安区。

伊藤长胤

伊藤长胤(1670—1736),字原藏,号东涯,门人称之为绍述先生,平安(今京都)人,著名学者伊藤仁斋之子,著书五十多种,如《周易经翼通解》、《古学指要》、《读易私说》、《学问关键》等,有《绍述文集》。

观里村昌亿法眼所藏东坡先生真笔[1]

苏长公《题陈迁叟园竹》五言十韵[2],并豫章黄太史跋语四十字[3],皆手笔也。癸未之夏[4],予得观之于里村丈之室,盖大阁丰臣所赐其先世者[5]。联璧双凤[6],相映一纸,可谓希世之珍也。

坡老胸中墨,吐出满园竹。
淋漓数行字,逸响润枵腹[7]。
果然饫真味[8],不须顾粱肉[9]。
压倒无前人,元轻白又俗[10]。
当时奸谀辈,贬斥尽耆宿[11]。
流祸及遗文,污蔑不一足。
毁折与焚燎[12],徒掩天下目。
风涛万里外,阳侯相约束[13]。
词翰千岁新,岂唯万镒玉[14]。
高堂张素壁,纵观徒踯躅[15]。

闲堂曰:诗笔挥洒自如,亦似坡老。

蜗叟曰：中土名迹之流在友邦者盖夥，此其一耳。

✦ 注 释

[1] 法眼：原是僧徒位阶，法眼和尚位之略称，其位亚于法印。日本室町、江户时代风俗，医师、画工、连歌师（连歌，以和歌为连句者）等，皆剃发，亦受法印、法眼等僧位。里村昌亿是歌人，世以连歌为业，因受法眼位。

[2] 苏长公：苏轼，字子瞻，号东坡居士，北宋著名文学家、书画家。他的书法与黄庭坚、米芾、蔡襄合称"宋四家"。称长公，以别于其弟辙之称少公。《题陈迁叟园竹》一诗，不见于今本苏轼诗集。

[3] 豫章黄太史：即黄庭坚（1045—1105），字鲁直，号山谷、涪翁，豫章分宁（今江西修水）人，曾任《神宗实录》检讨官、国史编修官，故称黄太史。

[4] 癸未：日本东山天皇元禄十六年，1703 年。

[5] 大阁丰臣：即丰臣秀吉（1536—1598），早年充任织田信长部将，1585 年赐姓丰臣，1590 年灭北条氏，统一全国，结束日本战国时代。1592 年让位与其养子秀次，自称太阁。先世：上代，祖先。

[6] 联璧双凤：喻指苏轼、黄庭坚写的字，犹如并列的两块宝玉，或展翅飞翔的双凤。

[7] "逸响"句：意思是不同凡俗的格调可以滋润空腹。逸响：超脱尘俗的高格。枵（xiāo）腹：空腹。

[8] 饫（yù）：饱食。

[9] 粱肉：泛指精美的饭菜。杜甫《醉时歌》："甲第纷纷厌粱肉，广文先生饭不足。"

[10] 元轻白又俗：苏轼《祭柳子玉文》："元轻白俗，郊寒岛瘦。"分别指元稹、白居易、孟郊、贾岛的诗歌风格。

[11] "当时"二句：北宋神宗时，王安石推行新法，遭到司马光、文彦博等人反对，形成新旧党争。苏轼属旧党，遭到斥逐。奸谀辈：指新党。耆宿：年高德劭的人，这里指旧党。

[12] 焚燎：烧毁。

[13] "阳侯"句：意思是苏轼的墨宝流传到日本时，这时波涛之神也互相约制，不使海波损坏船舶。阳侯：古代传说中的波涛之神。《淮南子·览冥》高诱注："阳侯，陵阳国侯也。其国近水，溺死于水。其神能为大波，有所伤害，因

谓之阳侯之波。"阳侯成为波涛的代称。

[14] 镒(yì)：古代二十两为一镒。

[15] 徒踯躅：只是徘徊瞻顾，流连不去。

废 宅

忆昔遗簪地[1]，菰蒲掩水涯[2]。

千金营土木，一梦恨豪华。

午影旧时燕[3]，春风几度花。

徒供行路叹，不识是谁家。

蜗叟曰： 全从废宅落想。诗笔流转圆润，寓讽嘲于感慨之中。

闲堂曰： 颈联从刘梦得《乌衣巷》一诗化出，然"午影"字无着。

❦ **注 释**

[1] 遗簪地：歌舞繁华地。簪：妇女的首饰。《史记·滑稽列传》："前有堕珥，后有遗簪。"

[2] 菰、蒲：都是水生植物。

[3] 旧时燕：刘禹锡《金陵五题·乌衣巷》："旧时王谢堂前燕，飞入寻常百姓家。"

春日雨中

家无厅事堪旋马[1]，门有清泉可濯缨[2]。

好树当窗常输绿，异禽驯砌不知名[3]。

一场春梦涵花影，六尺藤床湿雨声。

不信长安城里住，过墙蜂蝶自柴荆[4]。

闲堂曰：安贫乐道之言。第五句好，尤胜陆鲁望之"满身花影倩人扶"也。

蜗叟曰：城市隐者之辞。过墙蜂蝶,固无嫌于穷通也。

❦ **注 释**

[1] "家无"句：家中没有广大的厅堂可让马匹在其中转动,古代富贵人家多有广大的厅堂,来客可在其中下马。厅事：犹厅堂。旋马：马能回旋。《宋史·李沆传》：沆为相,"厅事前仅容旋马"。这里反用。

[2] 濯缨：《孟子·离娄上》："沧浪之水清兮,可以濯我缨;沧浪之水浊兮,可以濯我足。"其原义为洗涤系帽的丝带,后来以此表示避世隐居或清高自守。白居易《题喷玉泉》："何时此岩下,来作濯缨翁。"

[3] 异禽驯砌：各种禽鸟驯顺地在阶下走动。

[4] "不信"二句：意思是住在繁华的都市里,越过近邻围墙的蜂蝶,想不到竟也翩翩飞临舍下柴门。长安：借指江户。柴荆：用柴干荆条编成的门,也指简陋的村舍。唐代王驾《雨晴》："蛱蝶飞来过墙去,却疑春色在邻家。"

梁田邦美

梁田邦美(1672—1757)，本名邦彦，字景鸾，号蜕岩，江户(今东京都)人。有《四书讲义》、《答问书》、《蜕岩集》等。

暮春竹馆小集

筼筜之谷有楼台[1]，极目南天海岛开。
日暮青牛关外去[2]，潮平彩鹢雾中来[3]。
却怜芳草留车辙[4]，坐觉残花劝酒杯[5]。
春色年年看不厌，莫教意气作寒灰。

闲堂曰：用笔流丽似大历诸子。一结挺起，不落寻常蹊径。

❖ 注 释

[1] 筼筜(yún dāng)之谷：筼筜，大竹名，筼筜谷以产竹而得名。苏轼《文与可画竹记》："以所画筼筜谷偃竹遗余。""筼筜谷，在洋州。"这里因咏及竹馆，借用此名。

[2] "日暮"句：傍晚暮霭漂浮出关。《列仙传》："老子西游，关令尹喜望见有紫气浮关，而老子果乘青牛而过也。"骆宾王《代女道士王灵妃赠道士李荣》："青牛紫气度灵关。"这里用青牛代紫气，紫气实为暮霭。

[3] 彩鹢(yì)：指船。鹢：水鸟。古人常在船头上用彩色画鹢，因称船为彩鹢。李峤《汾阴行》："棹歌微吟彩鹢浮。"

[4] 留车辙：使客人留下。

[5] 坐：因为。

秋夕泛琵琶湖[1]

湖北湖南暮色浓[2]，停篙回首问孤松[3]。
沧波两岸秋风起，吹送叡山云里钟[4]。

蜗叟曰：即兴之作，意态洒然。

❧ 注 释

[1] 琵琶湖：日本最大的淡水湖，在滋贺县，因形似琵琶得名。

[2] 湖北湖南：琵琶湖南北两边。

[3] 问孤松：欲访唐崎之松何在？琵琶湖附近，风景优美，有"近江（滋贺县旧名）八景"之称，八景中有"唐崎（湖畔地名）之松"。

[4] 叡山：比叡山，在今京都市东北，琵琶湖西岸。

哭田何龙[1]

剑佩风流今奈何，魂舆寂寂上山阿[2]。
云烟昼暗《兰亭帖》[3]，霜露春寒《蒿里歌》[4]。
玉笛依然人不见[5]，梅花无恙泪偏多[6]。
忆曾南浦舟中月[7]，同惜年华叹逝波[8]。

蜗叟曰：云烟句以见善书；玉笛句以见善笛，盖犹人亡笛在之意。

❧ 注 释

[1] 作者原注："何龙善书，又善吹笛。"

[2] 魂舆：即魂车，指载灵柩之车。

[3] "云烟"句：意思是看到田何龙留下的法帖，不禁黯然。《兰亭帖》：又名《兰亭序》、《禊帖》，是晋代永和九年(353)王羲之等在会稽兰亭修禊时诸家所作诗

的序文,相传为王羲之手书,是极为著名的法帖。这里借指田何龙留下的法书。

[4]《蒿里歌》:古乐府曲,相传是出殡时挽柩人所唱。

[5]"玉笛"句:嵇康被司马昭杀害,其友向秀经过嵇康山阳旧宅,作《思旧赋》以寄哀思。《思旧赋序》:"经其旧庐","邻人有吹笛者,发声寥亮,追思曩昔游宴之好,感音而叹。"田何龙善于吹笛,所以这样写。

[6]"梅花"句:作者《和田何龙》中有"未攀门外柳,已问陇头梅"之句,但两人分手后,田何龙去世了,所以见梅落泪。

[7]"忆曾"句:作者《和田何龙》诗序云:"今兹秋,何龙将从吾侯而东,七月十二夕,泛舟南浦同饮,盖早其饯也。"

[8]逝波:犹"逝川",逝去的流水,喻流逝的岁月。

题庄子像[1]

为蝶无庄周,为周无胡蝶[2]。
画中两俱存,是非终喋喋[3]。

闲堂曰:亦是一重公案。

❖ 注 释

[1]庄子:名周,宋人,曾为漆园吏,战国时代的哲学家、文学家。

[2]"为蝶"二句:《庄子·齐物论》:"昔者庄周梦为胡蝶,栩栩然胡蝶也;自喻适志与,不知周也;俄然觉,则蘧蘧然周也。不知周之梦为胡蝶与?胡蝶之梦为周与?"

[3]"是非"句:是是非非终究会喋喋不休地争论下去。是非:《庄子·齐物论》:"彼亦一是非,此亦一是非。"喋喋:形容说话很多。

祇园瑜

祇园瑜（1677—1751），一名正卿，字伯玉，号南海，又号铁冠道人，纪伊（今和歌山县）人，有《诗学逢原》、《明诗俚评》、《南海文集》、《南海诗集》等。

金龙台[1]

忽倾三百杯，直上金龙台。

不穷千里目，何消万古哀。

下视天下士，贤愚混尘埃[2]。

名利良微物，钟鼎非我才[3]。

匹夫抱璧良其罪[4]，祸福徇人因自媒[5]。

朝取封侯夕菹醢[6]，蹑珠之客为谁来[7]？

牢耶石耶何累累[8]，土山渐台作死灰[9]。

况复我生非松乔[10]，白日西飞难再回。

百年开口一大笑，身后鸿名何在哉！

当歌意气乍奔逸[11]，傍人莫怪玉山颓[12]。

唯愿手弄云间月，万古千秋照金罍[13]。

闲堂曰：刻意追摹太白，时复近之，惟不能落想天外耳。

蜗叟曰：必意有所郁结，非真能忘怀得失者。

✤ 注 释

[1] 金龙台：在东京都待乳山浅草观音庙之东。传说因观音显灵，大地涌起，金龙来栖而得名。

[2] "贤愚"句：意为贤愚不分，混同尘土。

[3] "钟鼎"句：意为我不是能获得功名富贵的那种人。古来有功名富贵的人，以鼎贮食，食时鸣钟，故以钟鼎代表作为富贵的代称。

[4] "匹夫"句：《左传·桓公十年》："周谚有之：'匹夫无罪，怀璧其罪。'"匹夫：平民。良：诚然。其：他的。

[5] 徇：随。

[6] 菹醢(zū hǎi)：把人剁为肉酱的酷刑。

[7] 蹑珠之客：喻追求功名利禄者。《史记·春申君列传》："春申君客三千余人，其上客皆蹑珠履以见赵使。"蹑珠：蹑珠履，穿珠鞋。

[8] "牢耶"句：牢监还是石堆，如此重重叠叠。

[9] "土山"句：意思是古代富贵人家的园囿化为乌有。土山：晋谢安别墅所在，故址在南京附近。渐台：《水经注》："(太液)池中有渐台三十丈。"

[10] 松乔：传说中的仙人赤松子和王乔。这里指长生不老。

[11] 当歌：即对酒当歌，指饮酒听歌。曹操《短歌行》："对酒当歌，人生几何？"乍奔逸：正奔放。

[12] 玉山颓：即"玉山倾"，醉倒。

[13] 金罍：盛酒之器。《诗经·周南·卷耳》："我姑酌彼金罍。"

叶 声

山径秋寒识鹿行，夕阳僧院扫还轻。
梢头未必学松韵[1]，几度风檐作雨声[2]。

闲堂曰：体物浏亮，兼有幽情。

✤ 注 释

[1] 松韵：和谐的松涛声。

[2] 风檐：屋檐。檐易受风，故名风檐。

渔　父

一笠一蓑一钓竿，行无车马首无冠。
生涯只见烟波上[1]，醉里不知风雪寒。
宿鹭眠鸥俱是侣[2]，白蘋红蓼定何滩[3]。
休论舟楫江湖险，君看人间行路难。

蜗叟曰：就渔父生涯刻画摹写，亦是能手。

❖ 注释

[1] 烟波：指江河上的雾气和水波。
[2] "宿鹭"句：表示鸥鹭相亲，包含毫无机心之意。陈与义《蒙示涉汝诗次韵》：
　　"知公已忘机，鸥鹭宛停峙。"
[3] "白蘋"句：不论是长着白蘋还是红蓼的滩头，均可停留。白蘋、红蓼：均为水
　　生植物。

太宰纯

太宰纯（1680—1747），字德夫，号春台，信浓（今长野县）人，著书数十种，《紫芝园漫笔》、《诗传膏肓》、《易占要略》、《诗书古传》、《紫芝园前后稿》等尤知名。

神巫行

宕邱之山郁崔嵬[1]，朝云暮雨去复来。
宕邱巫女何姣丽，弱质阿娜倚高台[2]。
长者二十少二八[3]，恰似芙蓉并蒂开。
金钗玉簪罗衣裳，瑰姿玮态极容光[4]。
耀若白日照屋宇，皎若明月临池塘。
联娟双眉不待画[5]，花颜岂假红粉妆[6]。
眄睐已含无限意[7]，一顾断尽万人肠。
倘遇吴王便倾国[8]，即入汉宫定专房[9]。
清歌妙舞真绝伦[10]，起云行雨信有神。
城中纷纷祷祠者[11]，投与金币如埃尘。
那知蛾眉能伐性[12]，况复尤物尤伤人[13]。
须臾神升歌舞休，美人归去不回头。
阳台梦觉无消息[14]，依旧云雨绕宕邱。

闲堂曰：笔致流丽。昌黎《华山女》尝写此辈，观此则东国亦有其风矣。

蜗叟曰：只从冶容姣态染笔而讽旨可知。一结予人迷茫惝恍、余韵不尽之感。

✤ **注 释**

[1] 宕邱：今东京都之爱宕山，山上有爱宕神社，当时山中多有男觋（xí）女巫。郁崔嵬：非常高峻。

[2] 弱质：指年少。阿娜：姿态柔美。

[3] 二八：即十六岁。

[4] 瑰姿玮态：姿态瑰玮，即姿态奇丽。容光：仪容风采。

[5] 联娟双眉：双眉细长而弯曲。曹植《洛神赋》："云髻峨峨，修眉联娟。"

[6] 假：借。

[7] 眄睐：含情脉脉地看人。《古诗十九首》："眄睐以适意，引领遥相睎。"

[8] 吴王：春秋时吴王夫差。越王勾践送西施以媚夫差，夫差果为所惑，吴国终于灭亡。

[9] 专房：专宠。《后汉书·阎皇后纪》："后专房妒忌。"

[10] 绝伦：无与伦比，超出一般之上。

[11] 祷祠者：前来祈祷的人。祠：同祀。

[12] 蛾眉：美人的代称。伐性：危害身心。枚乘《七发》："皓齿娥眉，命之曰伐性之斧。"娥眉：同"蛾眉"。

[13] 尤物：特出人物，多指美貌的女子。《左传·昭公二十八年》："夫有尤物，足以移人。"

[14] 阳台梦觉：阳台梦醒。宋玉《高唐赋序》："昔者先王尝游高唐，怠而昼寝。梦见一妇人，曰：'妾巫山之女也，为高唐之客。闻君游高唐，愿荐枕席。'王因幸之。去而辞曰：'妾在巫山之阳，高丘之阻，旦为朝云，暮为行雨，朝朝暮暮，阳台之下。'"

安藤焕图

安藤焕图（1683—1719），字东壁，号东野，下野（今栃木县）人，精通汉语，工诗善书，有《东野遗稿》。

子夜吴歌[1]

唯悔别郎日，与郎指逝川[2]；
妾心长若此，妾貌不能然[3]。

闲堂曰：末二语当以杜荀鹤之"承恩不在貌，教妾若为容"解之。

✦ 注释

[1] 子夜吴歌：子夜歌，本为乐府《吴声歌曲》名。《宋书·乐志》："子夜歌者，有女子名子夜，造此声。"遂以得名。这诗是模仿之作。

[2] 逝川：逝去的流水。

[3] 然：如此，这样。

农事忙

桑麻叶密荫村墙，枳壳花飞满古庄[1]。
时雨晓浓闻布谷[2]，条风夏冷被菰蒋[3]。
悉言南亩苗堪树，况复西畴麦上场。
载饷儿童新袯襫[4]，蒸藜妇女旧裈裆[5]。

黄醅拍榼宁论肉[6]，白汗随犁奈作浆。

彭令孤舟棹几日[7]，少游下泽辗何乡[8]。

久从蓁莽埋羊径[9]，惟识泥途侵马缰。

为欲里胥颜色好[10]，归来蹄酒事祈禳[11]。

闲堂曰：一结甚妙，所谓"欲知心腹事，尽在不言中"。

蜗叟曰：是一幅农事风俗画。诗末引出里胥，立意可窥。

❖ 注 释

[1] 枳(zhǐ)：一名枸橘，灌木，常作绿篱，春末开白花。枳壳是它的果实，这里指枳树花。雍陶《城西访友人别墅》："村园门巷多相似，处处春风枳壳花。"

[2] 布谷：鸟名。

[3] 条风：东北风。《史记·律书》："条风居东北，主出万物。"菰蒋：水生植物，其茎即茭白，可食。

[4] "载饷"句：穿着新衣服的儿童去送饭。袯襫(bó shì)：粗糙结实的衣服。

[5] "蒸藜"句：身着旧衣的妇女们在做饭菜。蒸藜：这里指做饭做菜。许浑《村舍》之一："莱妻早报蒸藜熟，童子遥迎种豆归。"裈裆(kūn dāng)：有裆的裤子。这里泛指衣裳。

[6] "黄醅(pēi)"句：意思是只有浊酒，哪能想到有肉啊。黄醅：未加过滤的黄酒，泛指浊酒，不好的酒。杜甫《客至》："盘飧市远无兼味，樽酒家贫只旧醅。"拍榼(kē)：拍击酒具。宁论：何论。

[7] "彭令"句：意思是陶渊明独自驾舟游憩又能几时。陶渊明曾任彭泽令，故称彭令。他在《归去来兮辞》中云："或命巾车，或棹孤舟，既窈窕以寻壑，亦崎岖而经丘。"

[8] "少游"句：意思是马少游坐车远游到了何处呢？下泽：下泽车，古代适合于沼泽地上行驶的一种车子。少游：马少游。《后汉书·马援传》：马少游对堂兄马援说："士生一世，但取衣食裁足，乘下泽车，御款段马，为郡掾吏，守坟墓，乡里称善人斯可矣！"

[9] 蓁(zhēn)莽：茂密的荆棘杂草。羊径：即三径。西汉末蒋诩在家中辟三径，

惟与羊仲、求仲交往。这里改三径为羊径,是为了和下句"马缰"作对。

[10] 里胥:乡间小吏,如里正、里甲等。

[11] 祈禳:向神祈祷,以求消灾。

服部元乔

服部元乔(1683—1759),一作服元乔,字子迁,号南郭,又号芙蕖馆,平安(今京都)人,有《唐诗选句解》、《南郭集》等。

咏怀二首

名都多第宅,蔼蔼扬红尘[1]。

繁华各自媚,交态重万缗[2]。

往来趋捷径,车马吓比邻[3]。

朝为千金子,夕作五侯宾[4]。

五侯不可接,冠盖乏故人[5]。

舍此归故路,去钓大江滨。

巨鳌东海来,排流受我纶[6]。

烹之不充膳,聊以得道真[7]。

闲堂曰:二诗,曹公所谓"慨当以慷,忧思难忘"。

蜗叟曰:盖亦迹落穷途,感慨兴寄之作。

✤ 注 释

[1] 蔼蔼:昏暗。司马相如《长门赋》:"望中庭之蔼蔼兮。"红尘:闹市飞尘。

[2] "交态"句:意思是互相交往只重万贯家财。缗(mín):指成串的钱,一千文为一缗。

[3] "车马"句:意思是显贵们驱车策马,叫嚣喧呼,惊扰近邻。

[4] 五侯:泛指达官贵人。《汉书·元后传》:河平二年,成帝悉封诸舅:王谭平

阿侯,王商成都侯,王立红阳侯,王根曲阳侯,王逢时高平侯。五人同日封,故世谓之五侯。

[5] 冠盖:官员的冠服和车盖,用作官员的代称。

[6] 纶:钓丝。

[7] "烹之"二句:意思是钓得海上巨鳌,不是为了食用,而是表示自己与世俗不同的志趣罢了。《庄子·外物》:"任公子得若鱼,离而腊之","已而后世辁才讽说之徒,皆惊而相告。"这是惊世的真性情。

> 壮年有所思,慷慨游四方。
> 四方无所遇,九洲一茫茫[1]。
> 悦怿且斯须[2],憔悴江湖旁。
> 弹冠欲焉之[3],负剑反彷徨。
> 废醴轻穆生[4],曳裾困邹阳[5]。
> 浮云相逐驰,荆杞群鸟翔[6]。
> 中心将告谁,抱影徒悲伤。

❖ **注 释**

[1] 九洲:泛指全国乃至世界。

[2] 悦怿:喜悦。斯须:一会儿。

[3] 弹冠:喻准备出仕。《汉书·王吉传》:"吉与贡禹为友,世称'王阳(即王吉)在位,贡公弹冠',言其取舍同也。"王吉做了官,贡禹也准备做官了。焉之:何往。

[4] "废醴"句:《汉书·楚元王传》:穆生不嗜酒,楚元王置酒,特为穆生设醴。"及王戊即位,常设,后忘设焉。穆生退曰:'可以逝矣!醴酒不设,王之意怠,不去,楚人将钳我于市。'"醴:甜酒。后来称对人敬礼渐减为"醴酒不设",即废醴。

[5] "曳裾"句:西汉邹阳,劝吴王刘濞不要起兵反叛,有《上吴王书》,其中有"饰固陋之心,则何王之门不可曳长裾乎"之句,后以"曳裾王门"比喻在显贵之门作食客。李白《行路难》:"弹剑作歌奏苦声,曳裾王门不称情。"曳裾:本义为拉起衣服的前襟,是谒见致敬时的一种动作。

[6]"浮云"二句：意思是小人得志，排斥君子。浮云：比喻小人。陆贾《新语》："邪臣之蔽贤，犹浮云之障明也。"荆杞：灌木丛，喻恶劣的环境。群鸟：喻君子。

明月篇效初唐体[1]

长安八月秋如水，夜色纤尘空万里。
河汉已收星欲稀，江天初照月相似[2]。
琪树银台玉露垂[3]，交衢大道金风起[4]。
千丈光攀帝阙间[5]，三条影满人家里[6]。
帝阙人家不作眠，夜行夕燕月明前[7]。
相看来饮张公子[8]，谁识遨游美少年。
娼家百膳餐为玉[9]，戚里千金酒作泉[10]。
齐什陈篇歌相见[11]，佳人少妇照相怜[12]。
未拟夜长还秉烛，何须昼短却开筵。
鸦黄蝉鬓景氤氲[13]，月下流杯把向君[14]。
好取侯家白玉案[15]，请看主第冰绡裙[16]。
扁舟几处堪乘兴，一石此时谁厌醺[17]。
别有君王望月台，步辇乘茵永夜回[18]。
琼槛翩翩桂子坠[19]，瑶池濯濯菱花开[20]。
合欢殿里争相待，连理帏中不独来[21]。
合欢连理彻通宵，神女行云不待朝[22]。
月色中天相掩映，容光满殿共妖娇。
须臾一曲命鸾舞[23]，俄尔三更吹凤箫[24]。
细腰掌上凉风发[25]，鬓发笄边轻雾飘[26]。
鬓发细腰悲昔游，凉风轻雾不胜愁。

秦川机上璇玑色[27]，长信宫中玉树秋[28]。

秋去秋来空裂素[29]，相望相忆几登楼。

团团皎皎孤轮在[30]，脉脉盈盈一水流[31]。

千里相望天一色，一天望月长相忆。

长江何处采芙蓉[32]，近里谁家悲促织[33]。

但见长江隔渺茫，但闻近里捣衣裳。

闺中花鸟年年变，塞外风沙夜夜凉。

关山一路徒劳梦，尺素九回空断肠[34]。

妆阁初疑明镜景，卧床犹摘画帘霜。

霜洁镜明箪已寒[35]，素手红颜独夜看。

可怜素手环中缓[36]，应惜红颜镜里阑[37]。

一夕悲忧元鬓白[38]，百年欢洽远人难。

远人对此泪沾襟，中宵荧荧起微吟[39]。

希逸毫端霜露陨[40]，仲宣楼上岁年深[41]。

楼上遥情凄复凄[42]，万户千门落月低。

旧时月落情难歇，落月今宵望转迷。

唯有远山长河色，斜影沉沉落月西。

闲堂曰：风度韵律，追步初唐卢、骆，可谓妙才。

蜗叟曰：回环往复，婉转流润。

❖ 注 释

[1] 初唐体：指初唐时期既承袭陈、隋诗风而又有所转变的诗歌，这里特指其中的七言歌行体，如卢照邻《长安古意》、骆宾王《帝京篇》、张若虚《春江花月夜》等。

[2] "江天"句：月光照耀下江天一色。

[3] "琪树"句：意思是露水凝结在花树楼台上。琪树银台：形容笼罩在银白色的月光中的花树楼台。琪：白玉。玉露：晶莹的露珠。

[4] 交衢大道：四通八达的大路。金风：秋风。

[5] 帝阙：皇帝宫前的望楼。

[6] 三条影：指人在月光下饮酒。李白《月下独酌》："举杯邀明月，对影成三人。"

[7] 燕：通"宴"。

[8] 张公子：《汉书·外戚传》："先是有童谣曰：'燕燕，尾涎涎，张公子，时相见。'""成帝每微行出，常与张放俱，而称富平侯家，故曰张公子。"这里泛指出来游乐时不愿暴露身份的贵族。

[9] 餐为玉：意为精制的美食。陆机《七徵》："奇膳玉食，穷滋致丰。"

[10] 戚里：西汉长安城里外戚居住的地方。《长安志》注："高祖娶石奋姊为美人，移家于长安城中，号之曰戚里，帝王之姻戚也。"这里泛指贵族聚居之地。

[11] 齐什陈篇：齐风、陈风等篇什。《诗经》中《雅》、《颂》均以十篇编为一卷，名之为"什"。齐、陈：这里指《诗经·齐风》和《陈风》中与明月有关的诗篇，如《齐风·东方之日》"东方之月兮，彼姝者子，在我闼兮"、《陈风·月出》"月出皎兮，佼人僚兮"等。谢庄《月赋》："沉吟齐章，殷勤陈篇。"

[12] "佳人"句：意思是同一月光下的佳人与少妇两地相思。佳人：这里指作客异乡的游子。少妇：闺中思夫的年轻妇女。

[13] "鸦黄"句：指贵族妇女打扮得十分明艳。鸦黄：在眉额间抹黄粉以修饰容貌。蝉鬓：一种发式。魏文帝宫人莫琼树，"始制为蝉鬓，望之缥缈如蝉翼"。见马缟《中华古今注》。卢照邻《长安古意》："片片行云着蝉鬓，纤纤初月上鸦黄。鸦黄粉白车中出，含娇含态情非一。"氤氲：光色融和的样子。

[14] 流杯：即流觞。在曲曲的水边放置酒杯，任其顺流而下，停在谁的面前，谁即取饮，叫"流杯"、"曲水流觞"。《荆楚岁时记》："三月三日，士民并出江渚池沼间，为流杯曲水之饮。"

[15] 白玉案：即白玉盘，用玉镶饰的短足托盘。张衡《四愁诗》："美人赠我锦绣段，何以报之？青玉案。"

[16] 主第冰绡裙：公主家洁白而透明的薄绡裙。

[17] 一石：容量单位，十斗为一石。这里指一石酒，极言酒多。醺：醉。战国时齐淳于髡曾说他在男女交际，心情欢悦，达到高潮时，能饮一石。见《史记·滑稽列传》。

[18] 步辇：古代人抬的一种代步工具，类似轿子。乘茵：坐在车垫子上。永夜：长夜。

[19]"琼槛"句：意思是玉栏杆边，桂花翩翩地坠落而飘香。这是月下美景，即李贺《金铜仙人辞汉歌》中"画栏桂树悬秋香"之意。琼槛：玉石雕琢的栏杆。桂子：桂花。

[20]"瑶池"句：意思是仙池里面菱花盛开。古代铜镜背面多铸菱花图案，故以菱花指代镜子，切月如明镜之意。瑶池：古代传说中的仙池，西王母所居。《穆天子传》："天子觞西王母于瑶池之上。"濯濯：指菱花出水莹润。苏轼《记所见开元寺吴道子画佛灭度以答子由》："初如蒙蒙隐山玉，渐如濯濯出水莲。"

[21]连理帱：连理帐，绣上连理枝的帷帐。

[22]神女行云：即宋玉《高唐赋》中所写"旦为朝云，暮为行雨"的巫山神女。

[23]命鸾舞：命鸾鸟起舞。

[24]俄尔：不久。三更：三更天，与前面"月色中天"相应。

[25]"细腰"句：纤细腰身的女子，体态轻盈地舞于掌上。相传汉成帝时赵飞燕体轻善舞，能为掌上舞。《南史·羊侃传》："舞人张净琬，腰围一尺六寸，时人咸推能掌上舞。"

[26]鬒(zhěn)发：黑发。《诗经·鄘风·君子偕老》："鬒发如云。"笄：簪子，古代妇女用来压发。轻雾飘：形容跳舞时头发蓬松的样子。

[27]"秦川"句：喻分离相思之苦。秦川：关中平原。这里指长安。璇玑色：《晋书·列女传》载，窦滔被戍流沙，其妻苏蕙织锦为《回文旋图诗》以赠。唐代武则天《璇玑图序》说它"五色相宣，纵横八寸，题诗二百余首，计八百余言，纵横反复，皆成章句"。

[28]"长信宫"句：喻宫中妃子失宠之悲。汉成帝时，班婕妤失宠，在长信宫供养太后。

[29]裂素：犹裂帛，裁素作书。素：白绢。

[30]"团团"句：即一轮圆圆的明亮的月亮。团团：圆圆的样子。班婕妤《怨歌行》："裁为合欢扇，团团似明月。"皎皎：明明亮亮。《古诗十九首》："迢迢牵牛星，皎皎河汉女。"孤轮：一轮明月。

[31]脉脉：当作"眽眽"，凝视的样子。盈盈：形容水的清浅。《古诗十九首》："盈盈一水间，脉脉不得语。"

[32]"长江"句：《古诗十九首》："涉江采芙蓉，兰泽多芳草；采之欲遗谁？所思在远道。"

[33] "近里"句:《诗经·唐风·蟋蟀》:"蟋蟀在堂,岁聿其莫。今我不乐,日月其除。"促织:即蟋蟀。又,姜夔《齐天乐》赋蟋蟀云:"哀音似诉,正思妇无眠,起寻机杼。曲曲屏山,夜凉独自甚情绪。"

[34] 尺素:书信。古乐府《饮马长城窟行》:"呼儿烹鲤鱼,中有尺素书。"

[35] 簟(diàn):竹席。

[36] "可怜"句:意为消瘦。环:手镯。缓:宽松。

[37] "应惜"句:意思是镜子中照见红颜逐渐消失。阑:残,尽。

[38] 元鬓:黑发。元:通"玄",黑。鬓:指头发。

[39] 中宵:半夜。荧荧:微光闪烁,多指星月之光或烛光。杜牧《阿房宫赋》:"明星荧荧。"

[40] "希逸"句:意思是谢庄笔下的《月赋》,写出了霜露陨落。谢庄(421—466),字希逸,南朝宋代文学家。他的《月赋》云:"月既没兮露欲晞,岁方晏兮无与归;佳期可以还,微霜沾人衣。"

[41] 仲宣楼:王粲南依刘表,不得重用,登当阳城楼,作《登楼赋》,抒发怀才不遇、思乡念国的沉痛感情。后世因以仲宣楼作为文士失志的故事。

[42] "楼上"句:王粲《登楼赋》:"悲旧乡之壅隔兮,涕横坠而弗禁。"又:"心凄怆以感发兮,意忉怛而惨恻。"凄复凄:极其凄凉悲伤。

早秋苦热携酒海亭得"风"字二首 (选一首)[1]

携酒孤亭积水通,寻凉忽豁市楼东[2]。
疑将缩地长房术[3],转作谈天碣石宫[4]。
秋入壮涛堪洗暑,日移空槛迥生风。
邹家本道神州小,环海如池落眼中[5]。

蜗叟曰:结处与长吉"遥望齐州九点烟,一泓海水杯中泻"构想略近。

闲堂曰:第五句新异可喜。

129

[1] 这里所选为第一首。

[2] 豁：豁然，指心意开阔，舒展。《史记·高祖本纪》："意豁如也。"

[3] 缩地长房术：费长房是东汉方士，传说从壶公入山学仙，未成辞归，能医病驱鬼。一日之间，人见其在千里之外者数处，因说他有缩地之术。事见《后汉书·方术传》。

[4] 谈天碣石宫：谈天：指驺衍，战国时齐人，善于论辩宇宙之事，人称"谈天衍"。刘向《别录》："驺衍之所言，五德终始，天地广大，尽言天事，故曰谈天。"碣石宫：宫名。《史记·孟子荀卿列传》：驺衍到燕国，燕昭王为"筑碣石宫，身亲往师之"。张守节《正义》："碣石宫在幽州蓟县西三十里宁台之东。"

[5] "邹家"二句：邹家：即驺(一作邹)衍。神州：中国。驺衍称中国为"赤县神州"。他认为中国只是全世界八十一州中的一个州。州与州之间有小海环绕，整个八十一州有大海环绕，即是天地的边际了。见《史记·孟子荀卿列传》。

大内承祐

大内承祐（1697—1776），字子绰，号熊耳，岩代（今福岛县）人，有《明四先生文范》、《安世遗闻》、《熊耳先生文集》。

夏日二十首（选二首）[1]

夏云何意绪，硉矹起奇峰[2]。
宦到趋时拙，心于解事慵[3]。
文章元弊帚[4]，经术亦屠龙[5]。
身世俱如此，胡为叹不容。

闲堂曰：格老而整，自见工力。

蜗叟曰："趋时拙"，孕不为趋炎意，扣题"夏日"；"解事慵"，无乃宁武子"邦无道则愚"之比乎！两篇均有磊块不平之气。

❖ **注释**

[1] 这里所选为第九、第十二首。

[2] 硉矹(lù wù)：突兀挺立的样子。

[3] "宦到"二句：当要迎合潮流的时候，就显得不会做官；该用心处理事情的时候，却又很懒散。

[4] "文章"句：说文章本如敝帚，毫无用处。元：原来。弊帚：曹丕《典论·论文》："里语曰'家有敝帚，享之千金'，斯不自见之患也。"原是批评有的人对自己的文章评价过高。

[5] "屠龙"句：说经术徒有虚名不切实用。《庄子·列御寇》："朱评漫学屠龙于

支离益,单(殚)千金之家,三年技成,而无所用其巧。"后世称技高而不切实用为"屠龙之技"。

懒朝非为醴[1],弹铗不关鱼[2]。
终日无过客,平生似隐居。
人遗宜若是,自见竟何如。
湖海元龙气[3],于今未可除。

❖ 注释

[1] "懒朝"句:意为不是因为敬礼渐减而懒于朝见。醴:指不设醴酒。用汉穆生典故,已见前注。

[2] "弹铗"句:弹铗不是为了得鱼而食。《战国策·齐策》:冯谖为孟尝君客,"居有顷,倚柱弹其剑,歌曰:'长铗,归来乎! 食无鱼。'"

[3] "湖海"句:《三国志·魏书·陈登传》:许汜见陈元龙,"元龙无客主之意,久不相与语,自上大床卧,使客卧下床"。后来,许汜对刘备说:"陈元龙湖海之士,豪气不除。"陈元龙的豪气是不加掩饰地貌视许汜,因为许汜在天下大乱时,无救世之意,而一味"求田问舍,言无可采"。

临海楼值雷雨

海上高楼百尺强,登临积水忽苍苍。
雷声击岸波涛激,雨脚渡江天地凉。
长啸倚栏乘逸兴[1],半酣飞爵发清狂[2]。
不愁昏黑迷归路,行咏南山藉电光[3]。

蜗叟曰:大有驯雷电而致用之致,构想奇异。

闲堂曰:心摹手追东坡老《有美堂暴雨》之作,亦自仿佛其一二。

[1] 逸兴：飘逸豪放的意兴。李白《宣州谢朓楼饯别校书叔云》："俱怀逸兴壮思飞。"

[2] 飞爵：意为快快地举杯喝酒。

[3] 行：将。南山：本指终南山，唐代著名诗人如王维、韩愈等，都有咏南山的诗。这里用以自比。

当垆曲[1]

垆头袅袅绿杨低[2]，日日笙歌驻马蹄[3]。
一曲不知为谁艳，春风唱起《白铜鞮》[4]。

蜗叟曰：酒家风致，宛在目前。

❖ 注 释

[1] 当垆：卖酒的意思。古代酒店垒土为垆，安放酒瓮，卖酒的女子在垆边工作，叫当垆。《史记·司马相如列传》：相如"买一酒舍酤酒，而令文君当垆"。

[2] 袅袅：形容细长。

[3] 驻马蹄：使车马停下。

[4] 《白铜鞮(dī)》：南朝童谣名。李白《襄阳歌》："襄阳小儿齐拍手，拦街争唱《白铜鞮》。旁人借问笑何事，笑杀山公醉似泥。"这里含有尽情喝醉的意思。

高野维馨

高野维馨(1704—1757),一作高维馨,字子式,号东里,又号兰亭,江户(今东京都)人。十七岁失明,尽绝人事,刻意为诗,有《兰亭诗集》。

自　遣[1]

十载风尘伏枕过[2],谁堪垂老易蹉跎[3]。
曲中流水知音少,世上浮云侧目多[4]。
楚璧空怀三刖泪[5],汉关还忆《五噫歌》[6]。
何当更问烟霞路,初服裁来结薜萝[7]。

闲堂曰:贤人失志之赋也。禹域东瀛,同此一慨。

❖ 注　释

[1] 自遣:自我排遣胸中的郁积。

[2] 风尘:借指污浊纷扰的社会生活。

[3] 垂老:渐近老年。蹉跎:虚度光阴,时间白白过去。李颀《送魏万之京》:"莫见长安行乐处,空令岁月易蹉跎。"

[4] "世上"句:意思是人情淡薄,易遭侧目。侧目:这里指冷眼相对。

[5] "楚璧"句:指楚人卞和献和氏璧被刖足事。刖(yuè):断足。

[6] 《五噫歌》:《后汉书·逸民传》:梁鸿"因东出关,过京师,作《五噫之歌》曰:'陟彼北芒兮,噫!顾览帝京兮,噫!宫室崔嵬兮,噫!人之劬劳兮,噫!辽辽未央兮,噫!'肃宗闻而非之"。梁鸿改名换姓,与妻子居齐鲁间。梁鸿"因东

出关"，这里称"汉关"，实际是东汉时的函谷关。噫：叹声。

[7] "何当"二句：意思是什么时候离开尘俗而归隐。初服：未做官时的服装。《楚辞·离骚》："进不入以离尤兮，退将复修吾初服。"薜萝：薜荔与女萝。《楚辞·九歌·山鬼》："若有人兮山之阿，被薜荔兮带女萝。"结薜萝：指归隐山间。

送人南归

扁舟明日是天涯，南过衡阳雁影斜[1]。
莫道桃源寻不得[2]，春风醉杀武陵花[3]。

蜗叟曰：诗以轻快之致出之。送人南归而涉想桃源，则其人其情可知。

❖ **注 释**

[1] 衡阳雁影：湖南衡阳有回雁峰，相传群雁南飞，至此峰而不再南去。

[2] 桃源：桃花源，世外桃源，是陶渊明在《桃花源记》中提出的与世隔绝、没有祸乱的理想社会。据说在湖南武陵（今湖南桃源县）。

[3] 武陵花：指桃花。郑愔《奉和上官昭容院献诗》："无劳秦汉隔，别访武陵花。"

泷长恺

　　泷长恺(1710—1774)，字弥八，号鹤台，长门(今山口县)人，善书画，精医术，通佛学，有《鹤台先生遗稿》。

赠南郭先生[1]

客自远方来，丽服被绮纨。
明月照怀中[2]，朱华媚其颜。
朝凌赤城霞，暮搴汉江兰[3]。
秋兰以为佩，春霞以为餐[4]。
行行逝安适[5]，海上有神山。
高高神山颠，下视一世间。
神仙非吾类，徒叹遭遇难。
思为云中鸟，奋翼相追攀。

闲堂曰：《骚》、《选》之遗，寄托遥深。

✤ 注 释

[1] 南郭：服部元乔号南郭。作者游于服南郭之门，南郭见其文，惊异不置，不以
　　弟子视之。
[2] "明月"句：这是赞美服部南郭襟怀朗朗，如明月相照。
[3] "朝凌"二句：早晨攀登犹如云霞的赤城山，傍晚去采取汉水边上的兰草。赤
　　城山在浙江，其土皆赤，望之如云霞。孙绰《游天台山赋》："赤城霞起而建
　　标。"搴：拔取。《楚辞·离骚》："朝搴阰之木兰兮。"汉江：汉水。

[4] "秋兰"二句：与"赤城霞""汉江兰"一样，用以赞美服部南郭高洁的品性。
《楚辞·离骚》："纫秋兰以为佩。"

[5] 逝安适：往何处去。《古诗十九首》："玄鸟逝安适。"

福岛别庄感旧[1]

试访昔游处，鸣鸠白日哀。
落花春不管，风雨自东来。

蜗叟曰：东风带雨，花落春在，以此怅惘耳。

闲堂曰：语淡而哀。

✤ 注 释

[1] 福岛：长野县福岛市。

137

日下文雄

日下文雄（1712—1752），一作孔文雄，字世杰，号生驹山人，又号鸣鹤，河内（今大阪府）人，有《生驹山人集》。

寄龙伏水先生（选一首）[1]

天涯回首泪沾襟，帝里莺花久不寻[2]。
玩世何人青白眼[3]，论交我辈弟兄心。
文章日夜虚名过，痼疾烟霞此地深[4]。
莫道千年钟子死[5]，只今流水有知音。

蜗叟曰：亦遁世士，自有落落不群之概。

闲堂曰：感慨深至，惜不能造语造境。以此知别开生面之不易也。

✤ 注 释

[1] 龙伏水：即龙公美，伏水人，人称龙伏水。伏水：今京都府，一作伏见。伏水、伏见，日语音通。原诗有四首，这是第四首。

[2] 帝里：犹帝京。杜甫《寄高适岑参》："无钱居帝里，尽室在边疆。"莺花：指春景。邱迟《与陈伯之书》："暮春三月，江南草长，杂花生树，群莺乱飞。"

[3] 青白眼：指阮籍能为青白眼。青眼，平视。白眼，上视或侧视，不见眸子。

[4] 痼疾烟霞：对自然美景偏爱成癖。

[5] 钟子：钟子期。

服部元雄

服部元雄（1713—1767），一作服元雄，字仲英，号白贲，称多门，摄津（今兵库县）人。本姓中西，后受学于服部南郭，并入赘为婿，改姓服部，有《蹈海集》。

冬夜客思

飘泊三年客，江湖一夜灯[1]。
孤身逢岁暮，独坐忆亲朋。
信为家遥少，愁随漏永增[2]。
天涯风雪霁[3]，归兴奈难乘[4]。

闲堂曰：风格沉稳，一往情深，斯为合作。

❖ 注 释

[1] 一夜灯：指作客在外难以入眠，通宵孤灯相伴。
[3] 漏永：夜长。漏：即铜壶滴漏，古代以滴水计时的仪器。
[3] 霁：风雪停止，天气放晴。
[4] "归兴"句：奈何难于乘兴归去，有家归不得。

春夜江上送客

千里有流水，扁舟远送君，

晓来花月色，散作五湖云[1]。

闲堂曰：语淡情浓，弥可玩味。

♣ **注 释**

[1] "散作"句：意思是客人远去，各居一方。五湖：这里是五湖四海的意思。

江村绶

江村绶（1713—1788），字君锡，号北海，播磨（今兵库县）人。有《日本诗史》、《日本诗选》、《日本经学考》、《杜律删注》、《北海诗文钞》等著作。

有　感

小蟹生江浦，营穴芦岸下。
穴中不盈寸，自以为大厦。
朝虑沙岸崩，夕怕江潮泻。
物小识亦微，营营何为者[1]？

闲堂曰：见道之言。
蜗叟曰：我亦江浦一小蟹耳。

❖ 注释

[1] 营营：奔走忙碌。苏轼《临江仙·夜归临皋》："长恨此身非我有，何时忘却营营。"

糍花诗

平安之俗[1]，腊末[2]，户制糍粑以备新岁之用。或粘小糍于柳枝，插瓶以祀灶[3]，望之宛转如花，名曰糍花。

迎新厨下事纷纷，为政由来属细君[4]。

仙室晨蒸千石玉，月宫宵捣一团云[5]。

花随纤指参差发，条拂香鬖婀娜分。

卫国大夫原媚灶[6]，胆瓶插得混烟薰[7]。

闲堂曰：旧俗可怀，大似石湖咏吴门风习诸什也。颔联工丽，末句嫌涩。

❖**注 释**

[1] 平安：平安京，今日本京都。

[2] 腊末：腊月末，十二月底。

[3] 祀灶：祭供灶神。

[4] "为政"句：意思是厨房里的事从来都是由妻子做的。细君：妻的代称。《汉书·东方朔传》颜师古注："细，小也。朔辄自比于诸侯，谓其妻曰小君。"

[5] "仙室"二句：指糍花制作过程，先蒸后捣。千石玉：指糯米。月宫宵捣：傅玄《拟天问》："月中何有？白兔捣药。"这里是借用。宵：夜里。一团云：指米粉。

[6] "卫国"句：意思是祭灶风习由来已久，春秋时卫国大夫就取媚灶神了。卫国大夫：指春秋时的王孙贾。《论语·八佾》记载他问孔子："与其媚于奥，宁媚于灶，何谓也？"他的意思是自结其君，不如阿附权臣。这里只是字面上用其"媚于灶"而已。

[7] "胆瓶"句：意思是胆瓶中插了糍花，散发出香气。胆瓶：长颈大腹如悬胆的花瓶。混烟薰：犹言染上了香烟。

江南意

送别横塘上，青荷小若钱。

花开君不见，采得寄谁边？

蜗叟曰：清新有致，情见乎辞。崔颢《长干曲》有"横塘"云云，此不必指
　　　实可也。

妙法兰若即事[1]

山色空濛海色昏，春阴酿雨压渔村。
倚栏欲写登临意[2]，满地落花拥寺门。

闲堂曰：后二句盖谓世事变幻无常，虽清景可摹，而飞光难驻也。

✤ 注 释

[1] 兰若：寺庙。
[2] 登临：登山临水，观赏山水风光。

新井义质

新井义质(1714—1792),一作源义质,字子敬,号沧洲,陆奥(今岩手县)人,有《沧洲集》。

早春感怀

客舍逢新岁,萧条病且贫。
飞腾终白发[1],俯仰愧青春[2]。
冠盖非知己,莺花在比邻。
近求幽谷友[3],随意弄芳辰。

蜗叟曰:前半感贫病失志,后半意在自作排遣。

闲堂曰:似唐进士下第之作。

✿ 注 释

[1] "飞腾"句:虽有飞腾之志,终究已生白发,无所作为。

[2] 俯仰:意为瞬息之间。

[3] "近求"句:就近寻求逸居幽谷的人为友。《诗经·小雅·伐木》:"伐木丁丁,
鸟鸣嘤嘤。出自幽谷,迁于乔木。""嘤其鸣矣,求其友声。"

龙公美

龙公美（1714—1792），字君玉，一名元亮，字子明，号草庐，京都人，好读唐明诸家集，以歌诗为事，晚年杜门谢客，专事著述，有《毛诗证》、《南游草》、《龙氏笔乘》、《草庐集》等。

竹枝词

雪尽春江水欲平，数声杜宇别愁生[1]。
无为滟滪滩头柳[2]，唯系来船不系情。

闲堂曰：风调宛然，梦得遗韵。

♣ 注 释

[1] 杜宇：杜鹃鸟。《文选·左思·蜀都赋》"鸟生杜宇之魄"李善注引《蜀记》：蜀王杜宇死，俗说"宇化为子规。子规，鸟名也"。相传子规所啼音如"不如归去"。子规即杜鹃。唐无名氏诗："早是有家归未得，杜鹃休向耳边啼。"

[2] 滟滪滩：一作滟滪堆，在四川奉节瞿塘峡口，为长江三峡著名险滩，今已炸去。

题 壁

金龟城里画桥南[1]，落魄儒生小草庵[2]。
陋巷月临秋寂寂，衡门风动柳毵毵[3]。

腹中蠹食书千卷,腰下龙鸣剑一函[4]。

徒慕柴桑松菊主[5],深惭五斗至今甘[6]。

蜗叟曰:儒吏慨才不得展之作。"深惭五斗至今甘"者,殆食之无味而弃之可惜之意乎?

✤ **注 释**

[1] 金龟城:达官贵人充斥的都城,指京都。金龟:唐代官员的一种佩饰,这里代官员。

[2] 落魄:穷困失意。《史记·郦食其列传》:"家贫落魄,无以为衣食业。"

[3] 衡门:横木为门,指简陋的房子。《诗经·陈风·衡门》:"衡门之下,可以栖迟。"毵毵(sān):枝条细长的样子。

[4] 龙鸣:《晋书·张华传》:雷焕有宝剑,焕卒,儿子雷华"持剑行经延平津,剑忽于腰间跃出坠水。使人没水取之,不见剑,但见两龙各长数丈,蟠萦有文章","须臾,光彩照水,波浪惊沸,于是失剑",剑化为龙。这里用龙鸣喻剑之神奇。

[5] 柴桑松菊主:指陶渊明。他是柴桑人,地在江西九江西南。陶渊明《归去来兮辞》:"三径就荒,松菊犹存。"乃是写故居,故称之为松菊主。又,龙公美亦自号松菊主人。

[6] 五斗:五斗米。萧统《陶渊明传》:"会郡遣督邮至,县吏请曰:'应束带见之。'渊明叹曰:'我岂能为五斗米,折腰向乡里小儿!'"

幽居集句[1]

烟霞多放旷孟贯[2],烂醉是生涯杜甫[3],

树静禽眠草景池[4],园春蝶护花许浑[5]。

浣衣逢野水皇甫冉[6],看竹到贫家王维[7],

门径稀人迹岑参[8],穿林自种茶张籍[9]。

闲堂曰： 集句始于晋傅咸《七经诗》，至王荆公乃优为之，号"百家衣体"。
虽非诗道之正，然工巧浑成，亦自不易。此篇可谓合作。

❖ **注 释**

[1] 集句：旧时作诗方式之一，截取前人一代、一家或数家的诗句，拼集而成一
　　诗。此篇皆集唐人诗句。

[2] 孟贯：字一之，《全唐诗》中存诗一卷，"烟霞"句：见《寄山中高逸人》。

[3] "烂醉"句：见杜甫《杜位宅守岁》。

[4] 景池：《全唐诗》中存诗一首。"树静"句：见《秋夜宿淮口》。

[5] 许浑：字用晦，曾任睦、郢二州刺史，有《丁卯集》。"园春"句：见《献白尹》。

[6] 皇甫冉：字茂政，曾任左金吾兵曹。《全唐诗》中存诗二卷，"浣衣"句：见《送
　　延陵陈法师赴上元》。

[7] "看竹"句：见王维《晚春严少尹与诸公见过》。

[8] "门径"句：见岑参《高冠谷口招郑鄂》。

[9] "穿林"句：见张籍《山中赠日南僧》。

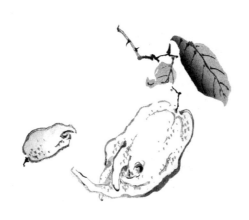

横谷友信

横谷友信(1720—1778),一作谷友信,字文卿,号蓝水,江户(今东京都)人。六岁失明,以指画掌上识字,使人读书,听而记之。有《蓝水诗草》。

残 生

残生仍养拙[1],岁月意凄其[2]。
古木春花少,晴山夕景迟。
苍蝇追老骥[3],腐鼠属群鸱[4]。
不识乾坤大,寒栖足一枝[5]。

闲堂曰:此学杜有得者。颔联寄兴深微,“天意怜幽草,人间重晚晴”之后劲也。

蜗叟曰:寒栖养拙,见其积郁襟抱也。

❖ 注 释

[1] 残生:犹余生,余下的岁月。杜甫《奉济驿重送严公》:“江村独归处,寂寞养残生。”拙:笨拙,自谦之词。

[2] 凄其:寂寞凄清。

[3] “苍蝇”句:《史记·伯夷列传》:“颜渊虽笃学,附骥尾而行益显。”司马贞《索隐》:“苍蝇附骥尾而致千里,以譬颜回因孔子而名彰。”

[4] “腐鼠”句:腐鼠只能属于鸱鸟,比喻庸俗的人珍视的是贱物。《庄子·秋水》:“鸱得腐鼠,鹓雏过之,仰而视之曰:‘吓’!”鹓雏:凤凰,“非梧桐不止,非

练实不食,非醴泉不饮"。鸱:猫头鹰。

[5] "寒栖"句:《庄子·逍遥游》:"鹪鹩巢于深林,不过一枝。"寒栖:贫寒的居留地。

寄村礼卿（选一首）[1]

红颜十载老青衿[2],雨露凄然玉树林[3]。
虚拟饭牛歌白石[4],谩传招骏散黄金[5]。
海滨旷野春山远,台上浮云晓日阴。
可惜积薪淹薄宦[6],穷愁空向畏途深。

闲堂曰:此亦寒士穷途之叹。颈联以兴寄出之,乃得少缓其积愤之怀,此诗法也。

❖ **注 释**

[1] 原四首,这里所选为第二首。村礼卿:人名,生平不详。

[2] "红颜"句:意思是十年过去,红颜变老,还是一袭青衫。青衿:青色衣领,指读书人穿的普通衣服。

[3] "雨露"句:意思是虽然是玉树琼林,依然被雨露风霜所侵袭。凄然:寒冷貌。

[4] "虚拟"句:白白地学宁戚的饭牛歌。据《淮南子》:春秋时卫人宁戚,饲牛于齐国东门外,待桓公出,扣牛角而唱《饭牛歌》。桓公很为赏识,因予录用。《楚辞补注》引《三齐记》,歌词为:"南山矸,白石烂,生不遭尧与舜禅,短布单衣适至骭,从昏饭牛薄夜半,长夜漫漫何时旦。"

[5] "谩传"句:空传用千金之价去求千里马。《战国策·燕策》:郭隗对燕昭王说,古之君以千金求千里马,马已死,用五百金买其骨返。"于是不能期年,千里之马至者三"。郭隗以此喻招贤者。骏:骏马,千里马。

[6] "可惜"句:意思是自己在政治上不得意,年老反而屈居人下。《史记·汲黯列传》:汲黯曰:"陛下用群臣如积薪耳,后来者居上。"积薪:堆柴。淹:滞留。薄宦:官职卑微。

细井德民

　　细井德民（1728—1801），一作纪德民，字世馨，号平洲，尾张（今爱知县）人，曾为尾张明伦堂督学，著作有《诗经古传毛郑异同考》、《献芹录》、《平洲小语》、《嘤鸣馆集》等。

看调马[1]

锦袍羽林郎[2]，正辔临长埒[3]。
春风满树花，吹为四蹄雪。

蜗叟曰： 东野有"春风得意马蹄疾"之句，以写登第士子，不免狂态毕现。此只就调马者落想，倍见朴素清新。

❖ 注 释
[1] 调马：即驯马。调：调理，训练。
[2] 羽林郎：这里指调马者。原为汉代统率羽林军，即皇家禁卫军的军官。
[3] 长埒：指骑马射箭的操练场。埒：矮墙，特指操练场四周的围墙。

大江资衡

大江资衡（1728—1794），字穉圭，号元圃，平安（今京都）人，有《元圃集》。

同源子正、赤淮夫、濑明卿泛琵琶湖二首 (选一首)[1]

琵琶之水水云隈[2]，洲渚漫漫烟雾开。

几处兰桡随浪泛[3]，谁家玉笛入风来。

青天削出三山雪[4]，白雁翔翔千佛台[5]。

春色似催吾辈兴[6]，桥头斜日照衔杯[7]。

蜗叟曰：一结似嫌草率。

❖ 注 释

[1] 这里所选为第一首。

[2] 隈：弯曲处。

[3] 兰桡：即兰桨，用木兰做的船桨。

[4] 三山雪：琵琶湖畔有"近江(滋贺县旧称)八景"之称，其中有"比良暮雪"，比良山在湖西，数峰矗立，所以称"三山雪"。

[5] "白雁"句：近江八景中有"坚田落雁"。坚田为湖边地名，濒湖有坚田浮堂，堂中供奉千体阿弥陀佛，别称千佛堂。望归雁于千佛堂上，景色尤佳，所以称坚田落雁。这里的千佛台即千佛堂。

[6] 兴：指诗兴。

[7] 桥头斜日：近江八景中有"濑田夕照"。濑田在湖南，有一座"唐桥"，意为"唐代式样的桥"，因其结构色彩似中国桥梁，是琵琶湖边名桥。"桥头斜日"即指此处。

守屋元泰

守屋元泰（1732—1782），字伯亨，号东阳，江户（今东京都）人，有《东阳集》。

独酌得故人书

独酌北窗下^[1]，悠然且纳凉。
故人遥有寄，浊酒忽生芳。
坐静忘三伏^[2]，篇新夺七襄^[3]。
深情何以报，醉里未成章。

蜗叟曰：得故人书并新篇，而吟诵生芳，烦暑尽涤，写欣悦之情若此，胜都作正面颂美者多矣。

❖ **注 释**

[1] 北窗下：陶渊明《与子俨等疏》："尝言五六月中北窗下卧，遇凉风暂至，自谓是羲皇上人。"极言其悠闲自在。

[2] 三伏：即大伏天，一年中最炎热的时间，按时序分初伏、中伏、末伏，故称三伏。三伏也可指末伏。

[3] "篇新"句：意思是故人之书（主要指诗篇）非常出色。夺：这里是超过的意思。七襄：《诗经·小雅·大东》："跂彼织女，终日七襄。虽则七襄，不成报章。"谓织女整天忙碌，自旦至暮，七次易位，但不能织成文彩鲜明的绸子。这里是活用，七襄，指织成的美丽绸缎。

伊东龟年

伊东龟年（1734—1809），一作东龟年，号蓝田，江户（今东京都）人，有《蓝田文集》。

喜曹山人至赋贻[1]

别来惊白发，酒后笑清狂。
未信穷无鬼[2]，唯欣醉有乡[3]。
茅檐晴晚雨，药坞弄新芳[4]。
纵向人间驻，山林性不妨[5]。

闲堂曰：舒卷自如。

❖ **注 释**

[1] 曹山人：曹隐士。贻：赠送。

[2] 穷无鬼：韩愈《送穷文》中有揖送穷鬼之事。

[3] 醉有乡：醉乡。原指醉后神志不清的境界。唐代王绩有《醉乡记》，谓醉乡：
　　其土旷然无涯，其气和平一揆，其俗大同，其人无爱憎喜怒，只有阮籍、陶渊明
　　等才能游于其间，没身不返，世以为酒仙云。这是失意士子愤世嫉俗的想法，
　　别有寓意。

[4] 药坞：花坞。药：芍药。这里泛指花。

[5] "纵向"二句：意思是纵然在人世间，也不会妨碍隐居山林的本性。

秋　日

八月江天数雁翔，绛河如练露为霜[1]。
秋云交态年年薄[2]，晓梦愁心夜夜长。
短褐衣寒知节早[3]，疏篱菊绽俟花芳[4]。
乾坤吾道终难遇[5]，独向西风气激昂。

蜗叟曰：人情冷暖，吾道难遇，平生心事，唯秋风能怜之。

❖ **注 释**

[1] 绛河：即银河。杜审言《七夕》："白露含明月，青霞断绛河。"练：白绢。谢朓《晚登三山还望京邑》："澄江静如练。"露为霜：《诗经·秦风·蒹葭》："蒹葭苍苍，白露为霜。"

[2] "秋云"句：意思是世态人情，薄如秋云。交态：交情深浅的程度。《史记·汲黯列传》："一贫一富，乃知交态。"

[3] 短褐：贫贱人穿的粗麻短衣。

[4] 俟：等待。

[5] "乾坤"句：意思是天地间终难有所遇合。杜甫《发秦州》："大哉乾坤内，吾道长悠悠。"

送冈鸿伯得"山"字

怜君白首厌尘寰，书剑西乘款段还[1]。
燕市曾赊愁里酒[2]，磻溪重见梦中山[3]。
衡门夏昼松涛稳，故国秋风海月闲。
傲吏倘论天下士，文章落在布衣间。

闲堂曰：第五句"稳"字奇而有理，亏他锻炼得出。

[1] 尘寰：犹尘世。款段：马行迟缓貌。这里用作马的代称。

[2] "燕市"句：意思是曾经慷慨悲歌，意气风发。《史记·刺客列传》：荆轲初至
燕，日日与高渐离饮于市，高渐离击筑，荆轲高歌。赊：赊欠。

[3] 磻(pán)溪"句：意思是归隐之后也会重新出仕。《竹书纪年》："（文）王至于
磻溪之水，吕尚钓于涯，王下趋拜，曰：'望公七年，乃今见光景于斯。'"又：
"文王梦日月著其身，又鸷鸷鸣于岐山。"

西山正

　　西山正（1735—1798），字子雅，号拙斋，备中（今冈山县）人，绝意仕途，品望高雅，著作有《闲窗琐言》、《汗漫日记》、《松山游记》、《西山诗钞》等。

题无人岛诗 并引

　　世传无人岛在本邦东南极界八丈岛外数百里。顷阅一册子，记其地幅员物产颇详，是延宝年间小笠原某者所著云[1]。但其言夸毗张大[2]，恐不可悉信。东涯先生《盍簪录》中亦载此事[3]，似得其实者。余适有感焉，乃赋一诗，疑以传疑，聊托微意，读者其不以辞害志可也。

　　　　东南海隅一绝岛，三千里外谁幽讨[4]。
　　　　此中振古称无人[5]，满山往往产货宝。
　　　　珍禽奇贝跃嘉鱼，异果文木芬药草[6]。
　　　　沙金可淘珠可探，开国垦田好创造。
　　　　海内剿说何来传[7]，朝野闻者皆垂涎。
　　　　其奈风涛险无路，朵颐扼腕徒历年[8]。
　　　　吾有一举两得谋，当路君子闻之不[9]？
　　　　方今朝野多贪猾[10]，大为国蠹小窃偷[11]。
　　　　中饱蚕馅乱纪纲[12]，斯民切齿等仇雠[13]。
　　　　孰捕群奸责其偿，载以船只赍以粮[14]。

驱之海隅放彼岛，宝货有无试擅场[15]。

侥幸达彼能开垦，或修职贡比要荒[16]。

假令覆舟葬鱼腹，便是天讨庸何伤[17]。

于嗟！无人之境宜放尔，如彼有民复虐彼[18]。

所以圣王待四凶，唯投远裔御螭魅[19]。

闲堂曰：亦是寂寥中之遐想。陆鲁望云："蓬莱有路教人到，亦应年年税紫芝。"似此为哀而伤矣。

蜗叟曰：流、放、窜、殛之"宝岛"，民蟊国蠹、巨奸大猾之所蝇集，以视武陵仙源，别是一等世界。可谓异想天开！

✤ 注 释

[1] 延宝：日本灵元天皇年号，自 1673 到 1680 年。小笠原：群岛名，位日本东南，属日本。

[2] 夸毗张大：这里是夸大的意思。夸毗：献媚讨好别人。《后汉书·崔骃传》："夫君子非不欲仕也，耻夸毗以求举。"此误以夸毗为夸张之意。

[3] 东涯先生：即伊藤长胤，号东涯。

[4] 幽讨：寻探幽胜。杜甫《赠李白》："李侯金闺彦，脱身事幽讨。"

[5] 振古：自古，往古。《诗经·周颂·载芟》："振古如兹。"

[6] 文木：可用之木。《庄子·人间世》："若将比予于文木邪？"

[7] 剿说：承袭别人的言论为己说。《礼记·曲礼上》："毋剿说，毋雷同。"

[8] 朵颐：指人言啧啧。原为咀嚼食物时面颊微动。扼腕：用手握腕，表示激动、振奋或惋惜。

[9] 当路：担任要职，掌握大权。不：同"否"。

[10] 贪猾：贪婪狡诈之徒。

[11] 国蠹：消蚀国家的蛀虫。

[12] 中饱：侵吞经手的财物，所谓中饱私囊。蚕馅(xiàn)：蚕食，逐渐侵占。馅的本义是面食中的心子，此系借用。纪纲：亦作"纲纪"，指法制，秩序。

[13] "斯民"句：百姓们对"中饱蚕馅乱纪纲"的家伙咬牙切齿，视为仇敌。斯民：这般百姓。

[14] 赍（jī）：这里是携带的意思。

[15] "宝货"句：意思是让他们在能否获得宝货的本领上互相比赛，各显身手。擅场：压倒全场，胜过众人。

[16] "或修"句：意思是或者比照边远地区的职贡条例，实行进献方物的制度。职贡：赋税和贡品。《周礼·夏官·大司马》："施贡分职。"要荒：要服和荒服，均指远方之地。见《尚书·禹贡》。

[17] 天讨：意谓天意要惩罚他们。

[18] "无人"二句：如果荒岛上有人的话，放到那里的这批国蠹贪猾之徒岂非又要去虐害岛上的人吗！正因为是无人居住的荒岛，所以是放逐群奸的理想之地。

[19] "所以"二句：《尚书·舜典》："流共工于幽州，放驩兜于崇山，窜三苗于三危，殛鲧于羽山。"此为"四凶"。《左传·文公十八年》："舜臣尧"，"流四凶族，浑敦、穷奇、梼杌、饕餮，投诸四裔，以御螭魅。"远裔：边远之地。螭魅：传说中的山林精怪。

释慈周

释慈周(1737—1801),俗姓苗村,字六如,近江(今滋贺县)人。十一岁祝发为僧,广通儒释典籍,博学多闻。诗宗剑南,为东国诗僧中杰出者。有《葛原诗话》、《六如庵诗钞》。

江村闲步即瞩

十月水乡晴且暄,一林黄叶数家村。

渡头烟隔呕哑响[1],洲觜沙留郭索痕[2]。

禾敛闲牛篱巷卧[3],年丰醉客市楼喧。

此中卜隐多佳处[4],花竹他时将买园。

蜗叟曰:江村丰年景象,恍在目前。

✣ 注释

[1] 呕哑(ōu yā):这里指渡船摇橹之声。

[2]"洲觜"句:洲头沙上,留下了螃蟹爬行的痕迹。觜:指沙洲突出部分。郭索:躁动的样子,形容蟹的爬行。扬雄《太玄·锐》:"蟹之郭索,心不一也。"

[3] 禾敛:稻谷登场。

[4] 卜隐:择地隐居。

夏日寓舍作

数亩园池水渍苔,幽斋枕簟避炎埃。

竹深何碍斜风入,荷密先闻疏雨来。

睡次得诗醒乍失,愁边摊帙倦还开。

墙东久负江湖约[1],未及秋莼首重回[2]。

蜗叟曰:竹深,然斜风可入;荷密,故疏雨先闻。体物入微,理趣盎然。睡次诗句,乍得复失;愁边卷帙,虽倦仍开;凡此亦寻常生活琐屑,拈来为用,有着手成春之妙。

❖ **注 释**

[1] 墙东:意为避世隐居。《后汉书·逸民传》:东汉王君公,"遭乱,侩牛自隐"(侩牛,牛市场上的经纪人)。时人称"避世墙东王君公"。

[2] "未及"句:意思是未到秋风起、莼羹美的归乡之时,只有翘首重望而已。秋风起,思故乡莼羹,是晋代张翰故事。见前。

大觉寺庭湖石[1]

在大泽池旁,此嵯峨帝离宫之地,石乃园中故物,有圆位法师和歌[2]。

宫苑千年石,青苔几度春。

花知支御辇[3],月想奉华茵[4]。

野犊来磨角[5],山樵过歇身。

假令解言语,说古更愁人。

闲堂曰：小中见大，沧桑之感深矣。

蜗叟曰：昔年禁苑湖石，止供天皇赏玩，今乃"野犊来磨角，山樵过歇身"。石而有灵，必将感慨系之矣。

❖ **注 释**

[1] 大觉寺：在京都市，原是嵯峨天皇离宫，庭中有池，湖石即池边之石。

[2] 和歌：日本诗歌体之一，有长歌短歌二体。长歌，句数不限，五音句与七音句交替使用，以七音句结尾。短歌每首五句，共三十一音，音节排列为五七五七七。现在日本诗人所写和歌都是短歌。

[3] 御辇：君王坐的车子。

[4] 奉华茵：指湖石承受过皇家华丽的垫褥。

[5] "野犊"句：辛弃疾《归朝欢·题积翠岩》："长被儿童敲火苦，时有牛羊磨角去。"

题李长吉像[1]

上帝巨橐吹洪炉，金铸贤智土团愚[2]。
中有一金妄踊跃，帝恶不祥弃泥涂[3]。
化为李家好儿郎，七岁文名动帝乡[4]。
骑马从奴朝朝出，呕出心肝满锦囊[5]。
上叩天阍下地户[6]，思入笔端造化忙。
控掣六鳌神仙徒[7]，凿开七窍浑沌死[8]。
帝不能堪其狡狯，忍夺寿筹削膴仕[9]。
侮弄化枢虽难原[10]，毋乃昊天太少恩[11]。
茫茫九州九复九[12]，宜矣万古多土偶[13]。

蜗叟曰：锦囊赢马福昌秋，不呕心肝不罢休。浊世原无容足地，嫉才天也任沉浮。

闲堂曰：蜗叟此诗甚佳，想见评泊之际，不觉技痒也。

✤ **注 释**

[1] 李长吉：李贺字长吉，唐代著名诗人，福昌昌谷（今河南省宜阳县三乡）人。

[2] "上帝"二句：上帝鼓动造化洪炉，用金属铸成人间贤士，用土块捏合成世上愚人。橐（tuó）：鼓风吹火器。

[3] "中有"二句：炉中有一金，自作主张踊跃跳出，上帝厌恶它是不祥之物，弃于道旁。《庄子·大宗师》："大冶铸金，金踊跃曰：'我且必为镆铘。'大冶必以为不祥之金。"大冶指铁匠。

[4] "七岁"句：《太平广记·李贺》："贺年七岁，以长短之歌名动京师。"帝乡：京城，当时的长安。

[5] "骑马"二句：李商隐《李长吉小传》："恒从小奚奴，骑距驴，背一古破锦囊，遇有所得，即书投囊中。及暮归，太夫人使婢受囊出之，见所书多，辄曰：'是儿要当呕出心乃已尔。'"

[6] "上叩"句：诗人神思上天入地，探索追求。天阍（hūn）：即帝阍，神话中掌管天门的人。《楚辞·离骚》："吾令帝阍开关兮。"

[7] "控掣"句：形容李贺诗歌的神奇变幻。《列子·汤问》：海上有五座神山，有十五只巨鳌轮番背负固定。"而龙伯之国有大人，举足不盈数步而暨五山之所，一钓而连六鳌"，于是两座神山流于北极，沉于大海。杜牧《李贺诗集序》："鲸呿鳌掷，牛鬼蛇神，不足为其虚荒诞幻也。"控掣：牵拉、拽取。

[8] "凿开"句：也是形容李贺诗歌的神奇。《庄子·应帝王》：倏、忽二神谋报浑沌之德，"曰：'人皆有七窍，以视听食息，此独无有，尝试凿之。'日凿一窍，七日而浑沌死"。

[9] 寿筹：这里指活着的年岁。膴（wǔ）仕：高官厚禄。按，李贺生于790年，卒于816年，活了二十七岁。他的职位不过是专司礼仪的奉礼郎，从九品上。

[10] "侮弄"句：意思是侮弄、蔑视造物主的权柄虽然难以原谅。

[11] 昊天：上天。

[12] 九复九：战国时邹衍曾认为九州之外又有九州，喻天地之大。

[13] "宜矣"句：意思是精金遭忌，怪不得世上从古以来充斥着平庸之辈。

初夏郊居（选一首）[1]

长日殢人气力孱[2]，屏居乐亦在其间[3]。

只难眼孔青时俗[4]，已分头颅白此山[5]。

桑椹团枝禽哢滑[6]，菜花成荚蝶心闲。

差排岁物为吟地[7]，留个风情未忒顽[8]。

蜗叟曰：写长夏屏居，白眼世俗，及闲中吟咏之趣，风情宛然。文士高风，大体与中土同致。

闲堂曰："青"、"白"字用得巧。然偶一为之则可，若专以此见长，则必陷于佻薄，不登大雅之堂矣。

❖ **注 释**

[1] 原二首，此为第二首。

[2] 殢(tì)：困扰、纠缠。孱：弱。

[3] 屏(bǐng)居：闲居，隐居。

[4] "只难"句：只是难以做到青眼对世俗之人。晋代阮籍能为青眼白眼。

[5] "已分(fèn)"句：已经料定今生要在此山终老。

[6] 禽哢滑：鸟鸣圆转，唱得高兴。

[7] "差排"句：挑选安排当令景物，作为吟哦的环境。

[8] 留个：留得。未忒顽：不算过分痴顽。

赤松勋

赤松勋(1743—1797),字大业,号兰室,播磨(今兵库县)人,有《赤城风雅集》《弊帚集》《兰室诗文集》。

画马引

不愿穆满八骏相追飞,周游天下黔黎疲[1]。
不愿明皇两部相和舞,倾杯乐酣胡奴乳[2]。
但愿玉关万里去随飞将军[3],
朝凌天山雪,夕蹴大漠云[4]。
横行不辞百战苦,一扫胡氛策奇勋[5]。
四海今无烽燧警[6],槽枥之间徒延颈[7]。
驽骀同伍堪长吁[8],谁辨逸足待鞭影[9]。
伯乐一顾不易遭[10],空令汗血才自老[11]。
霜华如剑苜蓿凋[12],踟蹰自伤秋郊道。

闲堂曰:少陵遗韵,步趋之迹宛然。

蜗叟曰:长吉《马诗》云:"伯乐向前看,旋毛在腹间。只今捣白草,何日蓦青山!"此才士之所以兴叹也,兰室盖亦有感而作者。

❖ 注释

[1] "不愿穆满"二句:据《穆天子传》,周穆王驾八骏(八匹名马)西游。周穆王名满,故称穆满。黔黎:黔首、黎民的合称,指百姓。

[2] "不愿明皇"二句：《明皇杂录·补遗》："玄宗尝命教舞马,四百蹄各为左右,分为部目,为某家宠、某家骄。时塞外亦有善马来贡者,上俾之教习,无不曲尽其妙。因命衣以文绣,络以金银,饰其鬣鬃,间杂珠玉,其曲谓之'倾杯乐'者数十回。"两部：指左部、右部。胡奴乳：指安禄山的叛乱势力在蔓延滋长。乳：孳生。

[3] 玉关：玉门关,在今甘肃敦煌西北。飞将军：西汉名将李广,以勇敢善战著称。《史记·李将军列传》："广居右北平,匈奴闻之,号曰'汉之飞将军'。"

[4] 蹴(cù)：踢。

[5] 策奇勋：功勋卓著,载入史册。策：通"册",这里作动词用。

[6] 烽燧：指报警讯号。古代边境上,有敌来犯,夜里点火,谓之烽；白天燃烟,谓之燧,借以报警。

[7] "槽枥"句：意思是战马白白地在马槽中延颈长鸣。

[8] 驽骀(nú tái)：驽和骀都是劣马。

[9] 逸足：犹捷足,指奔跑迅疾的良马。

[10] 伯乐：古代善相马者。

[11] 汗血：汗血马,即天马,汉武帝时从西域大宛得来。见《史记·大宛列传》。

[12] 霜华：即霜花。苜蓿：又名金花菜、草头,来自西域,是马爱吃的草料。

宝刀歌与刀工冈本安侪

赤城东畔滨海里[1],有一奇伟之男子。
少小潜心欧冶术[2],拟将神物擅其美[3]。
灵风鼓橐星斗奔[4],宝气盘缠蛟龙起。
阴阳翕聚鬼神护[5],紫雾红烟腾炉起。
铸出双刀分雌雄,紫电白虹奚足齿[6]。
清水淬锋砥敛锷[7],光芒射人不可迩[8]。
持来一献君王阙,琉璃光中凛冰雪。
赏赐金谷拜舞归,堪笑荆璧取二刖[9]。

名价隆然震四方,坐使妖魅丧精魄。

即今四海不扬波,何须更刺鲸鲵血[10]。

或值朱云请上方,要为佞头试一拔[11]。

闲堂曰:嵚奇磊落。用意略同上篇,而气势过之。

蜗叟曰:散文入诗,无所拘忌。写冶炉鼓风一节,太白"炉火照天地,红星乱紫烟"(《秋浦歌》)实启发之。

❖ 注 释

[1] 赤城:今兵库县赤穗市。

[2] 欧冶术:铸剑术。欧冶:欧冶子,春秋时人,善铸剑,曾为越王铸五剑,后又与干将一道为楚王铸三剑。见《吴越春秋·阖闾内传》。

[3] 神物:指宝剑。《晋书·张华传》,张华称干将、莫邪二宝剑为"天生神物"。

[4] 星斗奔:形容淬炼时火花纷飞,犹如满天星斗奔驰。

[5] 阴阳翕(xī)聚:天地间阴阳两气会聚一起了。翕:聚。

[6] "紫电"句:紫电、白虹这样的名剑,与双刀相比,又何足挂齿。紫电:据马缟《中华古今注》,是吴大帝的六把宝剑之一。白虹:也是宝剑名。

[7] "清水"句:意思是放在清水中淬炼,放在磨刀石上磨砺。锋、锷:均指宝刀的利刃。

[8] 迩:近。

[9] "赏赐"二句:意思是得到了君王丰厚的赏赐拜谢而归,可笑卞和献玉却两次被刖足。金谷:义同金粟,钱和米。

[10] 鲸鲵:鲸鱼雄曰鲸,雌曰鲵。这里比喻凶恶的人。

[11] "或值"二句:意思是或许正好遇到朱云那样要请尚方宝剑,斩下奸臣的头颅试一试。《汉书·朱云传》:"臣愿赐尚方斩马剑,断佞臣一人以厉其余。"颜师古注:"尚方,少府之属官也,作供御器物,故有斩马剑,剑利可以斩马也。"尚方宝剑,即皇帝的宝剑。

山村良由

山村良由（1742—1823），字君裕，号苏门，木曾（今长野县）人，曾任尾张藩国相，有《忘形集》、《清音楼集》。

过西野村

西野行无限，寒光入不毛[1]。
由来少粳稻，只是有蓬蒿。
坼地三川合[2]，冲天两岳高[3]。
深嗟治不足，常使此民劳。

闲堂曰：写荒秽不治之地如见。

蜗叟曰：似谓西野本不毛瘠地，加以官失于理，致斯民困穷若此也。

❖ **注 释**

[1] 不毛：不毛之地，寸草不生的地方。

[2] "坼地"句：土地开裂，三川合为一流。坼（chè）：开裂。三川：日本的木曾川、揖斐川、长良川，它们于爱知县和岐阜县交界处合流，注入伊势湾。

[3] 两岳：指三重县和滋贺县交界的铃鹿山脉的龙岳和释迦岳，均高一千公尺以上。

己卯仲夏病起作[1]

暂时我与疫鬼居，大鬼跳梁小鬼嘘。

二鬼炎炎身如火[2]，扶我直欲上太虚[3]。

我乃从容揖鬼曰："我龄八十不足惜。

人之在世如电光，一朝消灭无踪迹。

死亦可矣生亦可，比犹风柳日袅娜。

峡中风光水与山，风流词客谁同我[4]？"

疫鬼闻之如有思，忽尔放我任所之。

别有神光照暗窟，群鬼散走毒雾披[5]。

振衣复上清音楼[6]，楼上挥麈对清流[7]。

仰看驹岳峰头月，清光依旧照清秋。

闲堂曰：奇想佳句，寓言之体，步趋卢玉川《月蚀》、王广陵《梦蝗》，惟纵
恣稍逊耳。

蜗叟曰：昌黎有《谴疟鬼》，此亦不妨作"谴疫鬼"看，惟庄谐之际自有不
同耳。

✤ 注 释

[1] 己卯：日本仁孝天皇文政二年，1819 年。

[2] 炎炎：灼热。

[3] 太虚：天上。陆机《驾言出北阙行》："求仙鲜克仙，太虚不可凌。"

[4] 词客：文人。

[5] 披：散开。

[6] 振衣：抖抖衣服。

[7] 挥麈：古代名士清谈时，每执麈尾挥动，以为谈助。麈：麈尾，用驼鹿尾做的
拂尘。

冰 滀

百寻高岸十寻梯[1]，渊若青蓝桥若霓[2]。
埋径白云凝不散，一声鼯鼠隔溪啼[3]。

闲堂曰：后半风致绝佳。前半稍平。

❖ 注 释

[1] 寻：古代长度单位，八尺为寻。

[2] 霓：即虹。虹霓对称则有别，主虹为虹，副虹称霓；虹在内侧，霓在外侧。

[3] 鼯(wú)鼠：一名大飞鼠。

清田勋

清田勋(1746—1808),一作清勋,字公绩,号龙川,京都人。江村绥之子,出嗣叔父清田君锦,故姓清田。著作毁于火,传世仅有《龙川诗钞》。

林苑待花

林苑犹枯木,岂同摇落时[1]。
和风消北雪,淑气上南枝[2]。
新霁莺先啭,余寒蝶未窥[3]。
何人将羯鼓,火急报春知[4]。

闲堂曰:能匠早春景物。

❖ 注 释
[1] “林苑”二句:林苑虽还是枯木,但已有生机,哪会像凋零的季节那样。摇落:草木凋残。《楚辞·九辩》:“萧瑟兮草木摇落而变衰。”
[2] 淑气:这里指早春的温和之气。
[3] 蝶未窥:蝴蝶尚未飞来探看春花的开放。
[4] “何人”二句:意思是谁能敲起羯鼓,通报春神,催花速开。据南卓《羯鼓录》:唐玄宗令高力士取羯鼓临轩纵击,奏《春光好》一曲,曲罢,花已绽蕾开放。羯(jié)鼓:又名两杖鼓,唐代盛行的一种打击乐器。

池馆晚景

庭池雨过水玲珑，枕簟香生菡萏风[1]。

怪得流萤忽无影，月来杨柳画桥东。

蜗叟曰：月出而萤影灭，此寻常事，入诗便觉新颖可喜。

❖ **注释**

[1] 菡萏(hàn dàn)：荷花。

赖惟宽

赖惟宽(1746—1816),字千秋,号春水,安艺(今广岛县)人,赖惟柔之兄,有《春水遗稿》。

十三夕,冈田士亨宅赏月,分得五微[1]

八月九月多良夜,十五十三扬素辉[2]。
天令秋色有深浅,人自胜情无是非。
醉醒俱酌桂花酒,尔汝相逢薜荔衣[3]。
能使吾曹恣幽赏,高风却属吏人扉[4]。

闲堂曰:偶为吴体,别有风味。

蜗叟曰:"天令秋色有深浅",天理;"人自胜情无是非",玄理。明乎此,奚适不可。

✿ 注 释

[1] 分得五微:分韵作诗,得微韵。微韵属上平声第五部,故称五微。

[2] 素辉:洁白的月光。

[3] 薜荔衣:指隐居者的衣服。

[4] "能使"二句:意思是我辈能尽情赏月,可是人们却称赞为官作宦的人具有高风亮节。

村濑之熙

村濑之熙（1746—1818），一作源之熙，字君绩，号栲亭，平安（今京都）人，著名的儒家学者，有《栲亭初稿》、《枫树诗纂》、《宋人咏物诗选》等。

题谢长庚桃源图为岩仲文

鹯薮无翔羽[1]，獭渊绝游鳞[2]。
当彼嬴氏时，讵容高尚伦[3]。
遐举五百春[4]，桃花逐岁新。
忽被花相引，偶与渔父亲。
问今是何世，新宋类苦秦[5]。
所以陇亩里，往往栖逸民。
顾笑刘太守，搜索徒劳人[6]。
伊境原非邈[7]，自在浔阳滨[8]。
心远地自远[9]，不必更问津[10]。

闲堂曰：一起甚妙，全首隐括陶作，亦工。

蜗叟曰：题画诗以切画面意境而又不为所囿为尚。此诗一起严谴古来暴政虐民，盖亦借题抒愤之作。

❖ 注 释

[1] 鹯薮：鹯鸟聚集之处。鹯：猛禽名。翔羽：飞鸟。

[2] 獭渊：有水獭的水流。水獭：兽名，水居食鱼。游鳞：游鱼。

[3] "嬴氏"二句：秦始皇时代，哪能容得高尚的贤者。陶渊明《桃花源诗》："嬴氏乱天纪，贤者避其世。"嬴氏：指秦始皇嬴政。讵：岂。高尚伦：这些高尚的人。

[4] "遐举"句：意思是桃花源中人隐居已达五百年。遐举：这里是远走高飞的意思，指桃花源中人避秦时乱，隐入山中。五百春：《桃花源诗》："奇踪隐五百。"自秦末至陶渊明《桃花源记》所说"晋太元中"，近六百年；"五百"是举其大概数。

[5] "忽被"等四句：隐括了《桃花源记》中描写渔人由桃花林的吸引而发现桃花源，回答他们"问今是何世，乃不知有汉，无论魏晋"等情景。新宋：指南朝的刘宋王朝。

[6] "顾笑"二句：但笑郡太守，派人搜寻桃花源，结果徒劳无功，一无所得。《桃花源记》写到太守遣人随渔人前往找桃花源，结果迷路不得。"南阳刘子骥，高尚士也，闻之，欣然规往。未果，寻病终"。这里用"刘太守"，当是把太守与刘子骥二人混同了。

[7] 伊境：此境。邈：远。

[8] 浔阳滨：浔阳江边。陶渊明家在浔阳柴桑。

[9] "心远"句：陶渊明《饮酒》："问君何能尔？心远地自偏。"

[10] "不必"句：《桃花源记》："后遂无问津者。"这里反用其意。

放　言（选一首）[1]

往者为故来者新，昼夜古今互为宾[2]。
昨日骤富今日贫，桃李何曾见常春。
荣枯人间如递驿[3]，司徒何苦钻李核[4]。
圣智不免陈蔡厄[5]，东西一生无暖席[6]。
倘使浮云迹，有意循绳尺[7]，
玉帝发仓赈馑子[8]，织女断机衣寒士[9]。

请君泊然自葆真[10]，未知天将饱杀何等人！

闲堂曰：是讽世语。老子曰："天之道损有余而补不足。人之道损不足以
       奉有余。"栲亭其知之矣。

蜗叟曰：自蕴哲理，未可以穷愁牢骚一意概之。

❖ 注释

[1] 原诗十首，这是第三首。

[2] 互为宾：互为宾主，指地位、情况等不断朝对方转化。

[3] 递驿：意为一个接一个，不停变换。原指古代传送公文、接待来往官员的
       驿站。

[4] "司徒"句：《世说新语·俭啬》："王戎有好李，卖之，恐人得其种，恒钻其核。"
       王戎曾官司徒。

[5] "圣智"句：据《史记·孔子世家》，孔子在陈国和蔡国，遇到了围攻和绝粮的
       情况，《太史公自序》称"孔子厄陈蔡"。圣智：指孔子。厄：灾难。

[6] "东西"句：意思是孔子一生东奔西走，周游列国，没有坐暖过。班固《答宾
       戏》："是以圣哲之治，栖栖遑遑，孔席不暖，墨突不黔。"

[7] 循绳尺：意为浮云升高直上。绳尺：代指上下的高度。

[8] 馑子：饥饿的人。

[9] 织女断机：织女截下机上所织的布。织女：古代神话中天帝的孙女，善于
       纺织。

[10] 泊然：淡泊。葆真：好好葆养自身。

闻杜鹃三首 并序（选二首）[1]

    汉人咏杜鹃在暮春，如闻之不胜悲者。在此方其鸣在五月，
人争赏之。或宿山林幽僻之地，不寐以待其鸣。故作诗者多在
春悲之，咏和歌者多在夏赏之。然韦应物有"高林滴露夏夜清，

南山子规啼一声"之句[2]，吴融有《秋闻子规》之诗[3]，则其鸣不必春时而已。唯悲之与赏之彼此不同，何也？唐太宗尝语乐曰[4]："声之所感，各因人之哀乐。"岂惟乐云乎哉。余不敢效汉人之颦[5]，赋三绝。

寂寂灯前雨未晴，杜鹃破梦一声鸣。
朦胧认得非耶是，欹枕更期第二声[6]。

闲堂曰：序有理趣，诗得幽致。

❖ **注 释**

[1] 诗本三首，这里选录第一、第二首。

[2] 韦应物：唐代诗人，有《韦苏州集》。他的《子规啼》云："高林滴露夏夜清，南山子规啼一声。邻家孀妇抱儿泣，我独展转何时明。"

[3] 吴融：唐代诗人，他的《秋闻子规》云："年年春恨化冤魂，血染枝红压叠繁。正是西风花落尽，不知何处认啼痕。"

[4] 唐太宗：李世民。《旧唐书·音乐志》："太宗曰：'悲欢之情，在于人心，非由乐也。'"

[5] "余不"句：我不敢效颦汉人，意思是我不写杜鹃之悲。效颦：原为不配仿效而仿效，反而出丑。《庄子·天运》有东施效西施之颦的故事。这里是谦词。

[6] 欹(qī)枕：斜靠着枕头。

闲吟残夜坐幽房[1]，乍听啼鹃近过墙。
急唤家僮开牖户[2]，一痕斜月半床霜。

❖ **注 释**

[1] 幽房：幽静的居处。

[2] 牖(yǒu)户：窗户。

176

赤田元义

赤田元义（1747—1822），字伯宜，号卧牛山人，飞弹（今岐阜县）人，有《卧牛山人集》。

江上晚归

罢钓秋风暮，江村路自斜。

寒波涵夕景，残柳宿归鸦。

十里芦花岸，孤灯渔父家。

渐知初月出，人影落晴沙。

闲堂曰：写生能手，妙在不着力。大历诸子集中往往遇之。

暮春过田家五首（选二首）[1]

晴川十里水烟迷[2]，两岸微风杨柳齐。

借问村家何处住，看花直到野桥西。

♣ 注 释

[1] 这里所选为第一、第三首。

[2] 晴川：阳光照耀下的河流。崔颢《黄鹤楼》："晴川历历汉阳树，芳草萋萋鹦鹉洲。"

野水蓬门柳色清，村童见客喜相迎。

倾壶直就床头饮[1]，不必殷勤通姓名。

蜗叟曰：野趣盎然。倾壶就饮，足见村家人情淳朴。

闲堂曰："倾壶"二句，从老杜"不通姓字粗豪甚，指点银瓶索酒尝"化出，

然杜写客，此写主人，又自不同。

♣ **注 释**

[1] "倾壶"句：谓槽床之酒注入壶中后，更不他携，即就床边饮之。从杜甫《少年

行》"不通姓字粗豪甚，指点银瓶索酒尝"化出。

菅晋帅

　　菅晋帅(1748—1827),字礼卿,号茶山,备后(今广岛县)人,学问精博,设塾授徒,其塾面黄叶山,因曰黄叶夕阳村舍。有《游艺记》、《黄叶夕阳村舍诗文》。

江　州[1]

烟水苍茫暖意融,晴波闪烁钓丝风。
五湖遗逸家何在[2],六代高僧窟亦空[3]。
岳寺云归春树外[4],沙汀鸭睡夕阳中。
济川谁抱平生志[5],时见孤舟蓑笠翁[6]。

蜗叟曰: 怀济川之志者皆隐于渔钓,此茶山之所以致慨欤?

闲堂曰: 颈联工丽。

❖ 注　释

[1] 江州:既指日本近江,又指中国九江。近江,今滋贺县,附近有琵琶湖。九江古称江州,在鄱阳湖旁边。

[2] 五湖遗逸:鄱阳湖边的陶渊明。五湖:这里指鄱阳湖。遗逸:指陶渊明。陶渊明浔阳柴桑人,今九江西南。

[3] 六代高僧:指六朝时东晋高僧慧远。六代:即六朝,指三国东吴、东晋、宋、齐、梁、陈,均建都建康(今南京)。慧远在庐山,结白莲社于东林寺。

[4] 岳寺:既指琵琶湖西边比叡山山顶的延历寺,又指庐山东林寺。

[5] 济川:指济世的抱负。黄庭坚《次韵德孺惠贶秋字之句》:"期君早作济

川舟。"

[6]"时见"句：柳宗元《江雪》："孤舟蓑笠翁，独钓寒江雪。"

龙　盘

龙盘虎踞帝王都[1]，谁见当时职贡图[2]。

祭祀千年周雅乐，朝廷一半汉名儒[3]。

世情频逐浮云变，吾道长悬片月孤。

怀古终宵愁不寐，城钟数杵起栖乌[4]。

闲堂曰：怀古之中寓伤今之意，观下四句可知。

❖ 注 释

[1] 龙盘虎踞：晋代张勃《吴录》："刘备曾使诸葛亮至京，因睹秣陵山阜，叹曰：
　'钟山龙盘，石头虎踞，此帝王之宅。'"龙盘虎踞：形容地形雄壮险要，特指南
　京。这里借指当时日本京都江户。作者生活的时代是德川幕府时期。

[2] 职贡：藩国按照规定时间向朝廷进贡。《周礼·夏官》：大司马之职，"施贡分
　职，以任邦国"。日本当时集大权于江户幕府，地方为藩侯。此喻幕府与藩侯
　的矛盾。

[3] "祭祀"二句：祭用雅乐，朝有名儒，喻太平盛世。周雅乐，即六舞：《云门》、
　《咸池》、《大磬》、《大夏》、《大濩》、《大武》等古乐曲，用于祭祀、朝贺、宴享等
　大典。

[4] "城钟"句：城中黎明时撞钟的声音惊起了栖宿的乌鸦。

松　间

松间值樵父，闲话坐班荆[1]。

缥缈中条色[2]，苍茫太古情。

午钟知远寺，霁树辨遥城。

愧昔为亭吏，三年困世营[3]。

闲堂曰：似储、常辈。颔联对法变化可玩。

蜗叟曰：悔曾误落尘网也。

❖**注释**

[1] 班荆：扯草铺地，代席而坐。班：铺。荆：草。《左传·襄公二十六年》：伍举与声子"遇之于郑郊，班荆相与食"。

[2] 中条：中条山，在山西省。这里借指日本的山。

[3] 世营：世俗事务。

影戏行[1]

纸障笼烛光辉邃[2]，有物森立含百媚，

鬼邪人邪人莫识，疑看艳妆凝珠翠。

谁家妖童美风姿[3]，定从乌衣巷边至[4]，

双去双来皆应节[5]，舞袖翩跹轻蝶翅。

汉帝招魂恨无言[6]，任郎顾影如有意。

妙技暗写世上情，造物不知指端秘[7]。

须臾弄罢寂四筵，乾闼婆城更何地[8]。

观者怅然惜更阑，一笑制诗传相示。

君不见汉事唐业无踪迹，人间今古几影戏。

闲堂曰：描摹精细，宛然在目。此艺盛于宋世，历祀不衰，旁播东邻，形于歌咏，有以也。

✤ 注 释

[1] 影戏：即皮影戏，又名纸影戏。南宋耐得翁《都城纪胜》："凡影戏乃京师人初以素纸雕镞，后以彩色装皮为之。"流传到日本，亦称"影绘"。

[2] 纸障：用白纸作的屏幕，上面显出影像。

[3] 妖童：美少年。

[4] 乌衣巷：在南京市东南，东晋以来，是王、谢两大世族居住的地方。

[5] 应节：合乎音乐节拍。

[6] 汉帝招魂：指影戏表演的内容是汉武帝为李夫人招魂事。《汉书·外戚传》："上（汉武帝）思念李夫人不已，方士齐人少翁言能致其神。乃夜张灯烛，设帷帐，陈酒肉，而令上居他帐，遥望见好女如李夫人之貌，还幄坐而步。又不得就视，上愈益相思悲感，为作诗曰：'是邪，非邪？立而望之，偏何姗姗其来迟！'"

[7] "造物"句：意思是造物之主也不懂皮影戏的秘密在于艺人手指的操纵。

[8] "乾闼婆城"句：意思是原先影戏中种种景象都没有了。乾闼婆城：梵文音译，意为寻香城、蜃气楼。佛教称乐人为乾闼婆，因能幻作楼阁以使人观而得名，这种楼阁与海市蜃楼相似，亦称乾闼婆城。见《慧苑音义》。乾闼婆城喻物之幻有实无，这里指影戏。更何地：又成什么地方了呢！指影戏幻象的消失。

市河世宁

市河世宁（1749—1820），字子静，号宽斋，上野（今群马县）人，著述丰富，有《日本诗纪》、《全唐诗逸》、《陆诗考实》、《宋百花诗》、《半江暇笔》、《琼浦梦遗录》、《宽斋诗文集》等。

程君房墨

澹斋牧公赐古墨一丸[1]，面画双龙争珠状，背有御墨及君房字[2]，盖程君房所制也。程，明万历间人，巧制墨，曾著《墨苑》，与方於鲁《墨谱》互相角胜[3]。

万历逸民远有名[4]，豹囊藏久德逾馨[5]。
流风尚未消磨尽[6]，吹送余芳度渤溟[7]。

蜗叟曰：程君房与方於鲁皆皖之歙人。君房善制墨，於鲁初学为诗，后得君房墨法，改而业墨，以名相轧，至为深仇，世两讥之。然宽斋所得墨，诚可珍也。

✤ **注 释**

[1] 澹斋牧公：牧澹斋，人名。公：尊称。

[2] 御墨：指刻在墨上的"御墨"二字。凡皇帝用的东西，尊称为御。程君房：安徽歙县人，善制墨，尝供奉明神宗。

[3] 方於鲁：明代歙县人。初名大澂，后以字行，改字建元，得程君房墨法，万历年间颇有名声。著作有《方建元诗集》、《墨谱》等。

[4] 逸民：这里指程君房。

[5] 豹囊：豹皮袋，用以藏墨，可避湿气。馨：香。

[6] 流风：犹言遗风，指前代流传下来的风雅习惯。

[7] 度渤溟：渡过渤海而到日本。渤溟：渤海。

发江户

一杖飘然似御风[1]，都门早发晓烟中。

归来解印陶彭泽[2]，强健还乡陆放翁[3]。

野旷虫声偏饱露，云晴雁影自横空。

此行已免人间险，不畏深山途路穷。

闲堂曰：流美宛惬，惜尾联稍弱。七律篇终振起为难也。

❖ 注 释

[1] 御风：驾风。《庄子·逍遥游》："列子御风而行，泠然善也。"

[2] "归来"句：陶渊明做彭泽令八十余天，不为五斗米折腰，解印归田。见萧统
    《陶渊明传》。

[3] "强健"句：陆游号放翁，曾游宦川陕，官至宝章阁待制，后退居家乡山阴。作
    者以陶渊明、陆放翁自喻，离开京都江户，回到自己家乡。

古贺朴

古贺朴(1750—1817),字淳风,号精里,肥前(今佐贺县)人,学问该博,诗文精秀,有《近思录集说》、《精里集》等。

六月二十一日复原楼分韵

累旬休务度炎蒸[1],得得来寻是旧朋[2]。
香稻翻匙餐白雪[3],凉轩展簟坐寒冰。
东南美箭还须矫[4],西北高楼好共登[5]。
热客此中堪换骨,清风一扫世心澄[6]。

闲堂曰:虽应酬之作,而平稳称题,亦见功力。

✿ 注 释

[1] 休务:休止事务,即停止工作。炎蒸:指酷暑。

[2] 得得:特地。贯休《陈情献蜀皇帝》:"一瓶一钵垂垂老,千水千山得得来。"

[3] "香稻"句:用匙舀起洁白的米饭。作者原注:"客称盒饭之精,故及。"

[4] "东南"句:作者原注:"主人近诗更加炼汰见惠。"东南美箭:《说苑·建本》:"子路曰:'南山有竹,弗揉自直,斩而射之,通于犀革,又何学为乎?'孔子曰:'括而羽之,镞而砥砺之,其入不益深乎。'"矫:矫正变直。这里是矫箭。《汉书·严安传》:"矫箭控弦。"美箭还须矫,意指主人对诗作的精益求精。

[5] 西北高楼:指复原楼。《古诗十九首》:"西北有高楼,上与浮云齐。"

[6] "清风"句:作者原注:"客不能诗,情话半日。清风徐来,炎暑顿消;清谈涤俗,心境澄明。"

画 猴

踞石看云天趣长,山中芧栗足糇粮。

游嬉莫近人间世,恐被加冠弄一场^[1]。

闲堂曰:调侃语,警猴亦所以自警也。惜世人不悟者多,故沐猴而冠者,古今不绝。

❖ 注 释

[1] "恐被"句:意思是生怕被套上帽子调弄一番。加冠:戴上帽子,即沐猴而冠。《汉书·伍被传》:"汉廷公卿列侯皆如沐猴而冠耳。"这里喻功名利禄犹如枷锁。

龟田兴

龟田兴(1752—1826),字穉龙,号鹏斋,江户(今东京都)人,有《鹏斋诗钞》。

临江台

长江天际尽,千里使风还。
今夜安樯浦[1],西东何处湾?
明朝摇楫处,左右几重山?
相送高台上,空临波浪间。

闲堂曰:　气流转,妙造自然。
蜗叟曰:中两联扇对。以问话出之,别有意味。

❖ 注 释
[1] 安樯浦:泊船的水滨。

江 楼

江楼风雨意何长,真个青袍事渺茫[1]。
古道崎岖非一世,新愁涕泪作千行。
壮心几为穷途折,傲骨还于文运妨[2]。

187

湖海乾坤人不见，唾壶缺尽重悲伤[3]。

蜗叟曰：胸有磈磊，而壮心未已。

✤ **注 释**

[1] 青袍：指做官。《唐会要》卷三十一："六品、七品以绿，八品、九品以青。"高适《留别郑三韦九兼洛下诸公》："此时亦得辞渔樵，青袍裹身荷圣朝。"

[2] 文运：这里指文人的气运。

[3] 唾壶缺尽：《世说新语·豪爽》："王处仲每酒后，辄咏'老骥伏枥，志在千里；烈士暮年，壮心不已'。以如意打唾壶，壶口尽缺。"后以"击碎唾壶"表示愤激和凌云壮志。唾壶：承唾之器。

偶 作

君是都下人[1]，能辨山中意。
却愧山中翁，不解都下事。

蜗叟曰：自右丞"君自故乡来，应知故乡事"（《杂咏》）启发变化出之。

闲堂曰：杜牧之诗云："家近城南杜曲旁，两株仙桂一时芳。禅师都未知名姓，始觉空门意味长。"亦后二句之意也。

✤ **注 释**

[1] 都下：江户，今东京都。

松本慎

松本慎（1755—1798），字幼宪，号愚山，京都人，有《愚山诗稿》。

初夏偶成

苇帘初卷困人天，燕语呢喃起午眠。
休说先生生计拙[1]，新荷叶叶已成钱[2]。

闲堂曰：以新巧胜。杨诚斋集中往往遇之。
蜗叟曰：自慰亦所以自嘲也。

❖ 注 释
[1] 生计拙：意为缺少谋生的好办法。
[2] "新荷"句：荷叶初生，小如铜钱。

枯 柳

隋堤谢去赴陶家[1]，遂尔巉屼阅岁华[2]。
古渡穷冬无过客，空营薄暮有栖鸦。
似吾短发多添雪，奈汝衰躬难伴花[3]。
请看弱枝存故态，春心仍学入风斜[4]。

闲堂曰：尾联振起，视桓大司马之"树犹如此，人何以堪"异矣。

[1] "隋堤"句：意思是隋堤已无残柳，柳树移到陶渊明宅边了。隋代开凿通济渠，沿渠筑堤，称"隋堤"，堤上植柳，后人称为"隋堤柳"。谢去：离开。陶家：陶渊明家。陶渊明称"五柳先生"，他在《五柳先生传》中说："宅边有五柳树，因以为号焉。"

[2] "遂尔"句：终于历经岁月而长得十分高大。巑岏(cuán wán)：原指山的高峻，这里指柳树高大。

[3] 衰躬：指衰老的树身。

[4] 春心：拟人的写法，指枯枝上长出的弱条在明媚春光中的欣喜之情。

赖惟柔

赖惟柔(1756—1834),字季立,一字千祺,号杏坪,又号春草堂,安艺(今广岛县)人,善诗书,为广岛藩儒官。著作有《原古编》、《杏坪文集》、《杏坪诗集》、《春草堂诗钞》等。

运甓居杂咏 (选一首) [1]

予藏江川君书"运甓"字久矣[2],三次邑宰职兼武备[3],揭为居名。

僻乡谁是弄书琴,多暇唯吾赏古音。
国雅或时模《万叶》,医方亦试读《千金》[4]。
余龄有几谋前路,归计无期违素心[5]。
独喜庭林来野鸟,晨昏好语和闲吟。

闲堂曰:白傅退居之什,此所脱胎。

蜗叟曰:退食之暇,兴会多方,是一面;归计无期之叹,则又是一面。

✿ 注 释

[1] 原诗十二首,这里所选为第六首。

[2] 作者原注:江川君"名暹,号讷斋,伊豆韭山令"。伊豆:今日本静冈县。韭山:邑名。运甓:《晋书·陶侃传》:"侃在州无事,辄朝运百甓于斋外,暮运于斋内。"甓(pì):砖。

[3] 邑宰职兼武备:指担任韭山地方官兼地方军职。

[4]"国雅"二句：意思是模拟《万叶集》写和歌，读读医书《千金要方》。国雅：即
　　和歌，《万叶集》是日本古老的和歌集。《千金》：《千金要方》，又名《备急千金
　　要方》，唐代孙思邈著，是一部内容丰富的医药著作。

[5]素心：平素的心愿。这里指离开官场。

屏迹二首（选一首）[1]

有谁寻屏迹[2]，寒树绕茅茨。
栗叶未全坠，梅花看欲披[3]。
百钱沽获倒[4]，一鼎煮黎祁[5]。
小醉催诗句，前山起雪时。

闲堂曰：以方俗异物名入诗，宋人偶为之，终嫌小家子气。

❖ **注 释**

[1]这里所选为第一首。

[2]屏迹：绝迹不与人来往。这里指隐者。《新唐书·阳城传》："岁饥，屏迹不过
　　邻里。"

[3]披：开。

[4]获倒：作者原注："谓野酿，陈慥诗注。"陈慥：字季常，宋代诗人，晚年隐居，自
　　号方山子。苏轼有《方山子传》。

[5]黎祁：作者原注："蜀人名豆腐，陆诗注。"陆诗，陆游诗。

神吉主膳

神吉主膳(1756—1841),号东郭,赤穗(今兵库县)人,有《东郭先生遗稿》。

山 寺

入山不见山,面面唯松树。

暗闻钟磬声,知是僧庵路。

闲堂曰:清绝。

小栗光胤

　　小栗光胤（1763—1784），字万年，号十洲，若狭（今福井县）人，工诗，苦吟终身，有《观海楼小稿》。

赠卖梅花人

　　飘然庾岭谪仙人[1]，一担梅花卖却春。
　　劝尔纵教多酒价，莫将冰骨染红尘。

蜗叟曰：傲人实为惜梅，惜梅亦所以傲人。

✤ **注 释**

[1] 庾岭：大庾岭，在今江西大庾、广东南雄交界处。唐时多植梅树，故又名梅
　　岭。谪仙人：谪降人间的神仙。这里称卖梅花人。

鸭林秋夕[1]

　　沙岸秋凉夕，林泉水墨图[2]。
　　松风疑急雨，草露碎明珠[3]。
　　浅濑萤开阖[4]，残云月有无。
　　游人得鱼否，柳外远相呼。

蜗叟曰：一结有余声在耳之感。

闲堂曰：颈联善状寻常景物。

❖ 注 释

[1] 鸭林：即贺茂林。贺茂在京都。贺茂与鸭,日语音通。

[2] "林泉"句：林泉秋景,恰似一幅水墨画。

[3] "草露"句：草上清露犹如万颗明珠。

[4] 浅濑(lài)：从沙石上流过的急水。《楚辞·九歌·湘君》："石濑兮浅浅。"开
    阖：开合,指萤光闪烁。

柏木昶

柏木昶（1763—1819），字永日，通称门弥，号如亭，江户（今东京都）人，有《如亭集》、《如亭遗稿》。

买纸帐[1]

三间老屋欲残年，雪后奇寒欠稳眠[2]。
今夜山家新富贵[3]，梅花帐里小春天。

闲堂曰：见道之言。如此即是富贵，可见真富贵于我如浮云也。

❖ **注 释**

[1] 纸帐：纸做的帐子。用藤皮茧纸缠于木上，以索缠紧，以稀布为顶。帐上常画梅花、蝴蝶等为饰。宋代朱敦儒《鹧鸪天》词："道人还了鸳鸯债，纸帐梅花醉梦间。"所以下文称"梅花帐"。
[2] 稳眠：安眠。
[3] 山家：山居人家。

秋 立[1]

晚晴堂上坐凉风，初听篱根语早蛩[2]。
云意不知秋已立，尚凭残照弄奇峰[3]。

闲堂曰： 前人咏节候之移，多从草木见意。此诗独从云不知秋着笔，别出一奇。虽本源杜诗，然自是夺胎换骨。

♣ **注 释**

[1] 秋立：即立秋，二十四节气之一，当阳历八月七日或八日。

[2] 语早蛩：早到的蟋蟀鸣叫声。蛩语：蟋蟀的叫声。

[3] "云意"二句：杜甫《多病执热奉怀李尚书》："奇峰硉兀火云升。"

大田元贞

大田元贞（1765—1825），字公幹，号锦城，加贺（今石川县）人，有《锦城百律》。

山　居

拾薪而爨汲泉烹[1]，谁悟山栖静且清。
石径鹿归苔有迹，桃溪花落水无声。
绝交唯许云来去，独往犹劳鹤送迎。
松洞之风柳桥月，闲中烦我几回评[2]。

闲堂曰：颔联可追钱仲文"幽溪鹿过苔还静，深树云来鸟不知"。
蜗叟曰：律体而参以古风句法，风格自异。

❖ 注　释
[1] 爨（cuàn）：烧饭。
[2] 几回评：几番品评。这里是品评风月。

尾池桑

尾池桑(1765—1834),字宽翁,号桐阳,赞岐(今香川县)人,儒学造诣很深,有《榖似集》、《桐阳诗钞》。

梅

冻云惨淡地裂肤,何论世间花有无。
楚畹萧条兰已败[1],陶园寂寞菊全枯[2]。
罗浮仙裔白玉面[3],水边林下突相见。
凌厉冰霜立岁寒,凛然独为众芳殿[4]。
物无孤美必有邻,问从何处求朋亲。
大儿泰山苍髯叟[5],小儿渭川绿玉君[6]。
孤介自是湘潭魄[7],清瘦堪比杜陵客[8]。
妖桃娇李皆舆台[9],回避俟春遥敛迹[10]。
君不见三点两点雪后时,古香动月铁干欹[11]。
谁能同汝岩壑气,题诗与汝汝得知?

闲堂曰:岁寒三友,写来历落有致。梅是主,松竹是宾,故后者一笔带过,
此诗法也。

蜗叟曰:必众芳皆萎而后见凌寒独发之可贵。德性掩松竹,才情兼屈
杜,所以赞梅,亦所以自许也。

❖ 注释

[1] 楚畹(wǎn):屈原种兰的地方,屈原楚人,故有此称。屈原《离骚》:"余既滋兰

之九畹兮,又树蕙之百亩。"十二亩为一畹。

[2] 陶园:陶渊明的菊圃。陶诗《饮酒》:"采菊东篱下,悠然见南山。"

[3] 罗浮仙裔:据《龙城录》,隋开皇年间,赵师雄到广东罗浮山,天寒日暮,似醉似醒,在松林间休息,见一女子,淡妆素服出迎,芳香袭人。两人饮酒,醉寝。天明,师雄起视,乃在大梅花树下,女子为梅花所化。此谓罗浮山梅花仙子的后代。裔:后裔,后代。

[4] 殿:最后。

[5] "大儿"句:大儿是泰山青松。苍髯叟:指古老的苍松。又,大儿、小儿云云,《后汉书·祢衡传》:"(祢衡)常称曰:'大儿孔文举,小儿杨德祖。余子碌碌,莫足数也。'"这里套用其语。

[6] "小儿"句:小儿是渭河翠竹。渭川:渭河,今陕西中部。绿玉君:指竹。陈陶《竹》:"不厌东溪绿玉君,天坛双凤有时闻。"

[7] "孤介"句:意思是梅花的孤高特立犹如屈原的精魂。湘潭:即屈潭。《水经·湘水注》:"汨水又西为屈潭,即汨罗渊也,屈原怀沙自沉于此。"孤介:操守谨严,不肯苟且。

[8] "清瘦"句:杜陵客:即杜甫,自称杜陵野老。李白《戏杜》:"饭颗山头逢杜甫,头戴笠子日卓午。借问别来太瘦生,总为从前作诗苦。"

[9] 舆台:奴隶,下等人。

[10] "回避"句:桃李远远地收敛踪迹,回避梅花,等到春天才露脸。俟:等待。

[11] "古香"句:此从林逋《山园小梅》"疏影横斜水清浅,暗香浮动月黄昏"化出。铁干虬枝:老梅虬枝横空的样子。

大洼行

大洼行(1767—1837),字天民,号诗佛,常陆(今茨城县)人,有《诗圣堂集》初编、二编、三编。

渔　家

江畔渔家五六椽[1],疏篱短短枕洲编[2]。
四边芦荻无余地,万顷波澜是好田[3]。
晓雨初晴齐曝网,晚潮将到急移船。
生平不会人间事[4],只得鱼钱充酒钱。

闲堂曰:萧然物外,想见此翁胸次之高。颔联不独善匠渔家生活,亦有气势。

蜗叟曰:一幅江村渔家风习图,堪与张水部"渔家在江口,潮水入柴扉"(《夜到渔家》)一律媲美。

♣ **注　释**

[1] 五六椽:五六间房屋。椽:代称房屋间数。

[2] 枕:这里是围绕的意思。编:编织篱笆。

[3] "万顷"句:指渔家以水为田,捕鱼谋生。

[4] 不会:不理会,不管。

哭 内（选一首）[1]

我理诗囊君绣床[2]，一炉添火夜将央[3]。
空斋今夜萧萧雨，无复人分灯火光。

蜗叟曰：昔年君绣我吟，夜深共炉；今宵空斋细雨，子守孤灯。一意贯来，
情致绵密。

✤ 注 释

[1] 原四首，这里所选为第四首。内：内子，妻子。
[2] 君绣床：即君理绣床，忙着刺绣。绣床：刺绣用的框架，亦称绣绷。
[3] 央：尽。

菅晋宝

菅晋宝(1768—1800),字信卿,号耻庵,备后(今冈山县)人,他的《耻庵诗草》,附刻于其兄菅晋帅的《黄叶夕阳村舍诗》之后。

浦子承翁将游长崎,路过草庐留宿,喜赋以赠。时翁自阿州至[1]

老来行色若为豪[2]?气压鸣门万丈涛[3]。
四海风尘犹意气[4],百年天地此绨袍[5]。
云横大泽龙蛇伏[6],雨洗苍空星斗高。
看取肺肝凛相照[7],酒间把似赫连刀[8]。

闲堂曰:豪荡感激,置之简斋、放翁集中,亦为高作。颔联尤思力深厚,风格沉郁。

❖ 注释

[1] 阿州:阿波国,今日本德岛县。

[2] 若为:如何、怎样。

[3] 鸣门:即鸣门海峡,在德岛县与淡路岛之间。因为海峡多大涡巨涛,所以说"鸣门万丈涛"。这也是浦子承到作者处所经之地。

[4] "四海"句:意思是四海行游,仆仆风尘,还是意气豪壮。

[5] "百年"句:意思是在久长的时间和广阔的空间内,只有浦子承一人有故人之情。《史记·范雎列传》:战国时,范雎受须贾毁谤而挨打成伤,后改名张禄入秦为相。须贾使秦,范雎打扮成穷人去见他。须贾送范雎一件绨袍。因

203

此，范雎恋恋有故人意，不再加害。后以"绨袍"表示故人旧情。绨袍：粗绨做的长袍。

[6] 大泽龙蛇：草野中隐藏的非常人物，喻指浦子承。李白《早秋赠裴十七仲堪》："穷溟出宝贝，大泽饶龙蛇。"

[7] 肺肝凛相照：即肝胆照人，心意真诚。

[8] "酒间"句：饮酒之间，以赫连刀相赠。《晋书·赫连勃勃载记》：赫氏"造百炼钢刀，为龙雀大环，号曰'大夏龙雀'"。赫连勃勃：南匈奴后裔，自立为大夏天王。这里的赫连刀，即宝刀之意。把似：持与，持赠。贾岛《剑客》："十年磨一剑，霜刃未曾试。今日把似君，谁为不平事。"

戊午岁暮[1]，在京师侨居[2]，伏枕累日，有怀四方故人，作十律（选一首）[3]

小阁临江夜听潮，怜君遁迹绝尘嚣[4]。
沧波月涌鱼龙伏[5]，芦荻霜乾雁鹜骄。
酒坐笑谈能几度，天涯岁月又今宵。
西山爽气徒劳梦[6]，缩地无由致洛桥[7]。

——赖千龄[8]

闲堂曰：颈联舒卷自如，流水佳对。

蜗叟曰：有得心应手之妙。

❖ **注 释**

[1] 戊午：日本光格天皇宽政十年，1798 年。

[2] 京师：指江户，今东京都。

[3] 原十首，分别怀念十位友人。这里所选为第九首，怀诗人赖千龄。

[4] 尘嚣：喧闹的人世。

[5] "沧波"句：月夜水中，鱼龙潜伏。

[6] 西山爽气：西山晴景。西山：在日本京都。《晋书·王徽之传》："西山朝来致有爽气耳。"

[7] 缩地：即费长房缩地术。洛桥：在日本京都。

[8] 赖千龄(1753—1825)：赖惟彊,字千龄,号春风,日本著名诗人赖襄的叔父。

牧野履

牧野履（1768—1827），字履卿，号钜野，丰前（今大分县）人，有《钜野诗集》。

初夏闲居

残花落尽送残春，雨后葱茏绿树新[1]。
谢客任荒林外径[2]，抛书懒扫几头尘。
巢梁乳燕相呼母，浴水闲鸥不避人[3]。
赖有老妻能酿酒，怡然对饮脱乌巾[4]。

闲堂曰：似老杜成都之作。闲中佳趣，热中人体会不得。

蜗叟曰：是善娱晚景者。

❖ 注 释

[1] 葱茏：草木青翠而茂盛。

[2] "谢客"句：不接见客人，任凭林边小路变得荒芜。

[3] "巢梁"二句：杜甫《江村》："自去自来梁上燕，相亲相近水中鸥。"

[4] 乌巾：即乌角巾，古代隐士所戴的黑色头巾。杜甫《南邻》："锦里先生乌角巾，园收芋栗不全贫。"

海边眺望 (选一首)[1]

青松沙上路,翠竹浦头家[2]。

拍岸涛声壮,横天雁影斜。

贾帆悬落日[3],渔笛散晴霞。

已识蓬瀛近[4],飘然欲泛槎[5]。

蜗叟曰:五、六句"悬"字、"散"字安得好,夕景如绘。

闲堂曰:颔联不徒工整,亦自见气象。尾联扣题。

✤ 注 释

[1] 原二首,这里所选为第二首。

[2] 浦头:水边。浦:小水流入大水的地方。

[3] 贾(gǔ)帆:商船上的帆。

[4] "已识"句:已经知道海上仙山在近处。蓬瀛:蓬莱和瀛洲,传说中的海上神
　　山。见《汉书·郊祀志》。

[5] 泛槎:泛舟海上。槎:筏。

菊池桐孙

菊池桐孙(1769—1849),字无絃,通称左大夫,号五山,赞岐(今香川县)人。参加以市河世宁为盟主的江湖诗社,与大洼诗佛、柏木如亭、小岛梅外合称江湖诗社四才子,有《五山堂诗话》、《五山堂诗话补遗》、《五山堂诗稿》。

嫁　猫

女奴稍长太娇柔,早被东家恳聘求。

红索当缡亲自结[1],金铃为佩任他搂。

入厨莫慕鱼腥美,守室须防鼠窃忧。

想料明年将子日[2],薄荷香酽绿阴稠[3]。

闲堂曰:可以追配山谷老人乞猫诗而更有情致。

❖**注　释**

[1] 缡:胸前的佩巾。结缡,古代嫁女的一种仪式,女子临嫁前,母亲为她系结佩巾,以示至男家后应尽力操持家务。这里指嫁猫。

[2] 将子日:生小猫的时候。将子:携子。

[3] 香酽(yàn):香气浓郁。

告天子（选二首）[1]

野烟初暖散朝阴,茶褐衣轻春已深。
决起才扬三四尺[2],带声径上几千寻[3]。

看看仰面眼将穿,午日薰人笠影圆。
飞最高时乍相失,声微杳在彩云边。

❖ **注释**

[1] 原三首,这里所选为第一、二首。告天子:天鹨,即天雀,以其鸣声相属,有如告诉,故又称告天鸟、告天子。

[2] 决起:迅速飞起。决:同"赽",迅疾。《庄子·逍遥游》:"我决起而飞,抢榆枋而止。"

[3] 径上:直上。

山梨治宪

山梨治宪(1771—1826),字元度,号稻川,骏河(今静冈县)人。精通《说文解字》,著《说文纬》,诗集有《稻川诗草》。

风灾诗

文化丙子秋[1],闰八月四日。
皇天斯熛怒[2],天色俄如漆[3]。
苦雨凄淋淋,愁云惨稠密。
未料阴阳变,如闻鬼神叱。
翛翛长林骇[4],漠漠连山失[5]。
大块动噫气[6],箕伯恣横逸[7]。
初若洪涛翻,訇磤崩崔崪[8]。
乍若逸雷奔[9],百里激霆疾[10]。
直疑地轴摧,无乃天柱折[11]。
拉扮夏屋倾[12],摧残梗林拔[13]。
或似千军驰,呐喊互奔轶[14]。
或似万马骤,超骧乱踶蹶[15]。
或龙矫鳌扞[16],或电击神扶[17]。
或拉而斋粉[18],或捏而灭裂[19]。
不见九首夫[20],拔木若苗揠[21]。
当有陵鱼见[22],飞廉尔为孽[23]。

积威撼山岳,余怒翻溟渤。

势欲劈鹏翅,力当破鲛窟[24]。

陂泽尽簸荡,石砾争唐突[25]。

何况负郭居[26],惴惴恐颠越[27]。

匹如驾飞涝[28],轻舟频荡抈[29]。

病妻不能起,痴女泣且跌。

墙藩无遗堵[30],何处有完室[31]。

顾念东邻老,穷鳏无所昵[32]。

身已困坎壈[33],口不饱糠粃[34]。

矮屋两重茅,一苫无遗苫[35]。

怪雨如绠縻[36],沾湿垫短褐。

中夜寝无处,叹息徒抱膝。

又闻菖蒲谷,安水暴溢溢[37]。

民屋皆沉沦,田畴尽淹没。

冲湍啮山根[38],余波襄陵垤[39]。

七村几为鱼,百室皆悼栗。

哀哀羸弱者[40],骑极避巑岉[41]。

上为冲飙振[42],下为激浪啮。

号哭吁皇天,酸楚岂可说。

滔滔势未已,堤防行将决。

府尹亲董役[43],楗石为防遏[44]。

丁壮百千人,奔走声嘈囋[45]。

城邑在下流,泛滥忧所切。

切忧千金堤,溃漏由蚁穴[46]。

尝闻敬天怒,暇豫不自佚[47]。

病来神气倦,黾勉策疲苶[48]。

211

拔茅补罅漏，手足据且拮[49]。

拮据亦何伤，生民恐夭伐[50]。

二仪有荧惑[51]，燮理或悖戾[52]。

窃意南亩收，余殃及稻秫。

圣宰代天工[53]，仁泽覃穷发[54]。

焉得发大仓，瘵民被振恤[55]。

日夕天更黄，怒号夜未毕。

徒抱杞人忧[56]，殷痛寄词笔[57]。

闲堂曰：笔力纵肆，极力模写。殆合昌黎《陆浑山火》、玉溪《行次西郊》
而一之，洵未易才也。

蜗叟曰：虽恣意模状而无矫饰。哀哀生民，实寄同情。

❖ 注 释

[1] 文化丙子：日本光格天皇文化十三年，1816 年。

[2] 熛(biāo)怒：盛怒，突然发怒。

[3] 俄：俄而，一会儿。

[4] 翛翛(xiāo)：鸟兽羽毛焦枯的样子，这里借以形容树木。

[5] 漠漠：这里是茫茫一片的意思。

[6] 大块：大地，大自然。噫气：嘘气，呼气。《庄子·齐物论》："夫大块噫气，其
名为风。"大块动噫气，即大自然狂风劲吹。

[7] "箕伯"句：风神恣意横行。箕伯：风神。张衡《思玄赋》："属箕伯以函风兮，
惩洪涊而为清。"横逸：横行。

[8] "訇磤"句：意思是大风如石山崩塌似的轰响。訇磤(hōng yǐn)：大声。崔崒
(zú)：高大的石山。

[9] 逸雷：迅雷。

[10] 激霆：霹雷。

[11] 天柱折：神话传说中的撑天之柱。《淮南子·天文》："昔者共工与颛顼争为
帝，怒而触不周之山，天柱折，地维绝。"

[12] 拉挎：牵引拉倒。夏屋：大屋。

[13] 梗林：坚挺的树木。张衡《西京赋》："梗林为之靡拉。"

[14] 奔轶：狂跑超越。

[15] "超骧"句：意思是争相超越的马乱踢乱踏。超骧：马相互超越。踶躐（dì jué）：脚踢蹄踏。

[16] 龙矫鳌抃：龙舞鳌跳。矫：夭矫，龙飞腾的样子。抃（biàn）：跳跃。

[17] 抶（chì）：鞭打。

[18] 拉而齑粉：摧折而成细屑。

[19] 灭裂：灭绝碎裂。

[20] 九首夫：古代神话传说中的怪物。《山海经·海外北经》："共工之臣曰相柳氏，九首，以食于九山"；"相柳者，九首人面，蛇身而青。"

[21] 揠（yà）：拔起。

[22] 陵鱼：古代神话传说中的人鱼。《山海经·海内北经》："陵鱼，人面手足鱼身，在海中。"

[23] 飞廉：一作"蜚廉"，神话中的风神。

[24] 鲛窟：鲨鱼洞窟。

[25] 唐突：冲撞。

[26] 负郭居：指住在城外，靠近城墙。郭：外城墙。

[27] "惴惴"句：恐惧不安，害怕颠覆。

[28] 匹如：犹比如。飞潦：飞波，波涛。木华《海赋》："飞潦相磕。"李善注："潦，大波也。"

[29] 荡扤（wù）：摇荡。

[30] 墙藩：墙壁。遗堵：留存下的墙壁。

[31] 完室：完好的房子。

[32] 无所昵：没有一个亲近的人。

[33] 坎壈：困顿不堪的样子。

[34] 糠籺（hé）：糠粞。杜甫《驱竖子摘苍耳》："黎民糠籺窄。"

[35] 彗（huì）：扫。遗子：犹子遗，剩余。

[36] 如绠縻：雨不断地下，像绳索下垂。绠与縻，都指绳索。

[37] 溢溢：水往上涌。《汉书·沟洫志》："河水溢溢。"

[38] "冲湍"句：意思是急流一直淹到山脚下。

[39] 襄陵垤：淹没了大大小小的山阜。襄：上，冲上。陵：大土山。垤：小土堆。

[40] 哀哀：悲伤不止。羸(léi)弱：瘦弱。

[41] "骑极"句：跨在屋梁上躲避水流。极：房屋的中梁。鼿陒(niè wù)：动摇不安。这里是水流的冲激。

[42] 冲飙：狂风。

[43] 亲董役：亲自指挥监督固堤工作。董：管理。

[44] 楗(jiàn)：用肩扛物。这里是搬运石头。防遏：这里是防止、阻住决口的意思。

[45] 嘈囋(zá)：声音喧闹杂乱。

[46] 潩(jí)：水外流。

[47] "暇豫"句：意思是即使可以悠闲逸乐，也不能享受。

[48] "黾(mǐn)勉"句：意思是努力鞭策疲倦的身子。黾勉：努力。疲苶(nié)：疲倦。

[49] 据且拮：即拮据，困难。这里引申为辛苦的意思。

[50] 天伐：受外力的侵害而损毁。谢灵运《游赤石进帆海》："请附任公言，终然谢天伐。"

[51] "二仪"句：意思是天地之间还有令人迷惑的情况。二仪：指天地。荧惑：犹迷惑。

[52] "燮理"句：调理阴阳有时也会出现反常。燮理：《尚书·周官》："兹惟三公，论道经邦，燮理阴阳。"

[53] "圣宰"句：帝王的力量代替了天的职司。圣宰：对帝王的尊称。天工：一作天功，天的职能。《尚书·皋陶谟》："无旷庶官，天工人其代之。"

[54] "仁泽"句：意为君王的恩泽一直传到荒远之地。覃：及到。穷发：寸草不生的地方，即不毛之地。

[55] "瘵(zhài)民"句：苦难的百姓能够受到救济。瘵：原意为痨病。

[56] 杞人忧：不必要的忧虑。《列子·天瑞》："杞国有人，忧天地崩坠，身亡所寄，废寝食者。"

[57] 殷痛：沉痛。

访木子慎

不甘朱邸曳长裾[1]，却对桂丛耽著书。

儒业旧尝推服子[2]，赋才今复见元虚[3]。

客来三径尘踪绝，月照孤樽清兴舒。

相遇良宵须一醉，饶他浮世叹居诸[4]。

蜗叟曰：木子慎其人、其才、其德，可约略想见。诗亦典雅称之。

❖ **注 释**

[1] 朱邸曳长裾：即"曳裾王门"。

[2] 服子：服虔，东汉古文经学家，撰《春秋左氏传解谊》。服虔字子慎，与木同字，故用以相比。

[3] 元虚：即玄虚。木华字玄虚，晋代人，有名作《海赋》，见《文选》。他与木子慎同姓，故也用以相比。

[4] "饶他"句：意思是任凭人世间叹息无法相聚吧。饶：任凭，尽管。浮世：世上。居诸：这里指促膝相聚的好时光。《诗经·邶风·日月》："日居月诸。"居、诸都是语助词，后借代前面的日月，指时间、光阴。

佐藤坦

佐藤坦(1772—1859)，字大道，号一斋，江户(今东京都)人，有《爱日楼集》。

送河合汉年归姬路[1]

靡盬东西不惮频[2]，年年叱驭度嶙峋[3]。
欲将独木支崇厦，肯为羸痾乞一身[4]？
霜后峻峰呈骨格，风中劲草倍精神。
周期督过何云远，况复天涯若比邻[5]。

闲堂曰：诗有雄直之气。河合氏盖功名忠义之士也。
蜗叟曰：颂美之，正所以期望之，亦赠别送行诗正格。

❖ 注 释

[1] 河合汉年：人名，生平不详。姬路：今日本兵库县。

[2] "靡盬(gǔ)"句：为了国事繁忙，不怕麻烦，频频奔走东西。靡盬：不停息。
《诗经·唐风·鸨羽》："王事靡盬，不能蓺黍稷。"

[3] 叱驭：叱赶马车。嶙峋：山岭突兀。这里喻路途艰难。

[4] "肯为"句：意思是怎肯因身体多病而请求养息。羸痾：病魔缠绕。

[5] "周期"二句：按期因公巡察督责而再到此地会晤，为时并非遥远，更何况天
涯若比邻哩！周期：犹言定期。督过：督察过失，指官员巡视地方，考察地方
官吏。《战国策·赵策》："张仪曰：'唯大王有意督过之。'"王勃《送杜少府之
任蜀川》诗："海内存知己，天涯若比邻。"

题善知鸟图诗 并引

津轻外滨[1]，古有善知鸟栖宿海岸岩洞[2]，其入于国歌、演于谣曲久矣[3]。其后杂剧传奇妄添蛇足[4]，粉饰诞谩[5]，益以脍炙人口，而今则无此鸟矣！但有祠祀之[6]，不知为何神也。侯命索此鸟于虾夷地方[7]，获三只，笼致[8]。会皆死，森冈生嘱画工写生[9]，需余诗，因赋古风一首。

北溟有异鸟[10]，其名曰善知。
颈长而胫促[11]，黄觜而白髭。
尾如鹜之短[12]，背似鸦之缁[13]。
岩洞寄栖止，匹处雄逐雌[14]。
情意挚且恋，飞鸣不相离。
所以才调子[15]，采入国风词[16]。
一变为院本[17]，再变为传奇。
妄诞虽叵信[18]，足想不凡姿。
遗种今安在，物色及岛夷[19]。
水滨空陈迹，欲问更凭谁？
莫是爱居类[20]，千载存古祀[21]。

闲堂曰：风格朴质，叙事委曲，亦善希踪白傅者。

❖ 注 释

[1] 津轻：日本本州北端的津轻半岛，隔津轻海峡与北海道相对，属青森县。

[2] 善知鸟：《和汉三才图会》："善知鸟，鸥之属，形色似鸥，嘴黄末勾，脚淡赤色。"

[3] 入于国歌：作和歌咏善知鸟。国歌：即和歌。演于谣曲：日本古戏剧有"能"，起于室町时代，能之剧本，谓之"谣曲"。

[4] 杂剧传奇：指日本戏剧歌舞伎。传奇即歌舞伎的脚本,谓之"净琉璃"。

[5] 粉饰诞谩：尽情地夸饰。诞谩：荒诞。

[6] 有祠祀之：津轻之滨有善知鸟神社,所以诗云："千载存古祀。"

[7] 侯：日本当时的地方藩侯,具体所指不详。虾夷：日本北海道的古称。原指北海道的居民。

[8] 笼致：用笼子装来。

[9] 森冈生：森冈先生,生平不详。

[10] 北溟：北海。原是古人想象中北方最远的大海。《庄子·逍遥游》："北冥有鱼,其名为鲲。"

[11] 胫促：两腿很短。

[12] 鹜：野鸭。

[13] 缁：黑色。

[14] 匹处：成双成对地在一起。

[15] 才调子：有才情的人。

[16] 国风：即国歌,和歌。

[17] 院本：这里指日本的演剧脚本,即谣曲。

[18] 叵(pǒ)信：不可信。

[19] 物色：追索寻求。岛夷：这里代北海道。原指该岛居民。

[20] "莫是"句：莫不是爱居一类的鸟吧。爱居：海鸟名。《国语·鲁语》："海鸟曰爱居,止于鲁东门之外三日,臧文仲使国人祭之。"爱居鸟,一云似凤凰,又云是怪鸟。

[21] 古祀：即古祠。

樱田质

樱田质(1774—1839),字仲文,通称周辅,号虎门,仙台人,有《鼓缶子文草》。

登芙蓉峰[1]

天工削出玉莲崇,八朵齐开各竞雄[2]。

大麓风雷迷白日,中峰雨雪散晴空[3]。

咨嗟方骇星躔近[4],呼吸还疑帝座通[5]。

寰宇低头何所见,苍洋碧落接鸿濛[6]。

闲堂曰:亦能状高山之景。颔联雄伟可观。

✤ 注 释

[1] 芙蓉峰:指富士山,为日本第一高峰,著名的火山,在本州岛中南部,海拔三千余米,山顶终年积雪。山体呈标准圆锥形,山顶火口湖直径达八百米,状如荷花,故称芙蓉峰。

[2] 八朵:富士山顶犹如八瓣荷花。这里把每一瓣视为一朵花,故云"八朵"。

[3] "大麓"二句:意思是山下风狂雷震,山腰晴空一碧。大麓:指富士山山足。《尚书·舜典》:"纳于大麓,烈风雷雨弗迷。"

[4] 星躔(chán):这里指天上的星宿。原指星宿的位置、次序。

[5] 帝座:星名。在天市垣内,候星西。今属武仙座。

[6] "苍洋"句:意思是大海、蓝玉与茫茫宇宙浑成一片。碧落:道教所说的东方第一天始青天,满布碧霞,故云碧落。一般代称天上。白居易《长恨歌》:"上穷碧落下黄泉,两处茫茫皆不见。"鸿濛:原为宇宙形成前的浑沌状态。这里指茫茫的宇宙。

琴希声

琴希声(1774—1857),字廷调,号春樵,近江(今滋贺县)人,《春樵隐士家稿》。

题无穷庵

高倚危栏坐,恣看大海天。
水程邻靺鞨[1],云物指朝鲜[2]。
帆去犹留影,雁飞将化烟[3]。
无穷空外思,渺渺夕阳前[4]。

闲堂曰:今日知"朝鲜"二字当作阴平读者盖寡矣。通首以无穷之景衬无
　　　穷之思。
蜗叟曰:全从"海天恣看"中生发。

❖ 注释

[1] 靺鞨(mò hé):这里指中国东北。原为古代少数民族名称,亦称"肃慎"、"女
　　真",分布于松花江、牡丹江流域及黑龙江中下游,东至日本海。
[2] 朝鲜:指朝鲜半岛,与日本隔海相望。
[3] "雁飞"句:大雁飞去,犹如轻烟,不见踪影。
[4] 渺渺:遥远的样子。

古贺煮

古贺煮(1778—1836),字溥卿,号毂堂,肥前(今佐贺县)人,诗人古贺朴(字精里)长子,有《琴鹤堂诗钞》。

梦游松岛歌寄仙台古梁禅师
兼视大槻、志村二文学[1]

维神孕海岳,钟美彼东陲[2]。

灵斧镵松岛[3],五洲无此奇。

弱龄游神仙[4],遐观绝世姿。

饥餐金华秀[5],手折扶桑枝[6]。

舟穿九十岛,奇极无一诗。

竭来久塌翼[7],《昔游》慰心思[8]。

岂无凌云志,画饼徒自悲[9]。

夜半御风泠然善[10],走过东海如闪电。

松翠涛白欣旧容,鸾骖鹤驾骇创见[11]。

蜃市朝接晴雨亭[12],龙灯夜辉琉璃殿[13]。

忽驱金华走富春[14],虾海东回如匹练[15]。

竞奇逞巧心目疲,刹那顿怪沧桑变。

风前俄驻梁公锡[16],花下划见二子面[17]。

霞浆递进玉女觞,春藻好倩仙禽啭[18]。

松岛之灵拊我背[19],愿言永结风月缘[20]。

栩栩者蝶，蘧蘧者周。向来乐事今为忧[21]。

鲲化蠖屈怜彼此[22]，欲往从之风马牛[23]。

凭君为报山灵道：待我泛宅随波鸥[24]。

蜗叟曰：诗分三段：自"维神孕海岳"以下十四句为一段，述少年浪迹，曾履松岛，及尔来蹭蹬失志，每忆昔游，聊以慰怀之意。自"夜半御风"以下十六句为一段，转为正题，记梦游情景，瞬息间极仙界娱游之乐。自"栩栩者蝶"至末六句为一段，怀高蹈遁世之志，抒失意怅惘之情。凡三易韵，写三层次，井然不紊，宛然有致，信为高手。

闲堂曰：拟青莲居士《梦游天姥吟》，有绝似处。

✤ 注释

[1] 松岛：松岛湾，在日本宫城县仙台市郊外，景色秀丽，是日本著名三大风景区之一。诗中提到的晴雨亭、琉璃殿、金华、富春等，均为当地名胜。古梁禅师：仙台当地的一位和尚。大槻：大槻清崇（号磐溪）。志村：志村实因（号五城）。他们两人都是仙台藩的儒员，当时他们和作者均在江户。文学：即儒员。

[2] "钟美"句：将秀美集中在东方边陲之地。东陲：指日本。钟：聚集。杜甫《望岳》："造化钟神秀，阴阳割昏晓。"

[3] 镵（chán）：古代掘土的工具，装上长柄，叫长镵。这里作动词用，劈成的意思。

[4] "弱龄"句：意思是年轻时曾漫游仙台。借仙台字面意思，称"神仙"，即神仙之地，实为松岛。弱龄：年轻时候。弱：年少。以下五句写漫游情景。

[5] 金华秀：金华的花朵。金华：松岛附近山名。秀：花。"金华秀"对"扶桑枝"。

[6] 扶桑：扶桑树。《山海经·海外东经》："汤谷上有扶桑，十日所浴，在黑齿国北。"《十洲记》："扶桑在碧海中，树长数千丈，一千余围。"原是神话传说中的奇树。这里借指松岛树木。

[7] "朅（qiè）来"句：意思是那时以来久不出游了。朅来：尔来。塌翼：折翼垂翅，飞不起来的样子。这里喻不再出游。

[8] "昔游"句：只好写回忆从前漫游情景的诗以自慰。作者有《忆昔游》长诗，几

及二百韵。

[9] 画饼:画饼充饥,指不能出游,只是回忆昔游罢了。

[10] "夜半"句:夜半乘风而行,轻快自得。这里开始进入梦游。泠(líng)然:轻松自得的样子。《庄子·逍遥游》:"列子御风而行,泠然善也。"

[11] "鸾骖"句:岛上仙侣乘鸾驾鹤,叹为平生仅见。鸾、鹤:均是传说中仙人所乘。汤惠休《楚明妃曲》:"骖驾鸾鹤,往来仙灵。"

[12] 蜃(shèn)市:即海市蜃楼。晴雨亭:松岛名胜之一。

[13] 琉璃殿:松岛名胜之一。

[14] 富春:松岛地名。

[15] 虾海:指松岛面临的仙台湾。

[16] "风前"句:意思是梦中见梁公的身影出现了。梁公:指仙台古梁禅师。驻锡:专指僧侣停留下来。锡:和尚云游四方时所持锡杖。

[17] "花下"句:突然看到大槻、志村二人在花下露面。刬:转移,改变。这里指场景、人物的急速转换,形容梦境。

[18] "霞浆"二句:写幻境中诗酒唱和之乐。霞浆:琼浆美酒。玉女:仙女。张衡《思玄赋》:"载太华之玉女兮,召洛浦之宓妃。"春藻:清辞丽藻,指诗篇。倩(qiàn):请。

[19] 拊(fǔ):同"抚"。

[20] 风月缘:指共赏清风明月美景的缘分。

[21] "栩栩者"三句:意思是化蝶梦醒,依然故我,梦中的乐事转为愁思。开始写梦醒之后。栩栩者蝶,蘧蘧者周:指庄子梦蝶故事。栩栩:生动活泼的样子。蘧蘧(qú):惊疑的样子。

[22] 鲲化蠖屈:比喻人生难免有时得志,有时屈抑。鲲化:《庄子·逍遥游》中说北冥鲲鱼化为大鹏,背负青天,高飞远徙,直抵南海。喻壮志凌云。蠖屈:《易·系辞下》:"尺蠖之屈,以求信(伸)也,龙蛇之蛰,以存身也。"以尺蠖屈曲肢体喻不得志,不如意。怜彼此:互相同情。

[23] 风马牛:喻彼此没有机会相聚。《左传·僖公四年》:"君处北海,寡人处南海,唯是风马牛不相及也。"风:动物发情。不相及:是说发情后狂奔也不能彼此会合。

[24] "待我"句:等我浮家泛宅,随处而安,跟着海上的鸥鸟吧。泛宅:指不受羁绊、到处为家的自由生活。

223

秋怀八首 (选一首)^[1]

丰王一剑定中州^[2]，大阪名城控上游^[3]。
久使益扬称沃土^[4]，频闻河渭转漕舟^[5]。
歌声春合烟花市^[6]，客梦风寒芦荻洲。
自是千年藏霸气，龙盘虎踞亦金瓯^[7]。

闲堂曰：气象高华，颂扬得体。

✤ 注释

[1] 这里所选为第四首。

[2] "丰王"句：意思是丰臣秀吉用武力统一全国。丰王：丰臣秀吉（1536—
　　1598），原为织田信长部将，转战各地。1582 年信长死，权势日重，1585 年任
　　关白。1590 年灭北条氏，统一全国。

[3] 大阪：日本著名城市，公元七世纪兴起，1583 年成为要塞。1585 年，在丰臣
　　秀吉主持下，建成大阪城。

[4] 益扬沃土：原指中国的益州、扬州地区。益州主要指四川成都地区，扬州主
　　要指江苏南部地区，物产丰饶，土地肥沃，所以称沃土。这里借指日本本州中
　　部地区。

[5] 河渭转漕舟：原指中国西汉至唐王朝，将征调的东南地区的粮食，经黄河、渭
　　水，运达京师所在地的关中或洛阳。这里借指大阪周围地区粮食商货水陆运
　　输的便利。隐喻全国统一，运输通畅。

[6] "歌声"句：意指景物繁华。烟花市：景色秀丽的地方。烟花：春天的美好景
　　色。杜甫《清明》："秦城楼阁烟花里，汉主山河锦绣中。"

[7] "自是"二句：赞叹地势雄壮险要，疆土完整无缺，王霸之气历久不衰。金瓯：
　　《南史·朱异传》："我国家犹若金瓯，无一伤缺。"

横山政孝

横山政孝,生卒年不详,字谊夫,号致堂,加贺(今石川县)人,有《致堂诗稿》。

次韵答内[1]

家书忽到客愁边,见说清和日似年[2]。
忆得春葱废银甲[3],燕泥应有浣冰弦[4]。

闲堂曰:情致婉丽,工于想象。

❖ 注释

[1] 答内:作者原注:"寄来诗云:淡日晴来近午天,春归四月昼如年。穿帘乳燕双飞去,独倚栏干懒抚弦。"按,作者妻子是津田桂,字依之,号兰蝶,有诗作传世。继室名兰畹,亦能诗。内:古代称妻子为内。

[2] 清和日似年:春末夏初,天气清明和暖,长日如年。此用来诗中"春归四月昼如年"句意。

[3] "忆得"句:遥想对方已无心拨弄银甲、弹奏筝曲。春葱:喻女子纤细的手指。白居易《筝》:"双眸剪秋水,十指剥春葱。"银甲:银制的指甲套,用以弹筝和琵琶等弦乐器。杜甫《游何将军山林》:"银甲弹筝用。"废:弃置不用。这句呼应来诗"独倚栏干懒抚弦"。

[4] "燕泥"句:意思是燕泥也会染污筝弦了吧。燕泥:燕子作巢所衔泥土。薛道衡《昔昔盐》:"空梁落燕泥。"此暗用以写思妇空闺之恨。冰弦:以传说中的冰蚕丝制成的弦。这里作为乐器上的弦的美称。

枕上作

隔幮灯火小于萤[1]，幽梦初回近五更。
虫语满庭元自乐[2]，被人枉作恨秋声[3]。

蜗叟曰：自欧阳公赋秋声，秋夜虫声遂更与愁怨结不解缘。此则据其意
而反之，有新意。

♣ 注 释

[1] 隔幮(chú)：隔着纱帐。纱帐形制似厨，故称"幮"。

[2] "虫语"句：意思是秋虫鸣叫本来只是表达它们自己的快乐。

[3] "被人"句：可是被人们曲解为恨秋之声了。欧阳修《秋声赋》，结末是"但闻
四壁虫声唧唧，如助予之叹息"。

久家朗

久家朗，生卒年不详，字畅斋，赞岐（今香川县）人，有《弊帚集》、《升平乐事集》。

墨竹幅诗 并引

昔者苏长公以仇池石易王晋卿藏韩幹画马，有诗解之[1]。藤村今是所珍清人瓯笒墨竹一帧[2]，余借观数日，欣赏无已，因欲送家藏明人徐文《墨梅图》以易之，附古风一篇，要之亦长公之意也。

竹是君子操，梅是美人姿。
美人公所爱，君子我所师。
幽香入公帐，罗浮梦可追[3]。
清风入我室，渭水情已随[4]。
多年公与我，文场辱相知[5]。
梅竹亦同友，风格互相持。
譬如伯氏埙，和以仲氏篪[6]。
妄言君且听，数竿易一枝[7]。
苏公古有例，画马易仇池。
莫论曲与直，旧癖自难支。
忍与美人别，喜与君子期。
美人无可媵[8]，只附一篇诗。

蜗叟曰：师东坡诗意，亦得其庄谐间出，婉曲多致之趣。然彼乃王晋卿示诗欲夺东坡海石，东坡不得已而愿得彼所藏韩幹画马以相易，盖东坡出于被动。此则久家畅斋欲以所藏明人《墨梅图》以易藤村今是所藏鹰笭墨竹，则畅斋为主动。"诗引"乃谓"要亦长公之意"，似非切当，盖效晋卿之意，欲夺人所珍而已。至于东坡诗，不仅答晋卿之索石，且兼为钱穆父、王仲至、蒋颖叔解析，故诗更曲折迂回，亦与畅斋诗之只一层意思者为异。

❖ **注 释**

[1] "昔者苏长公"二句：苏轼写了《王晋卿示诗，欲夺海石，钱穆父、王仲至、蒋颖叔皆次韵。穆、至二公以为不可许，独颖叔不然。今日颖叔见访，亲睹此石之妙，遂悔前语。仆以为晋卿岂可终闭不予者，若能以韩幹二散马易之者，盖可许也。复次前韵》，诗云："君家画可数，天骥纷相逐，风鬃掠原野，电尾捎涧谷。君如许相易，是亦我所欲。"苏轼终于以仇池石换了王晋卿所藏韩幹画马。仇池石：苏轼《双石》诗序："至扬州，获二石。其一，绿色，冈峦迤逦，有穴达于背。其一，正白可鉴，渍以盆水，置几案间。忽忆在颖州日，梦人请住一官府，榜曰仇池。觉而诵杜子美诗曰：万古仇池穴，潜通小有天。"于是苏轼称此二石为仇池石。韩幹：唐代著名画家，善画人物，尤长于画马。

[2] 藤村今是：人名，生平不详。鹰笭(zhú líng)：锄头与竹笼，用于掘土和盛土。这幅水墨画以锄、笼和竹组成。

[3] 罗浮梦：指赵师雄在罗浮山梅树下遇见美人事。后来诗文中，用"罗浮梦"比喻梅花之美引人清梦。殷尧藩《送刘禹锡侍御出刺连州》："梅花清入罗浮梦，荔子红分广海程。"

[4] "清风"二句：意思是翠竹引来清风，令人起渭川千亩之思。《史记·货殖列传》："渭川千亩竹。"其人与千户侯等。渭水情：即眷念渭川千亩繁茂的翠竹。

[5] 辱：谦词。意为使对方受屈辱了。

[6] "譬如"二句：好比兄弟二人相应互和。《诗经·小雅·何人斯》："伯氏吹埙，仲氏吹篪。"伯氏、仲氏，兄和弟。埙(xūn)和篪(chí)，都是古乐器，合奏时十分和谐协调。

[7] "数竿"句：用对方的墨竹图换自己的墨梅图。数竿：指墨竹。一枝：指墨梅。

[8] "美人"句：送出美人，没有陪嫁。美人：指墨梅。媵(yìng)：陪嫁女子，古代贵族妇女出嫁，由妹妹或侄女陪嫁。

赖 襄

赖襄(1780—1832),字子成,号山阳,别号三十六峰外史,安艺(今广岛县)人。江户时期著名诗人。著有《日本外史》、《日本政纪》、《日本乐府》、《山阳诗钞》、《山阳文集》、《山阳遗稿》等。

游山鼻[1]

隔水霜林密又疏,理筇恰及小春初[2]。
野桥分路行穿竹,村店临流唤买鱼。
醉后索茶何待熟,谈余得句不须书[3]。
联吟忘却归途远,点点红灯已市间。

蜗叟曰:自出游、所历、所见、所事以至归程,步骤井然。诗则吐语自然,意兴洒脱,信乎一代大家。

闲堂曰:似放翁晚岁之作。

❖ 注 释
[1] 山鼻:指山脉的开端的部分。
[2] 小春:小阳春,农历十月。
[3] "谈余"句:闲谈之余,偶得佳句,不必书写下来。李贺出游,每得佳句,即写下投入锦囊。这里反用其意。

放翁赞[1]

倾尽眉州红玻璃[2]，万里霜蹄托醉思。

历历散关与渭水[3]，空使战云生研池[4]。

浙水春风岂不好[5]，回首永昌陵上草[6]。

中州英灵谁主张[7]，漫使范杨伍此老[8]。

老眼耐视小朝廷[9]，矮纸斜行向窗晴[10]。

恨不使君横槊大河北[11]，仆役李汾与刘迎[12]。

闲堂曰：磊砢英多，短章促节。知山阳于龟堂寝馈甚深也。

蜗叟曰：有诗人老去，壮怀莫酬之叹。如此赞放翁，乃得其真。

❖ 注释

[1] 放翁：即宋陆游，字务观，号放翁，越州山阴（今浙江绍兴）人。

[2] "倾尽"句：意思是陆游从戎南郑，军中倾杯豪饮。眉州：古为蜀郡地，指四川。红玻璃：红色美酒。玻璃：即玻璃春。陆游《剑南诗稿》卷四《凌云醉归作》："玻璃春满琉璃钟，宦情苦薄酒兴浓。"自注："玻璃春，眉州酒名。"

[3] "历历"句：大散关和渭水历历在目。大散关在今陕西省宝鸡市西南。南宋与金，西以大散关为界，是当时交战的前线。陆游《幽居感怀》："散关清渭应如昨，回首功名一怆然。"

[4] "空使"句：意思是杀敌豪情徒然寄于吟咏而已。研池：即砚池。陆游写了许多寄托战斗渴望的诗篇。

[5] 浙水：指陆游晚年闲居的越州山阴，今浙江绍兴。

[6] 永昌陵：宋太祖赵匡胤的陵墓。陆游《感愤》中写道："诸公尚守和亲策，志士虚捐少壮年。京洛雪消春又动，永昌陵上草芊芊。"

[7] 中州：指沦于金人之手的中原地区。主张：主宰。

[8] "漫使"句：意思是陆游志在杀敌，却只是流播诗名，与范成大、杨万里为伍。陆游与杨万里、范成大、尤袤合称南宋四大家。

[9] 耐视：忍看。

[10]"矮纸"句：对着晴窗，写几笔字。矮纸：短笺。斜行：指作草书的笔势。陆
　　游《临安春雨初霁》中写道："矮纸斜行闲作草，晴窗细乳戏分茶。"

[11]横槊：挺枪，指战斗。大河：黄河。

[12]"仆役"句：意思是陆若能战斗于河北，定能压倒金代士人。李汾、刘迎都是
　　金国诗人。

修史偶题（选一首）[1]

蠹册纷披烟海深[2]，援毫欲下复沉吟。
爱憎恐枉英雄迹[3]，独有寒灯知此心。

闲堂曰：小诗中有大议论。

❖ 注 释

[1] 赖山阳著有《日本外史》，故有此诗。《修史偶题》原有十一首，这是其中之一。

[2]"蠹册"句：意思是古代留下的史料既多又乱，难于理清。蠹册：虫蛀的书册，
　　指年代久远的史料。纷披：又多又乱。烟海深：喻浩茫一片，不易探究。

[3]"爱憎"句：只怕下笔时偏于主观的爱憎，歪曲了历史上英雄人物的本来
　　面貌。

夜读清诗人诗戏赋（选一首）

钟谭驱蚩真衰声[1]，卧子拔戟领殿兵[2]。
牧斋卖降气本馁[3]，敢挟韩苏姑盗名[4]。
不如梅村学白傅，芊绵犹有故君情[5]。
康熙以还风气辟，北宋粗豪南施精[6]。
排奡群推朱竹垞[7]，雅丽独属王新城[8]；

祭鱼虽招谈龙嗤[9]，钝吟初白岂抗衡[10]。

健笔谁摩藏园垒[11]，硬语难压瓯北营[12]。

仓山浮嚣笔输舌，心怕二子才纵横[13]；

如何此间管窥豹，唯把一袁概全清[14]。

渥温觉罗风气同[15]，此辈能与元虞争[16]。

风沙换得金粉气，骨力或时压前明[17]。

吹灯覆帙为大笑[18]，谁隔溟渤听我评。

安得对面细论质[19]，东风吹发骑海鲸[20]。

闲堂曰：扶桑诗人多宗唐，至山阳而兼综历代。其学博，其识高，才亦过
　　　　人，故出语亦迥超群类，信乎彼邦一代宗师也。

蜗叟曰：纵意畅论清诗高下得失，语直心长，山阳所嗜，于此可见。

❖ 注　释

[1] "钟谭"句：钟、谭二人互通声气，唱出的是末世哀音。钟、谭：明代后期的钟惺
　　和谭元春，诗风幽深冷涩，号为竟陵体。驱蛩(jù qióng)：即驱驴和蛩蛩。据
　　《说苑·复恩》，它们与蟨结援相背负。后用以表示密不可分的关系。韩愈
　　《醉留东野》："愿得终始如驱蛩。"哀声：衰飒不振之声。

[2] "卧子"句：意思是明末陈子龙别树一帜，领袖诗坛。卧子：陈子龙(1608—
　　1647)，字卧子，明末诗人，诗作感事伤时，苍凉激楚，前人誉为明诗殿军。明
　　亡后，在抗清斗争中壮烈殉国。拔戟：意为别树一帜，成为诗坛盟主。皇甫
　　湜《题浯溪石》："于诸作者间，拔戟成一队。"

[3] 牧斋：即钱谦益(1582—1664)，字受之，号牧斋。他是万历进士，官至礼部尚
　　书。清军攻陷南京，他率先降清，任礼部侍郎，不久辞归家居。气本馁：本来
　　就节亏气虚。

[4] "敢挟"句：意思是打着尊韩、学苏的旗号欺世盗名。韩：韩愈。苏：苏轼。

[5] "不如"二句：意思是钱谦益不如吴梅村诗学白居易，他虽出仕清朝，但作品
　　中还是表现了对故国的情意。梅村：吴伟业(1609—1671)，字骏公，号梅村。
　　他是崇祯年间进士，为翰林院编修，官至左庶子。明亡后，隐居不出，在家奉

母十年。最后入清任国子监祭酒,一年后告退还乡。《四库提要》评他的诗:
"格律本乎四杰,而情韵为深;叙述类乎香山,而风华为胜。"芊(qiān)绵:草
木蔓衍滋生。这里指感情上的缠绵依恋。

[6] "北宋"句:清初诗人宋琬(1614—1673),字玉叔,号荔裳,山东莱阳人,有《安
雅堂集》。施闰章(1618—1683):字尚白,号愚山、蠖斋,晚号矩斋,安徽宣城
人,有《学余堂集》。两人齐名,称为"南施北宋"。王士禛《池北偶谈》:"康熙
以来诗人,无出南施北宋之右。"沈德潜《清诗别裁》中说:"宋以雄健磊落胜,
施以温柔敦厚胜,又各自擅场。"

[7] "排奡"句:当时诗坛上,论笔调有力,要数朱竹垞了。排奡(ào):雄健的样
子。韩愈《荐士》:"横空盘硬语,妥帖力排奡。"朱竹垞(1629—1709),即朱彝
尊,字锡鬯,号竹垞,有《曝书亭集》。查慎行《曝书亭集序》论他作诗:"句酌字
斟,务归典雅,不屑随俗波靡,落宋人浅易蹊径。"《四库提要》评他的诗:"至其
中岁以还,则学问愈博,风骨愈壮,长篇险韵,出奇无穷。"

[8] 王新城:王士禛(1634—1711),字贻上,号阮亭,又号渔洋山人,山东新城(今
桓台)人,世称王新城,有《带经堂全集》、《渔洋诗话》等。他的诗风格典雅秀
丽,论诗则标举"神韵",选了《唐贤三昧集》,以王维、孟浩然的作品为主。

[9] "祭鱼"句:王士禛的诗,过分修饰,招致了赵执信的讥笑。祭鱼:即"獭祭
鱼"。相传水獭捕得鱼后,陈列水边,犹如祭祀。后称堆砌罗列以矜博奥的写
作方式为"獭祭鱼"。王士禛《戏仿元遗山论诗绝句》:"獭祭曾惊博奥殚,一篇
《锦瑟》解人难。"谈龙:即《谈龙录》,清初诗人赵执信所著的诗话。此书因不
满王士禛的"神韵说"而作,力主诗以言志,知人论世,反对"诗中无人",对王
氏诗论及作品,多所讥弹。

[10] "钝吟"句:冯班(1602—1671),字定远,号钝吟,明末秀才,入清不仕,有《钝
吟集》。他得到赵执信的推崇。查慎行(1650—1727),字悔余,号初白,康熙
赐进士出身,授编修,有《敬业堂集》。查慎行学宋诗,能得宋人之长。赵翼
《瓯北诗话》论他"才气开展,工力纯熟"。

[11] "健笔"句:意思是蒋士铨凌云健笔,谁人能赶上他的篇章。藏园:蒋士铨
(1725—1784),字心余、苕生,号藏园,又号清容居士。乾隆进士,官翰林院
编修,工诗,与赵翼、袁枚并称"江右三大家"。王昶《蒲褐山房诗话》评其诗:
"诸体皆工,然古诗胜于近体,七古又胜于五古,苍苍莽莽,不主故常。"摩垒:
接近营垒。这里是接近、赶上的意思。

[12] 硬语：豪迈的话,指赵翼的诗歌风格。瓯北：赵翼(1727—1814),字云崧,号
　　瓯北。乾隆进士,官至贵西兵备道。后辞职家居,从事讲学、著作,有诗名,
　　兼长史学、考据。有《瓯北诗集》、《瓯北诗话》、《廿二史札记》等。论诗主张
　　独创,反对摹拟。

[13] "仓山"二句：意思是袁枚浮而不实,笔不如舌,比不上蒋士铨和赵翼的才气
　　纵横。仓山：指袁枚(1716—1797),字子才,号简斋。乾隆进士,做过几任
　　知县,后辞官居江宁,筑随园于小仓山下,故称"仓山"。他有《小仓山房诗文
　　集》、《随园诗话》等。浮嚣：浮夸、不踏实。笔输舌：指袁枚的诗歌创作不能
　　实践他的诗歌理论。袁枚认为诗歌应当是性灵的表现,但他的作品流于轻
　　浮。《清史稿·袁枚传》："然枚喜声色,其所作亦颇以滑易获世讥云。"

[14] "如何"二句：意思是不能同意当时日本有些人把袁枚视为清诗的唯一代表。
　　此间：当指当时日本。管窥豹：即管中窥豹,仅见一斑,比喻看到的不是全部。
　　概：概括。

[15] "渥温"句：元朝与清朝,风气本来相同。意思是都是少数民族入主中国。渥
　　温：即"奇渥温",原是蒙古成吉思汗的族姓(《元朝秘史》作"乞颜"),这里指
　　代元朝。觉罗：即"爱新觉罗",原为清太祖努尔哈赤的族姓,这里指代
　　清朝。

[16] 此辈：指诗中所述清代诗人。元虞：元代虞集,字伯生,元代的诗文大家。

[17] "风沙"二句：意思是漠北风沙取代了江南金粉,清诗的骨力时有胜过明人之
　　处。金粉：原是妇女装饰用的铅粉,后来用以形容繁华绮丽的生活。

[18] 覆帙(zhì)：掩卷。帙：书套,这里即指书。

[19] 论质：相互议论质问。

[20] "东风"句：意思是骑鲸跨过东海来到中国。

读　书 (选一首)[1]

吾生千载后,而求圣贤心。

圣贤亦人耳,肝肠无古今。

其言本平易,传者故凿深[2]。

坦坦亨衢内[3]，故生荆棘林。

安得嬴皇火，重除芜秽侵[4]。

泥沙若不淘，乌能睹精金。

蜗叟曰：足为穿凿比附之注疏家、考据家戒。

❖ **注 释**

[1] 原八首，这里选录一首。

[2] "传者"句：后来的传授者，故意穿凿附会，一味深求。

[3] 亨衢：通衢大道。《易·大畜》："何天之衢，亨。"

[4] "安得"二句：意思是怎样才能燃起一场大火，烧光世上芜杂错乱的文字呢！
嬴皇：秦始皇，曾焚书。这里借用秦皇焚书，表示清除芜杂错乱的注疏的
愿望。

西岛长孙

西岛长孙(1780—1852),字元龄,号兰溪,江户(今东京都)人,有《坤斋诗存》。

乐山亭秋眺

温酒林间拾堕樵,心田俄尔拔愁苗[1]。

霜威未肃篱无菊,暑寇初平树有蜩[2]。

牛笛呜呜和赛鼓[3],村翁偻偻挈垂髫[4]。

自嘻佳句来天外[5],未许常人漫续貂[6]。

闲堂曰:自负不浅,颔联实工。

蜗叟曰:一种乡村田野气氛。写来平易畅适,不事雕巧,宜其以天外佳句自许。

❖ 注 释

[1] "心田"句:意思是内心一下子就消除了愁闷。

[2] 暑寇:炎暑犹如敌寇,故有此称。蜩(tiáo):蝉。

[3] 赛鼓:乡间迎神赛会的鼓声。

[4] 偻偻(lǚ):老人曲背的样子。挈(qiè):挈着。垂髫(tiáo):头发下垂,古代儿童的发式,用以指代儿童。陶渊明《桃花源记》:"黄发垂髫,并怡然自乐。"

[5] "自嘻"句:犹言自笑佳句天成,神来之笔。

[6] 漫续貂(diāo):意思是随便乱凑接上。续貂:即狗尾续貂,比喻别人后续的东西与原来的相差远甚。

落　叶

楮衾菊枕得眠迟[1]，叩户真如雨作时[2]。
从此秋声无处着[3]，唯留宿鸟守闲枝[4]。

蜗叟曰：只"叩户"句正面点题，至于"秋声无处着"，"宿鸟守闲枝"，则叶
　　　落已尽矣。诗虽咏落叶而不着一叶字，只从旁面写而余意曲包，
　　　味更隽永。

闲堂曰：第二句从唐人"听雨寒更尽，开门落叶深"化出，不害其工。

❖注释

[1] 楮(chǔ)衾菊枕：楮纸作衾、菊花装枕。形容诗人生活的清高和贫苦。楮：指
　　楮树皮制成的桑皮纸。

[2] "叩户"句：落叶叩门，听来真如雨声。

[3] "从此"句：从此落叶飘尽，秋声无可寄托。

[4] 宿鸟：栖宿之鸟。

中岛规

中岛规（1780—1856），字景宽，号棕隐，平安（今京都）人，诗作极多，有《棕隐轩集》、《金苇集》、《水流云在集》。

四日市寓居杂题仿姚合体（选一首）[1]

霉天多瘴气[2]，殊喜值新晴。

芦荡波三尺，秧鸡夜几更[3]。

缃幮风带色[4]，深树月含情。

不寐犹披卷[5]，残灯一穗明[6]。

蜗叟曰：姚武功五言近体，胡遯叟谓其得趣于浪仙之僻而运以爽亮，取材于籍、建之浅而媚以蒨芬。其言略得之。以其近浪仙，故世以姚、贾并称；以其近水部，故李石桐《重订中晚唐诗主客图》纳诸水部"清真雅正"一流而置于"升堂"第四。中岛氏此诗殆姚合体之近于浪仙者。

❖ 注 释

[1] 原四首，这里所选为第三首。姚合：唐代诗人，元和进士，授武功主簿，世称"姚武功"。他的诗风与贾岛相近，充满下邑小官闲散生活情调，多用五律，刻意求工，称"姚合体"，也作"武功体"。四日市：面临伊势湾，属三重县。

[2] 瘴气：旧指山林间湿热蒸郁致人疾病之气。

[3] 秧鸡：栖息于沼泽或近水草丛中的一种鸟，步行快速，不善高飞。

[4] 缃幮：浅黄色的帐。

[5] 披卷：读书。古代书籍作卷轴形。

[6] 穗：灯花。

丁亥四月西游^[1]，抵备后福山城^[2]，留寓津川氏客馆^[3]。越廿有九日，偕木鸡、怡云二词盟及馆人某某泛舟于走岛锻冶山之间^[4]，观渔人打鲷鱼^[5]，游赏竟日

舱底通潮鱼室深，惊跳渐定自浮沉。

不愁新获多翻白，万尾回生才一针^[6]。

闲堂曰：石湖《田园杂兴》之体。

❖ **注 释**

[1] 丁亥：日本仁孝天皇文政十年，1827 年。

[2] 备后福山：今广岛县福山市。福山面临濑户内海。

[3] 津川：与下文的木鸡、怡云，都是人名，生平均不详。

[4] 词盟：意犹诗友。走岛：小岛名，属福山市。锻冶山在岛上。

[5] 鲷(diāo)鱼：产于近海，亦称火烧鳊。

[6] 作者原注："翻白将死之鱼，渔人以苏木作针，长五六寸，刺其尾窍，则再活而游泳。"

篠崎弼

篠崎弼(1781—1851),字承弼,号小竹、畏堂、聂江,浪华(今大阪)人,才气横溢,善押险韵,有东坡之风。诗集为《小竹斋诗钞》。

次韵赠草场棣芳三首(选一首)[1]

霜白中庭月影孤,书窗对榻话江湖。

寒厨难办咄嗟粥[2],健笔初惊咳唾珠[3]。

拙政闲居唯我在[4],倦游能赋若君无。

更怜醉墨乘高兴,为作幽兰素菊图。

蜗叟曰:吟诗作画,对榻夜谈,俱见逸兴雅怀。

✿ 注 释

[1] 这里所选为第二首。草场棣芳:草场铧,字棣芳,诗人。

[2] "寒厨"句:意思是寒素之家,很难匆促间办出待客的饭食。咄(duō)嗟粥:传呼之间便能送上的食物。咄嗟:一呼一诺之间。《世说新语·汰侈》:"石崇为客作豆粥,咄嗟便办。"石崇是晋代著名的豪富,诗人自惭不如。

[3] "健笔"句:赞美草场铧笔健凌云,一见之下,妙语如珠的佳句使人惊叹。咳唾珠:即咳唾成珠,形容出口成章,语言精美。《庄子·秋水》:"子不见夫唾者乎?喷则大者如珠,小者如雾。"

[4] 拙政闲居:意为隐退江湖。拙政:即"拙者之为政",指隐居田园,耕作自给。潘岳《闲居赋序》:"筑室种树,逍遥自得。池沼足以渔钓,春税足以代耕。灌园鬻蔬,以供朝夕之膳。牧羊酤酪,以俟伏腊之费。""此亦拙者之为政也。"

浪华城春望[1]

突兀城楼俯海湾[2]，春空纵目一登攀。
千帆白映洋中岛，万树青围畿内山[3]。
卖酒店连平野尽，看花船自上流还。
老晴天气难多得，凝望斜阳未没间[4]。

闲堂曰：写景工致，格局整饬。

蜗叟曰：岛国风光，尽收一览。卖酒、看花等句，善融唐人诗语而不落
痕迹。

✤ 注 释

[1] 浪华城：大阪城，今大阪市。

[2] 海湾：大阪湾。

[3] 畿内：日本故都为京都，大阪与京都相邻，所以称畿内。畿：古代靠近国都所
在的地方。

[4] "老晴"二句：意思是久晴难得，莫负春光。老晴：长晴。俗谚谓"久晴必有久
阴"，所以说"难多得"。

广濑建

广濑建(1782—1856),字子基,号淡窗,别称苓阳、青溪、远思楼主人,丰后(今大分县)人。工诗,称海西诗圣,有《淡窗小品》《淡窗诗话》《远思楼诗钞》。

隈川杂咏五首 (选二首)[1]

少女乘春倚画栏,哀筝何事向风弹。
游人停棹听清唱[2],不省轻舟流下滩[3]。

闲堂曰:风调清扬,兼有讽喻,七绝诗之胜境也。

✤ 注 释

[1] 这里所选为第二首、第三首。隈川:即球磨川。隈川在熊本县南部,多激滩,有著名的三十三濑,是日本三大激流之一。

[2] 清唱:犹言清歌,优美的歌唱。李白《苏台怀古》:"菱歌清唱不胜春。"

[3] 不省:不知不觉。

江上数峰如画屏,家家争引入窗棂[1]。
豪奴非惜千金价,难买龟山半面青[2]。

✤ 注 释

[1] 窗棂(líng):窗格子。

[2] 龟山:球磨川畔山名。《隈川杂咏》之四:"龟山宛在水中央,传是毛侯古战场。"

散步口号[1]

沟渠水瘦石嵯峨[2]，十月郊原尽获禾。

纵有晚霞能借色，霜林红叶已无多。

闲堂曰：视小杜《山行》"停车坐爱枫林晚，霜叶红于二月花"之句，未遑
　　　多让。

✤ 注释

[1] 口号(hào)：犹口占，作诗不起草稿，随口吟诵而成。这里用在诗的题目上，
　　表示信口吟成。

[2] "沟渠"句：意思是水落而石出。嵯峨：形容山石高峻突出。

论诗赠小关长卿、中岛子玉[1]

歌诗写情性，实随民俗移。

风雅非一体[2]，古今固多岐。

作家达时变[3]，沿革互有之[4]。

苟存敦厚旨[5]，风教可维持[6]。

昔当室町氏[7]，礼乐属禅缁[8]。

江都开昭运[9]，数公建堂基[10]。

气初除蔬笋[11]，舌渐涤侏俪[12]。

犹是螺蛤味[13]，难比宗庙牺[14]。

正享多大家，森森列鼓旗[15]。

优游两汉域，出入三唐篱[16]。

格调务摹仿，性灵却蔽亏[17]。

里鼙自谓美，本非倾国姿[18]。

天明又一变,赵宋奉为师[19]。

风尘拂陈语[20],花草抽新思。

虽裁敖辟志,转习淫哇辞[21]。

楚齐交失矣[22],谁识乌雄雌[23]。

寄言关及岛[24],更张良在兹。

鸡口与牛后[25],趋舍君自知。

我亦丈夫也,李杜彼为谁[26]。

谁明六义要[27],以起一时衰。

闲堂曰: 可作日本汉诗史读。知东邦诗歌流变,与吾土大略有桴鼓之
应也。

❖ **注 释**

[1] 小关长卿:人名,生平不详。中岛子玉:即中岛大赍,字子玉。

[2] 风雅:《诗经》中的《国风》和《大雅》、《小雅》,是中国诗的源头。这里代指
诗歌。

[3] 达时变:认识时代的变化。

[4] 沿革:继承和变革。

[5] 敦厚旨:温柔敦厚的本旨。《礼记·经解》:"温柔敦厚,诗教也。"孔颖达疏:
"温,谓颜色温润;柔,谓情性和柔;诗依违讽谏,不指切事情,故云温柔敦厚是
诗教也。"

[6] 风教:风俗教化。

[7] 室町氏:即室町幕府,亦称足利幕府。1338 年,足利尊氏任征夷大将军,在京
都室町建立幕府,第三代将军足利义满结束南北朝对峙局面,经济文化一度
繁荣。1573 年,织田信长驱逐足利义昭,室町幕府被推翻。

[8] "礼乐"句:意思是当时的学术文化由五山僧徒专掌。室町时代,佛教禅宗兴
盛,政府指定京师(即京都)五山管理。五山:五座禅寺,即京都的天龙寺、相
国寺、建仁寺、东福寺、万寿寺,其地位超绝诸寺。五山僧徒汉学造诣很深,在
学术文化方面具有极为重要的地位。禅缁:禅僧。缁:黑色。和尚穿黑衣,

故称为禅缁。

[9] "江都"句：意思是江户幕府开始了新时期。江都：江户，今东京都。1603年，德川家康开幕府于江户，开始了德川幕府时期，学术文化包括汉诗在内，亦由室町时期的五山诗僧转入世俗的儒者之手。昭运：即光明的转机。

[10] 数公：指江户时期开始时的重要诗人藤原惺窝、林罗山等。

[11] "气初"句：意思是开始除去蔬笋气。蔬笋气，僧徒食蔬笋，故用来比喻他们的诗风。这里是指五山时期禅僧们的诗风。苏轼《赠诗僧道通》："语带烟霞从古少，气含蔬笋到公无。"自注："谓无酸馅气也。"

[12] "舌渐"句：意思是笔下渐渐清除暧昧杂乱的语言。侏㒧：形容语音难辨。这里指语言不纯净。《后汉书·南蛮传》："语言侏㒧。"

[13] 螺蛤味：螺蛳、蛤蜊的味道。喻诗味不醇厚。江户初期的诗人都是儒学研究者，所以说有螺蛤味。《苏东坡题跋》卷二"书常建诗"曰："竹径通幽处，禅房花木深(按，乃常建《题破山寺后禅院》诗句)，欧阳公最爱重，以为不可及。此语诚可人意，然于公何足道？岂非厌饫刍豢，反思螺蛤耶？"刍豢：草食动物，指牛羊之类。

[14] 宗庙牺：古代祭祀祖先时用的祭品。宗庙：祖庙。牺：祭祀时用的纯色的牲畜。螺蛤为小鲜，牺为牛羊之类，为大牢，喻指正宗的有诗味的诗作。

[15] "正享"二句：意思是正德、享保年间，诗人众多，各为一家，旗鼓相当。正：正德，日本中御门天皇年号，计五年，自1711到1715年。享：享保，也是中御门天皇年号，计二十年，自1716到1735年。大家：指当时的著名诗人荻生徂徕、服部南郭、祇园南海、新井白石等。

[16] "优游"二句：意思是指当时的诗风上窥两汉，下学三唐。两汉：西汉和东汉。三唐：唐诗可分为初唐、中唐、晚唐，故曰三唐。

[17] "性灵"句：意思是一味摹仿，缺少自己的真性情。性灵：性情。蔽亏：壅蔽和欠缺。司马相如《子虚赋》："日月蔽亏。"

[18] "里颦"二句：意思是一味摹仿，犹如东施效颦。《庄子·天运》"西施病心而颦其里，其里之丑人见而美之，归亦捧心而颦其里"，人们见之更觉其丑，是谓东施效颦。里：闾里，犹言村巷。颦：皱眉。倾国姿：极为美丽，使人倾倒的容貌。《汉书·孝武李夫人传》："北方有佳人，绝世而独立。一顾倾人城，再顾倾人国。"

[19] "天明"二句：意思是到了天明年间，诗歌风尚又变了，主要以宋诗为师了。

天明：日本光格天皇年号，计八年，自 1781 到 1788 年。赵宋：赵匡胤建立的宋朝(960—1279)，区别于南朝时刘裕称帝的刘宋王朝。天明以后日本著名汉诗人有赖山阳、菅茶山等。

[20] "风尘"句：意思是描写羁旅行役的诗篇，剔除了陈词滥调。风尘：谓行旅。

[21] "虽裁"二句：意思是虽然裁去了嬉游不实的内容，转而又学放荡靡曼的歌辞。敖辟志：嬉戏邪辟的心思。淫哇(wā)辞：放荡柔弱的歌辞。骆宾王《和道士闺情诗启》："宏兹雅奏，抑彼淫哇。"

[22] "楚齐"句：司马相如《上林赋》："亡是公听然而笑曰：'楚则失矣，而齐亦未为得也。'"意思是子虚使齐夸耀楚王云梦田猎之盛是不对的，乌有先生听后诘难子虚，夸耀齐国压倒对方也是不对的。楚齐交失，即楚齐交相失，都有不对的地方。这里是比喻正德、享保时期以及天明以来的汉诗皆有不当的地方。

[23] "谁识"句：乌的形状毛色雌雄无别，谁能加以区分。《诗经·小雅·正月》："具曰'予圣'，谁知乌之雌雄？"这里的意思是正享及天明时期的诗人都说自己好，实际上犹如乌的雄雌很难分别。

[24] 关及岛：即小关长卿和中岛子玉。

[25] 鸡口与牛后：《战国策·韩策》："臣(苏秦)闻鄙语曰：'宁为鸡口，无为牛后。'今大王西面交臂而臣事秦，何以异于牛后乎？"注："鸡口虽小犹进食，牛后虽大乃出粪。"

[26] 李杜：李白与杜甫。

[27] 六义：《诗大序》："故诗有六义焉：一曰风，二曰赋，三曰比，四曰兴，五曰雅，六曰颂。"这里的"六义"，犹言风雅，指《诗经》以来的诗歌的优良传统和正确的创作道路。

高野进

高野进（1787—1859），字德卿，号真斋，越前（今福井县）人，有《真斋遗草》。

冬日闲居

水萦山抱是吾家[1]，独木成桥一径斜。
酒熟三冬不出户[2]，寒禽啄尽枇杷花。

蜗叟曰：潇洒散淡。"寒禽啄尽枇杷花"，当是不经意中所见。即此作结束，全不涉诗人意向，饶有韵致。

❖ 注 释

[1] "水萦"句：写居住环境的幽美。作者所居名"静观舍"，舍前有胜景八处。他的儿子高野勉刻《真斋遗草》，绘"八胜"图景于卷端。

[2] 三冬：冬季。冬季三月，故称三冬。

江马多保

江马多保（1787—1861），字细香，美浓（今岐阜县）人，诗学赖山阳，为著名的闺秀诗人，有《湘梦遗稿》。

三月廿三游岚山[1]，有忆山阳先生[2]，依其曾题韵

樱花万树白分明，忆趁东风曾出城。

十五年前陪醉地，一溪犹作旧时声。

闲堂曰：与刘梦得"二十年前旧板桥"一绝，虽所怀不同，而情韵极似。

❖ 注释
[1] 岚山：在日本京都。
[2] 山阳：日本诗人赖山阳。

草场铧

草场铧（1787—1867），字棣芳，号珮川，别称宜斋、玉女山樵、濯缨堂主人，肥前（今佐贺县）人，有诗名，富于篇籍，六十岁以前赋诗达一万五千余首。有《珮川咏草》、《珮川文钞》、《珮川诗钞》。

适得儿女辈诗牍依韵回示三首[1]

去岁阿良正旦书[2]，不胜笔处手纡余[3]。
今春遥寄蝇头字[4]，细巧翻输疏拙初[5]。

♣ 注 释

[1] 作者的儿子小名阿良，女儿小名阿育。

[2] 正（zhēng）旦：正月初一。

[3] "不胜"句：意思是小孩腕力不足，用笔屈曲。胜：胜任，承受得起。纡余：屈曲。

[4] 蝇头字：细书小楷。

[5] "细巧"句：意思是字体细巧，反而比不上原来的疏拙可爱了。

蚓尾连绵育也书[1]，怜他保抱力无余[2]。
由来群儿争梨栗[3]，恰似朝三暮四狙[4]。

♣ 注 释

[1] "蚓尾"句：意思是阿育写的小字像细细的蚯蚓似的曲折绵延，弯来弯去。

[2] 保抱：抱持之中。

[3] 争梨栗：陶渊明《责子》："通子垂九龄，但觅梨与栗。""争梨栗"由此化出。

[4] "恰似"句：意思是争起食物来，好比"朝三暮四"的猴子那样。《庄子·齐物论》："狙公赋芧，曰：'朝三而暮四。'众狙皆怒；曰：'然则朝四而暮三。'众狙皆悦。"狙：猕猴。狙公，养猴人。赋芧：分发橡子。这里用来形容幼儿调皮天真，容易哄骗。

蝇头蚓尾不尤渠[1]，报得平安情有余。
阿育且须勤纺绩，良唯努力读诗书。

蜗叟曰：诗书、纺绩殊途，以见习俗之重男轻女，诗人亦未能免。

❖ **注 释**

[1] 不尤渠：不责怪他们。

梁川孟纬

梁川孟纬（1789—1858），一作梁纬，字公图，号星岩，别称天谷、百峰、老龙庵，美浓（今岐阜县）人，诗有盛名，风骨高雅，有《春雷余响》、《星岩集》、《星岩遗稿》等。

早春杂兴（选一首）[1]

坚卧贪眠不出庐，东风卷陌雪销初。
暗知今日是人日[2]，椎髻村姑叫卖蔬[3]。

闲堂曰：杜诗："春日春盘细生菜。"数十年前，余客成都，林山腴先生以新正宴客，辄出春盘，盖古风也。诵此诗，知东邻亦以人日取生菜作春盘矣。

蜗叟曰：乡里风习如见，村姑唤卖如闻。

❈ **注 释**

[1] 原四首，这里所选为第三首。
[2] 人日：夏历正月初七日。《北史·魏收传》载晋董勋《答问礼俗》："正月一日为鸡，二日为狗，三日为猪，四日为羊，五日为牛，六日为马，七日为人。"
[3] 椎髻：椎形的发髻。《后汉书·梁鸿传》："鸿妻孟光，椎髻著布衣。"

三月廿八日病愈赴子成招饮[1]

子规声里雨如丝，客舍京城病起时[2]。
流水漾愁终到海，风花为雪不还枝。
百年肝胆无人见，近日头颅有镜知[3]。
唯此平生茅季伟[4]，招吾灯下倒清卮[5]。

闲堂曰：颔联流美。颈联勃郁，盖从老杜"勋业频看镜，行藏独倚楼"化
出。独倚楼即无人见也。

蜗叟曰：前六句只在病起落寞、愁感不解上盘旋。一结以"唯此"为转，
折到正题招饮，则知我者尚有茅季伟在，斯真可喜可慰也。

✤ 注释

[1] 子成：日本著名诗人赖襄，字子成。

[2] 京城：指江户，今东京都。

[3] "近日"句：意思是近日照镜子时，发现头发由黑变白了。表示老大无成。陆
游《书愤》："塞上长城空自许，镜中衰鬓已先斑。"意境有相似处。

[4] 茅季伟：东汉时茅容，字季伟。《后汉书·郭太传》：名士郭太借宿茅容家，次
日晨，容杀鸡。郭太以为招待自己，而容乃鸡奉母，与郭太饭蔬食。郭太以为
贤。这里用茅季伟，借指赖襄，赞美他品性高尚，也表示两人志同道合，友情
深厚。

[5] 清卮：清酒。

凉夕涩谷叔明见过留酌赋诗[1]

大火西流节欲更[2]，疏灯光透苇帘明。
一尊酒为故人设，头番凉从新雨生[3]。
露下群虫皆急响，天高孤月且徐行。

醉谈到晓亦何害，无复飞蚊绕鬓鸣。

闲堂曰：有随物宛转、与心徘徊之妙。第六句反李长吉"酒酣喝月使倒
行"之意，佳句也。

❖ **注释**

[1] 涩谷叔明：人名，生平不详。

[2] "大火"句：意思是心宿西移，季节要更换了。大火：即心宿，二十八宿之一。
心宿有三颗星，大火特指第二颗星。西流：偏西向下移动，是暑退寒来之征。
《诗经·豳风·七月》："七月流火。"

[3] 头番(fān)：第一次。

题冰华吟馆壁

回皇何处吊妖娆[1]，十字栏杆丁字桥。
湘女弦空云淡淡[2]，吴娘曲尽雨潇潇[3]。
事如晓月争能久[4]，魂到秋风转易销。
零落残红留不住[5]，泪痕重叠在龙绡[6]。

闲堂曰：一往情深，可上方温飞卿《和王秀才伤歌姬》之作。

❖ **注释**

[1] 回皇：亦作恓惶，这里是徘徊的意思。妖娆：娇媚的女郎。这里指作者所悼
念的艺妓。

[2] "湘女"句：意思是湘女已逝，剩下瑟上空弦，只见白云悠悠。湘女：亦称湘
灵，传说是帝尧的女儿娥皇和女英，善鼓瑟。这里以湘女喻指所吊之"妖娆"。

[3] "吴娘"句：白居易《寄殷协律》："吴娘暮雨潇潇曲，自别江南更不闻。"自注：
"江南吴二娘曲词云，暮雨潇潇郎不归。"吴娘曲尽：意同"湘女弦空"。云淡

淡、雨潇潇言当前之景,弦空、曲尽怅往昔之事。

[4] 晓月:天快亮时的月亮,即将西沉。争:犹"怎"。李贺《南园十三首》之六:
"晓月当帘挂玉弓。"

[5] 残红:残花。

[6] 龙绡:一名龙纱,即鲛绡。《述异记》载,南海出鲛绡纱,价百余金,以为服,入
水不濡。陆游《钗头凤》:"泪痕红浥鲛绡透。"

森田居敬

森田居敬，生卒年不详，字简夫，号梅礀，土佐（今高知县）人，参加梁川星岩玉池吟社，有《梅礀初集》。

新凿小池

小小池成镜样圆，正缘素性爱山川。
密篁云合下通径[1]，细笕玉鸣遥引泉[2]。
虫隐者游青藻雨[3]，花君子立碧汀烟[4]。
太湖三万六千顷，缩在吾家亭槛前。

闲堂曰：此亦陈简斋《题许道宁画》山水诗所谓"向来万里意，今在一窗间"之意也。

❖ **注 释**

[1] 密篁（huáng）云合：意思是密密层层的竹子攒在一处。篁：竹的通称。
[2] "细笕"句：细长的竹管，远引山泉，发出佩玉叮咚般的声响。
[3] "虫隐"句：虫隐者，指鱼。作者原注："见《易》古注。"按，《易·中孚》"豚鱼"王弼注："鱼者，虫之隐者也。"
[4] 花君子：莲花。宋代周敦颐《爱莲说》："菊，花之隐逸者也；牡丹，花之富贵者也；莲，花之君子者也。"

赖元鼎

赖元鼎（1790—1815），字新甫，号景让，安艺（今广岛县）人，诗人赖惟彊（号春风）之子，有《新甫遗诗》。

少年行

章台杨柳郁金香[1]，停马倾杯歌舞长。

散尽千金余一剑，又随骠骑战渔阳[2]。

闲堂曰：儿女英雄，萃于短章。王摩诘《少年行》之嗣响也。

❖ 注 释

[1] 章台杨柳：即章台柳。据孟棨《本事诗》：韩翊得美妓柳氏，"以世方扰，不敢以柳氏自随，置之都下，期至而迓之，连三岁，不果迓。因以良金置练囊中寄之。题诗曰：章台柳，章台柳，往日依依今在否？纵使长条似旧垂，亦应攀折他人手"。许尧佐有《柳氏传》传其事。后以章台柳喻指美妓。

[2] "又随"句：意思是随将军奔赴战场杀敌。骠骑：汉代将军名号，霍去病曾为骠骑将军。渔阳：郡名，今北京附近。这里指代前线。

朝川鼎

　　朝川鼎(1791—1849),字五鼎,号善庵,江户(今东京都)人,精通经史,有《善庵诗钞》、《乐我室诗文稿》。

咏　石

　　昔者女娲氏,五色以补天[1]。
　　其余顽且丑,百中无一全。
　　天上非所用,一一皆弃捐。
　　弃捐在何处,山上又溪边。
　　唯其顽且丑,是以节尤坚。
　　呜呼米颠子[2],爱此岂徒然。
　　我亦石成癖,同病自相怜。

闲堂曰:"唯其"二句,殊有理致。癖同米颠,而诗则类白傅矣。

蜗叟曰:盖坚节之士。语多平易,意无隐滞。

❖ 注 释

[1] "昔者"二句:《淮南子·览冥》:"往古之时,四极废,九州裂,天不兼覆,地不周载。""于是女娲炼五色石以补苍天,断鳌足以立四极。"女娲是中国神话传说中的女英雄,曾创造人类,并炼石补天。

[2] 米颠子:米芾,字元章,北宋著名书画家,徽宗时召为书画学博士,官礼部员外郎。他举止"颠狂",人称"米颠"。爱石成癖,其画亦多以石为题材,画烟云掩映树石,开创独特风格。子:尊称,犹先生。

安积信

安积信(1791—1860),字思顺,号艮斋,陆奥(今青森县)人,有《艮斋诗稿》。

秋　晚

满庭黄叶拥柴关,墙上新添一桁山[1]。
病骨还如秋色瘦,吟心未似岭云闲。
鸟归斜日残霞外,人过疏林曲栈间。
野性自无圭组恋[2],但逢清景即开颜。

蜗叟曰:清秋病骨,散淡心情,吟咏间自见高致。

✤ 注 释

[1] "墙上"句:由于树木落叶,无所阻隔,所以夕阳得以把山影直投到墙上,院落便好像涌现了一座秋山。一桁(háng):一架,一座。

[2] 圭组:指代仕宦。圭:玉片。组:佩玉的丝带。古代贵族、官员身上都有佩玉。

释泰同

释泰同(1793—?),字白纯,号梅痴,又号小莲主人,阿波(今德岛县)人,有《咏物诗钞》、《拈华山房集》。

贺云山老人剃发

老掷儒冠参我社[1],袈裟著得雨华香[2]。
敲门月下新添趣[3],酒肉头陀也不妨[4]。

闲堂曰:无挂无碍,如是如是。

❖ **注释**

[1] 社:此指佛教徒的组织。
[2] 雨华:佛祖说法,天雨诸花。《妙法莲华经》载:"佛说是诸善萨摩诃萨得大法利时,于虚空中雨曼陀罗华、摩诃曼陀罗华,以散无量百十万亿众宝树下师子座上诸佛。"所以说是"袈裟著得雨华香"。
[3] "敲门"句:相传唐代诗人贾岛,骑驴赋诗,吟得"鸟宿池边树,僧敲月下门"之句。初拟用推字,又思改为敲字,在驴背引手作推敲之势,不觉冲撞京尹韩愈。韩愈问其故,为贾岛定敲字。事见《苕溪渔隐丛话》。这里指寻觅诗趣,推敲辞句。
[4] 头陀:梵语称僧人为头陀。

偶　题（选一首）[1]

鸟飞竹粉飘窗[2]，雨过松花落地。
文诗一种丰神，蔬笋浑身意气[3]。

闲堂曰： 昔人嫌僧诗有蔬笋气，此反其意，亦自可喜。与上篇"酒肉头陀
也不妨"同观，想见此老胸次，无可无不可也。

❖ 注 释

[1] 原二首，这里所选为第一首。

[2] 竹粉：竹子外表的白霜。李贺《昌谷诗》："竹香满凄寂，粉节涂生翠。"

[3] "蔬笋"句：意思是诗僧自有意气清苦的本色。蔬笋气，原有讥讽意。这里反
用，认为是值得自豪的诗僧本色。

萩原承

萩原承(1796—1854),字公宠,号绿野,江户(今东京都)人,有《石桂堂集》。

秋夜有怀

过雨洗林樾[1],清意适病躯[2]。
莎鸡寒初急[3],秋河淡欲无[4]。
细听露滴地,松月夜深孤。
故人当此夜,窗下读何书?

蜗叟曰:清秋景色,如呈目前。莎鸡、露滴,可闻;秋河、松月,可望;窗下故人,可怀。

闲堂曰:有韦柳之体。

❖ 注 释

[1] 林樾(yuè):成荫的林木。
[2] "清意"句:清凉的气息使自己的病体感到适意。
[3] 莎(shā)鸡:纺织娘,又名络丝娘。《诗经·豳风·七月》:"六月莎鸡振羽。"
[4] 秋河:天河,银河。

看花吟 有序

辛亥之春[1]，余患痁，不出月余，偶读韩昌黎寒食出游诗[2]，因追步其韵，至体则不敢袭韩法。

> 入春月余卧羸病[3]，今始出门花已盛。
> 南垞北坡春如织[4]，浓红淡白相辉映。
> 一瓢白酒一棹舟，独领春风无物竞。
> 此间自可养道心，千古仰慕舞雩咏[5]。
> 尝就花卉觅友于[6]，桃李幽婉梅端正。
> 憾无鲁阳返日戈[7]，年光如电倏易更。
> 唯有丹心一片凝，上诉东帝祷花命[8]。
> 青紫之荣不足论[9]，东帝赐我探花柄[10]。
> 山巅水涯莫不寻，老脚壮健真足庆。
> 村媪野叟亦相知，到处逢迎有加敬。
> 每值花开不归家，常向僻地究幽迥[11]。
> 往往无酒肠欲枯，此时何论贤与圣[12]。
> 清明时节春尤深，一年欢乐一日并。
> 饮野乃醉市乃否，自笑颇同裨谌性[13]。
> 藉草班荆随意憩[14]，心忘名利迹自横[15]。
> 渊明高趣今可思[16]，田间时听流泉迸。
> 呜呼人生行乐耳，逝者其鉴是龟镜[17]。
> 时清四野无不花[18]，余生幸得遭宽政。
> 身外才存一枝筇，终始扶持尤瘦劲。
> 惟要寻花不失时，莺歌蛙鼓是月令[19]。

闲堂曰：昌黎七古皆一韵到底，非才力雄健者难以效之。此篇挥洒自如，亦见功夫深厚。

蜗叟曰：从爱花赏花生发，意兴洒脱。韩诗乃酬张署之作，中涉迁谪，寓生事之嗟，立意格局，自是不同。

❖ **注释**

[1] 辛亥：日本孝明天皇嘉永四年，1851 年，作者五十六岁。

[2] 韩昌黎：唐代著名文学家韩愈，祖籍昌黎，故世称韩昌黎。韩愈诗集中有《寒食日出游》诗。

[3] 羸(léi)病：身病体弱。羸：瘦弱。

[4] 南垞(chá)北坡：意思是南山北山。垞：小丘。

[5] 舞雩咏：《论语·先进》：孔子要弟子言志，曾点曰："莫春者，春服既成，冠者五六人，童子六七人，浴乎沂，风乎舞雩，咏而归。"得到孔子的赞许。舞雩(yú)：古代一种求雨的祭祀乐舞，亦指举行"雩祭"的地方，即舞雩台。曾点以此表示安贫乐道，过俭朴的生活，所以这里说"千古仰慕"。

[6] 友于：《尚书·君陈》："友于兄弟。"指兄弟友爱，后作兄的代称。这里是同伴的意思。

[7] 鲁阳返日戈：《淮南子·览冥》："鲁阳公与韩构难，战酣，日暮，援戈而挥之，日为之反三舍。"

[8] 东帝：司春之神。戴昺《初冬梅花偷放颇盛》："妆点南枝无数雪，探支东帝几分春。"

[9] 青紫之荣：高官显爵的荣耀。青紫：指古代公卿服饰的颜色。

[10] 探花柄：寻访春花的权柄。

[11] 究幽迥：探究幽深的境界。

[12] 贤与圣：曹操禁酒，人们讳言酒，称清酒为圣人，浊酒为贤人。这里的贤与圣，即浊酒与清酒。见《三国志·魏书·徐邈传》。

[13] "饮野"二句：意思是在郊野能痛饮大醉，在城里就不行了，这一点倒像古代神谌的脾性。神谌：春秋时郑国大夫。《左传·襄公三十一年》："神谌能谋，谋于野则获，谋于邑则否。"宋代林尧叟注云："谋于宽闲之野则得其所谋，谋于喧嚣之邑则不得其所谋，此其才性之奇。"

[14] "藉草"句：意思是铺草席地，随意休息。

[15] 横：这里是任意、不受拘束的意思。

264

[16] 渊明：陶渊明。

[17] "逝者"句：意思是年华易老，前车可鉴。逝者其耋(dié)：《诗经·秦风·车邻》："今者不乐，逝者其耋。"逝者，与"今者"相对，犹日后，即明天。耋：年老，古代以八十岁为耋。龟镜：比喻借鉴。龟：龟卜，古人以为可以预见吉凶。镜：可以照见前后。

[18] 时清：时代清平，天下安定。

[19] "莺歌"句：莺的歌唱、蛙的鼓吹，是天然的时令标志。月令：《礼记》有《月令》篇，记述农历一年十二个月的时令、物候现象、农事措施及相关事物。

刘熹

刘熹(1796—1869),字君凤,号石秋,丰后(今大分县)人,先世为华裔,有《绿芋村庄诗钞》。

寒山读书图

绝境读仙书,寒云山几叠。
跫然若有人,归鹿踏秋叶[1]。

闲堂曰:后二句亦唐人"微阳下乔木,远烧入秋山"之体。
蜗叟曰:有出尘拔俗之想。世浊则弥觉可贵,中外同然。

❖ **注释**

[1] "跫然"二句:似乎听到有人走过,原来是归鹿踏着落叶发出的声响。跫(qióng)然:脚步声。《庄子·徐无鬼》:逃虚空者,"闻人足音跫然而喜矣"。

赤马关[1]

孤关扼大海,炊霭郁山陲[2]。
港抱帆樯稳,潮冲市井危。
贾人维缆处,商女荡舟时。
忽报风波便,晓云茫别思[3]。

蜗叟曰："潮冲市井危"亦为名句,然终不及孟襄阳"波撼岳阳城"之气象阔大耳。

闲堂曰：末句欠醒豁。斯为白璧微瑕。

✤ 注 释

[1] 赤马关：今日本山口县下关市的古称,位于本州岛最西端,隔关门海峡与九州相对,是海港城市。

[2] 炊霭：炊烟暮霭。

[3] "晓云"句：意思是海天空阔,别意茫茫。

斋藤正谦

斋藤正谦（1797—1865），字有终，号拙堂，伊势（今三重县）人，有
《铁砚斋存稿》。

蚊 军

檐间啸集阵初成，利嘴纷纷夜斫营[1]。
四面沸歌围楚帐[2]，满天飞矢下秦兵[3]。
负山无力犹夸勇[4]，歃血如忘岂顾盟[5]。
只识火攻非下策[6]，艾烟一扫廓然清[7]。

蜗叟曰：就蚊本身刻划，写来有声有势。孟东野《咏蚊》诗有云："顾己宁
自愧，饮人以偷生。"则直以讽人，涵义自深一层。

❖ 注 释

[1] 利嘴：吴融《平望蚊子》："利嘴入人肉，微形红且濡。"斫（zhuó）
营：偷袭敌营。这里指蚊虫突然叮人。斫：砍、斩。

[2] "四面"句：意思是蚊阵在帐外嗡嗡盈耳，犹如"四面楚歌"。《史记·项羽本
纪》："项王军壁垓下，兵少食尽，汉军及诸侯兵围之数重；夜闻汉军四面皆楚
歌，项王乃大惊曰：'汉皆已得楚乎？是何楚人之多也！'"

[3] 秦兵：喻蚊军。

[4] "负山"句：《庄子·应帝王》："狂接舆曰：'是欺德也。其于治天下也，犹涉海
凿河，而使蚊负山也。'"蚊不能负山，力不胜任。

[5] "歃（shà）血"句：刚刚口含鲜血，马上忘却，它哪管什么盟约。古代订立盟约

时,盟者以鸡、狗、马一类动物的血含于口中,称"歃血定盟"。这里指蚊虫肆无忌惮地吸人血。

[6] "只识"句:《世说新语·雅量》:"周仲智饮酒醉,瞋目还面,谓伯仁曰:'君才不如弟,而横得重名!'须臾,举蜡烛火掷伯仁,伯仁笑曰:'阿奴火攻,固出下策耳!'"这里反其意用之,谓火攻并非下策。

[7] "艾烟"句:点燃艾草,使用烟熏,一举肃清可恶的蚊虫。

坂井华

坂井华(1798—1850),字公实,号虎山,安艺(今广岛县)人,有《虎山诗稿》。

次韵诗僧东林作 (选一首)[1]

诗不必主虚,亦不必主实。
一虚且一实,方免缚格律[2]。
请看天地间,群类谁同质[3]。
山岳万古峙,云烟变朝夕。
君言宋诗新,岂无腐可斥[4];
又言明诗丑,或有美如璧。
区区论世代,不若论巧拙。
本来雕虫技,巧拙亦何择[5]!
我且欲把杯,万事都忘却。
其间有真诗,情味不可说。
君若欲吃茶,请掬溪头雪。

闲堂曰: 论诗能欣赏异量之美。一结跳出题外,少陵《缚鸡行》、山谷咏水
仙法也。

❖ **注 释**

[1] 原二首,这里所选为第一首。

[2] 缚格律：被格律所束缚。

[3] "群类"句：意思是世上万事万物哪有性质完全相同的。

[4] "岂无"句：意思是宋诗中难道就没有内容迂腐需要加以排斥的作品？

[5] "本来"二句：诗赋本是雕虫小技，写得巧与拙又有什么要紧！雕虫小技：雕虫小技,比喻微不足道的技能。虫：虫书,古代的一种字体,许慎《说文解字序》提到秦代有"虫书"。扬雄在《法言·吾子篇》中称赋为"童子雕虫篆刻""壮夫不为也"。何择：有什么差别。

卖花翁

君不见卖花翁，住在洛城东[1]。

竹扉半破鬓如蓬。

自少栽花到七十，培养别传一家法。

栽花虽巧拙谋生，未免街头唤且行。

日暮还家自叹息，满担不抵一坛直[2]。

辛苦自栽不自观，徒使他人醉春色。

嗟乎世事无不然，不须独为此翁怜。

蚕妇无衣匠屋漏[3]，经国人老草野间[4]。

蜗叟曰：畅朗晓达,走白太傅讽谕诗一路者。

闲堂曰：末句乃自慨其不遇也。

❖ 注 释

[1] 洛城：本唐东都洛阳,盛产牡丹花。这里借指日本京都。

[2] "满担"句：满担鲜花抵不上一坛酒的价值。

[3] "蚕妇"句：宋代张俞《蚕妇》："昨日入城市,归来泪满巾。遍身罗绮者,不是养蚕人。"宋代梅尧臣《陶者》："陶尽门前土,屋上无片瓦；十指不沾泥,鳞鳞居大厦。"蚕妇无衣,工匠屋漏,与卖花翁的境遇相同。

[4] "经国"句：意思是治国人才终身埋没草野。经：治理。

野田逸

野田逸(1799—1859),字子明,号笛浦,丹后(今京都府)人,有《海红园诗稿》。

小春乃有庐所见[1]

吟屐何须著[2],开窗可解颜[3]。
牛驮斜照过,鸟载乱霞还[4]。
枯柳墙前水,残枫槛外山。
此身真自在,不羡白鸥闲。

蜗叟曰: 朴实中见新意,颔联尤佳。本师胡翔冬先生有句云:"照水鸭头月,吹秋驴背风。"(《秋夜自祖堂归牛首山寺》)又有句云:"布袋压秋卷,蹇驴穿吠龙。"(《赋得送贾岛谪长江》)清奇洗练过之,盖自贾浪仙一派出。

✤ 注 释

[1] 小春:小阳春,农历十月。《荆楚岁时记》:"十月,天气和暖似春,故曰小春。"乃有庐:作者居室名。

[2] 吟屐(jī):登山临水啸咏歌吟所穿木鞋。《宋书·谢灵运传》:谢灵运寻山陟岭,"常著木履,上山则去前齿,下山去其后齿"。

[3] 解颜:欢笑。《列子·黄帝》:"夫子始一解颜而笑。"

[4] "牛驮"二句:牛背映着夕阳走过,归鸟带着晚霞飞来。

藤森大雅

藤森大雅（1799—1862），字淳风，号天山，又号弘庵，江户（今东京都）人，有《如不及斋文钞》、《春雨楼诗钞》。

书　闷[1]

高楼把酒倚长风，百感中来不可穷。
奸吏常言通互市[2]，迂儒动欲议和戎[3]。
名场老矣头将鹤[4]，故国归欤意似鸿[5]。
一片葵心犹未已[6]，唾壶击碎气徒雄[7]。

闲堂曰：此诗反映 1854 年美国强迫日本开放门户后士大夫惶惑心情。
　　　　天山死后六年而王政复古，明治维新。诗人亦可含笑于九泉矣。
蜗叟曰：指斥时弊，系心国是，一片忠耿，虽老不衰，殆亦少陵、放翁之俦乎！

❖ 注 释

[1] 1854 年，美国派柏利率舰队到达日本，强迫日本订了《日美亲善条约》，于是，
　开国与锁国在日本朝野引起激烈的争论。当 1853 年柏利第一次到日本后，
　藤森大雅写了《海防论》二卷，坚决主张尊王攘夷。1858 年，执政者井伊直弼
　与美国总领事哈利斯签订《日美条约》。为镇压反对派，井伊推行恐怖政治，
　史称安政大狱(时为安政五年)。作者亦被捕，以诽谤时政罪逐出江户，流放
　在外。这首诗即作于流放中。直到 1860 年，井伊直弼被刺死，作者才获赦
　还乡。

[2] 奸吏：指当时主张与美、英等国订约通商的官员。互市：往来贸易。

[3] 迂儒：指当时附和"通互市"的学者。和戎：旧称与外族维护和平关系为"和戎"，这里指与当时的美、英等侵略者妥协求和。

[4] "名场"句：在竞夺名声的地方奔走，头发都白了。名场：原指科举的试院。这里泛指追求名声的场所，包括官场、文坛等。唐代李咸用《临川逢陈百年》："教我无为礼乐拘，利路名场多忌讳。"头将鹤：头上长出了白发。鹤发：老年人的白发。

[5] "故国"句：向往故国的归心，恰似天上的飞鸿。故国：故乡。这里指首都江户。

[6] 葵心：对祖国的忠诚之心。葵花向日而倾，杜甫《咏怀五百字》："葵藿倾太阳，物性固难夺。"

[7] 唾壶击碎：晋代王敦，酒后辄咏"老骥伏枥，志在千里；烈士暮年，壮心不已"。以铁如意击唾壶为节，壶尽缺。见《晋书·王敦传》。

竹（选一首）[1]

修篁何矗矗[2]，高节有余清。
嫌傍人篱下，故穿幽径生。

蜗叟曰：是咏物正格。寥寥二十字，此君高风亮节毕见。

❖ 注 释

[1] 原二首，这里所选为第一首。
[2] "修篁"句：意思是丛竹高高挺立。

长户让

长户让,生卒年不详,字士让,号得斋,美浓(今岐阜县)人,有《得斋诗文钞》。

本邦十一物咏,次柽宇林公原韵 (选二首)[1]

春 枫

百卉苏回二月风[2],烂然芽发满林枫。

诗人漫道吴江好[3],可有春秋两度红。

闲堂曰:挥空成有,思接千载。

❖ 注 释

[1] 原十一首,分咏春枫、樱、山吹、云雀、卯花、水鸡、荻花、尾花、红叶、千鸟、唤子鸟,这里选两首。林柽宇:人名,生平不详。

[2] 苏回:苏醒过来。

[3] "诗人"句:古代诗人枉自歌咏吴江秋枫的美景。唐代诗人崔信明有残存诗句:"枫落吴江冷。"见《全唐诗》卷三十八。

水 鸡[1]

钟漏沉沉夜几更,江村月落水鸡鸣。

幽人欲作谁何问[2],仿佛柴门剥啄声[3]。

蜗叟曰:清朗流美,绝去雕琢。

[1] 水鸡：即青蛙。

[2] "幽人"句：村中隐士简直要出来询问是谁了。谁何：何人。

[3] 剥啄：叩门声。

富山访加藤士武,既而大野子文来会[1]

忆昨江都别[2]，何图此地逢。

故人沧海意[3]，游子断蓬踪[4]。

屋引清渠水，庭栽偃盖松[5]。

一樽谈旧事，顿缓客愁浓[6]。

闲堂曰：冲淡似大历诸公。

✤ 注 释

[1] 富山：今日本富山县富山市。加藤士武、大野子文：作者友人,生平均不详。

[2] 江都：都城江户,今东京都。

[3] "故人"句：旧友重逢,别后情事有如沧海难穷。

[4] "游子"句：游子行踪犹如飞蓬,随处飘泊。

[5] 偃盖松：茂盛的千年古松。《玉策记》："千载松树,枝叶四边披起,上杪不长,望而视之,犹如偃盖。"

[6] 顿缓：立即驱散的意思。

菊池保定

菊池保定（1799—1881），字士固，号溪琴，又号海庄，纪伊（今和歌山县）人，有《溪琴山房诗》。

鲸鱼来

乙未正月[1]，鲸鱼数十，来集栖原之海[2]。余作鲸鱼来，伤其非可来处而来也。

鲸鱼来栖原之海，鲸大海浅鲸常馁。
蹄涔辙鲋汝当悔[3]，横海之志何所施[4]？
撼山长鬣徒磊硙[5]，山人伤之为裁诗[6]。
鲸兮鲸兮慎勿陷祸机，世路崎岖不可近，
淳朴古风今皆违。
吁嗟鳞介之族何荼毒[7]，短铤长镝相追随[8]。
独有南溟堪窟宅[9]，一带豫山翠如围[10]。
好潜此间莫轻出，待我骑汝朝紫微[11]。

闲堂曰：鲸鱼群赴浅海，集体自杀，此事今犹有之，其故尚未大明。据此诗，则由来久矣。盖可作科学史料观也。

蜗叟曰：戒鲸亦所以自戒。无已，姑韬光养晦以俟时耳。

❖ **注 释**

[1] 乙未：日本仁孝天皇天保六年，1835 年。

[2] 栖原之海：今日本和歌山县栖原附近海面。

[3] 蹄涔（cén）辙鲋：比喻水很浅，无法生存。蹄涔：兽类蹄迹中留存的雨水。《淮南子·氾论》："夫牛蹄之涔，不能生鳣鲔。"辙鲋：涸辙之鲋，即将干涸的车辙中的鲋鱼。《庄子·外物》：庄周闻车辙中的鲋鱼呼之，"周问之曰：'鲋鱼来，子何为者邪？'对曰：'我东海之波臣也。君岂有斗升之水而活我哉？'"

[4] 横海：指在大海中自由地游泳。

[5] "撼山"句：意思是可以撼动山岳的鲸鱼，在这浅水中无所施展，胸中郁积着不平之气。长鬣（liè）：指鲸鱼的鬐，这里代鲸鱼。磊魂（kuǐ）：亦作魂磊，原为众石高低不平，比喻郁积在心中的不平之气。

[6] 裁诗：作诗。

[7] "吁嗟"句：啊！鱼龙之类为何遭到如此残害。吁嗟：感叹词。鳞介之族：水族的统称。鳞：鱼龙之类。介：龟鳖之类。荼毒：毒害，摧残。

[8] 短铤长镝：短矛长箭。

[9] 南溟：南海。

[10] 豫山：伊豫国的山。伊豫：今日本爱媛县，在四国的西南部和北部，面临濑户内海。

[11] "待我"句：明代丘濬《丁卯岁过采石吊李白》："直驾长鲸归紫清。"朝紫微：犹言朝天宫。紫微：紫微垣。以北极星为准，集合其他各星，合为一区，名紫微垣，人们视为天宫。

喜仁礼宗至[1]

菊后田园日就荒[2]，朝欣闲客访溪堂。
幽云几度频劳梦[3]，细雨今宵静对床[4]。
囊里新诗夺山绿[5]，匣中古剑镇寒光。
雄谭当酒论心事[6]，笑指梅花抵死香[7]。

蜗叟曰：意兴豪迈。"梅花抵死香"，是菊池氏高洁性格之自白。

闲堂曰：情景交融，佳作也。幽云细雨，赋而兼比。诗夺山绿，奇想。惜

"剑镇寒光"句较勉强，对不过。

✿ 注释

[1] 仁礼宗：仁科幹，字礼宗，号白谷，江户时代儒者，作者友人。

[2] 菊后：秋后。

[3] "幽云"句：意思是思念挚友乃至梦中多次相会。陶渊明《停云》："霭霭停云，
　　濛濛时雨。""静寄东轩，春醪独抚。良朋悠邈，搔首延伫。"停云：凝聚不散的
　　云。幽云：这里与"停云"意思相近。作者用《停云》诗意，所以下句是"细雨
　　今宵静对床"。

[4] "细雨"句：白居易《招张司业》："能来同宿否？听雨对床眠。"

[5] 囊里新诗：暗用李贺诗囊故事。

[6] 雄谭当酒：即对酒雄谈。

[7] 梅花抵死香：陆游《卜算子·咏梅》："零落成泥碾作尘，只有香如故。"抵死：至死。

访霍田山人不遇[1]

半溪流水牧童歌，寂寞柴门锁薜萝。
知荷长镵侵晓去[2]，松峦秋老茯苓多[3]。

闲堂曰：贾长江云："松下问童子，言师采药去。只在此山中，云深不知
　　处。"此诗意境，可以追踪。

✿ 注释

[1] 霍田山人：生平不详。

[2] "知荷"句：知道霍田山人一早拿着长镵走了。荷：扛着。长镵，杜甫《乾元中寓
　　居同谷县作歌》之二："长镵长镵白木柄，我生托子以为命。"侵晓：天渐明时。

[3] 茯苓：菌类植物，寄生于山林松根，块状，可入药。《淮南子·说山》："千年之
　　松，下有茯苓，上有兔丝。"

福田思恭

福田思恭,生卒年不详,字俭夫,号渭水,肥前(今长崎县)人,有《渭水诗钞》。

次诸熊少叔冬杪见寄诗韵却寄[1]

衡门之下好栖迟[2],一谪悠悠与世违。
得意花于闲处看,无心云只自然飞[3]。
晓檠披卷雪声静[4],夜榻煮茶梅气微。
酒熟时呼邻叟酌[5],醉中共笑昨来非[6]。

闲堂曰:是善处逆境者。颔联见道之言。

❖ 注释

[1] 冬杪(miǎo):冬末。

[2] 栖迟:游息。《诗经·陈风·衡门》:"衡门之下,可以栖迟。"

[3] "无心"句:行云无意,自然飘去。

[4] 晓檠(qíng)披卷:晨光朦胧中,对着孤灯翻开书卷。檠:灯架,借指灯。

[5] "酒熟"句:陶渊明《归园田居》之五:"漉我新熟酒,只鸡招近局。"近局即近邻。

[6] 昨来非:过去的路走错了。陶渊明《归去来兮辞》:"实迷途其未远,觉今是而昨非。"

寒夜山村

缺月低犹在，残灯冻将灭。

陇狐时一鸣[1]，老屋霜如雪。

蜗叟曰：笔致阴冷处略近长吉。

❖ **注 释**

[1] 陇狐：野地里的狐狸。

浦池镇俊

浦池镇俊,生卒年不详,字君逸,丰后(今大分县)人,有《才田诗钞》。

冬杪作

石砚敲冰手自磨,中怀所写竟如何。

每逢岁杪诗情减,为是人间俗累多。

倒影在波孤鹜立,冻声迷雪数鸿过[1]。

生涯未得居无事[2],空羡渔翁一钓蓑。

闲堂曰:颈联工于匠物。如此写冬景,不落套矣。

✤ 注 释

[1] "冻声"句:意思是断鸿声影,在雪压冬云的天际迅即消失。
[2] "生涯"句:人间岁末,俗累生涯,未能做到闲居无事。

笛吹岭

怪得飞流头上翻,渐攀险路到泉源。

踏来旋觉青鞋冷,忽有白云生脚根。

蜗叟曰:实即脚底生凉而已,却偏要横隔一层青鞋来写,可谓巧于役物矣。

假　山

一篑功成新景开[1]，峰峦叠得小崔嵬。
笋从邻地逾篱出，云自他山慕石来[2]。
已见幽禽巢绿树，岂容俗客踏青苔！
百金不用买花卉，秋菊春兰随意栽。

蜗叟曰："笋从邻地逾篱出"，殆据实；"云自他山慕石来"，是渲染：虚实
　　成对。既巢高士，岂容俗客？一结尤见潇洒。

✤ 注 释

[1] 一篑（kuì）功成：指堆叠假山的工程最后完成。一篑：最后一筐土。篑：盛土
　　竹器。《尚书·旅獒》："为山九仞，功亏一篑。"这里反其意用之。
[2] "云自"句：旁边山头的云，也因爱慕这座假山而飘拢过来了。《诗经·小
　　雅·鹤鸣》："它山之石，可以攻玉。"此处借用其字面。

伊藤仲导

伊藤仲导,生卒年不详,字环夫,号兰斋,上野(今群马县)人,有《兰斋先生遗稿》。

秋夜闻雁

塞北风霜急,江南木叶稀。

联翩呼月去,断续入云飞。

离恨频欹枕,愁心堪浥衣[1]。

可怜天外客,不与汝同归[2]。

蜗叟曰:前半雁,后半人,自然过渡,有行云无迹之妙。

闲堂曰:第三句奇,是未经人道语。

❦ **注 释**

[1] 浥衣:泪湿衣襟。

[2] "可怜"二句:可怜自己作客天涯,不能像你一样归返故乡。汝:指雁。

广濑满忠

广濑满忠,生卒年不详,字远图,号保水,伊豫(今爱媛县)人,有《炼石余响》。

溉水舟中[1]

春水百余里,舟船一路通。
枕横蒴叶上,帆走菜花中。
杨柳莺衣雨,蒹葭鹭羽风。
饱看新活画[2],真个卧游同[3]。

蜗叟曰:泛舟溉水,风光入画,信手拈来,别具天趣。

闲堂曰:颔联刻意可喜,然逊东坡"水枕能令山俯仰,风船解与月徘徊"之
　　　　自在。以此知诗境妙造自然之难。

❖ 注 释

[1] 溉水:一作淀水,发源琵琶湖,流入大阪湾。

[2] 新活画:新鲜活泼的画面。指前面所写:枕下(即水中)的蒴叶,岸上的菜花,
　　雨中的杨柳黄莺,风里的蒹葭白鹭。

[3] 卧游:这里指卧于舟中而饱览溉水两岸风光。原指在室内欣赏山水画以代替
　　游览。倪瓒《顾仲赟见访》:"满壁江山作卧游。"

铜山不毛[1]，目不见寸草，余所居之窗前适有隙地，因锄以栽松梅，幽致可爱，每夕移床于其间，亦簿领中一快事也[2]。赋小诗四首以志喜（选一首）[3]

风露先秋冷客衣[4]，山姿林影暑威微。
黄昏独坐谁相伴，惟有白云天际归。

闲堂曰：忙里偷闲，人生一乐。然惟淡于名利者始能领略。

❖ **注释**

[1] 铜山：指别子山，在今爱媛县宇磨郡，产铜，居日本当时三大铜山之首。不毛：寸草不生的地方。

[2] 簿领：原为官府文书，这里是指掌管企业记事簿册的总管。别子山铜矿系住友氏开发，作者任职铜矿，积二十八年之久，提升为总管。簿领之余，不废吟咏，故诗集命名为《炼石余响》。

[3] 这里所选为第四首。

[4] 风露先秋：清风白露，先自带来秋意。

奥野纯

　　奥野纯(1800—1858),字温夫,号小山,浪华(今大阪府)人,有《小山堂诗钞》。

初冬杂诗 (选一首)[1]

早禾获尽晚禾登,水涸渠流石露棱[2]。
追逐神疲霜圃蝶,挪娑脚软午窗蝇[3]。
三冬耽学狂方朔[4],一饭思君老少陵[5]。
门巷叶埋无客访,茶梅索笑是良朋[6]。

蜗叟曰:逸士幽居,看似自在,然一饭思君,何能真摆脱世事!蝇脚挪娑,足见生活观察,细致入微。

❖ **注释**

[1] 原有三首,这里所选为第三首。

[2] "水涸"句:意思是水落而石出。

[3] 挪娑(nuó suō):两手相搓。这里形容蝇脚交错颤动,有似揉搓的动作。

[4] "三冬"句:意思是到了冬天,抓紧学习,像汉代性格疏狂的东方朔那样。《汉书·东方朔传》:"年十三学书,三冬文史足用。"如淳曰:"贫子冬日乃得学书,言文史之事足可用也。"三冬:三年。耽:爱好,酷嗜。方朔:东方朔,汉武帝时人,滑稽多智,性格狂放。

[5] "一饭"句:意思是身虽老但像当年杜甫那样每饭不忘君国。一饭思君:苏轼《王定国诗集序》:"古今诗人众矣,而杜子美为首,岂非以其流落饥寒,终身不

用,而一饭未尝忘君也欤。"少陵:杜甫。

[6] 茶梅:据《类林》,新罗国产浅红山茶,花略小,自十二月开至二月,与梅同时,故名茶梅。索笑:求笑、取笑。陆游《梅花》:"不愁索笑无多子,惟恨相思太瘦生。"

牵牛花

昨暮含胎如笔尖[1],碧杯劝饮露珠沾[2]。
骄阳升处花皆谢,爱看渠侬不附炎[3]。

闲堂曰:讽世之作。

蜗叟曰:骄阳升,牵牛谢,抒失志愤世之情,与葵藿倾日之喻异趣。然托意不偶,殊有新致。

❖ **注 释**

[1] 含胎:含苞。

[2] "碧杯"句:青碧色的牵牛,在晨风晓露中绽开,花似杯筒,形如劝饮。

[3] "爱看"句:意思是最爱牵牛花不肯趋炎附势的节操。渠侬:他,他们。古吴方言。不附炎:由牵牛花在骄阳下收拢而联想到。日本诗人长谷允文咏牵牛花,亦有"惟将知己许残月,不肯倾心向太阳"之句。

中岛大赞

中岛大赞（1801—1834），字子玉，号米华，丰后（今大分县）人，有《米华遗稿》、《爱琴堂诗醇》。

梦李长吉

夜梦神宫传天语，手中拈花撒红雨[1]。

金门半开壁微白，云楼琼阁谁是主[2]？

陇西才子通眉客，锦囊曾试青虬角[3]。

玉楼记成不知年[4]，天上桂子几回落[5]。

有诗吾且为君歌，有手君亦为我拍[6]。

如今骚人喜宋诗[7]，黑凤谁分雄与雌[8]？

燕石十袭各自珍[9]，荆璞三献无人知[10]。

晓窗惊坐悄无有，一卷遗稿当好友[11]。

悲风啸落青林月，鬼语如人隔高柳[12]。

闲堂曰：论长吉诗，即作长吉语，知此翁寝馈昌谷有得也。然扬唐不必抑宋。东坡论书云："短长肥瘦各有态，玉环飞燕谁敢憎。"此言得之。

✤ 注释

[1] 红雨：花雨。李贺《将进酒》："况是青春日将暮，桃花乱落如红雨。"

[2] "金门"二句：意思是天宫之门半开露出微白的墙壁，这玉宇琼楼的主人是

谁？李贺《梦天》："老兔寒蟾泣天色，云楼半开壁斜白。"

[3]"陇西"二句：这是上文的回答，说天宫的主人是李贺。陇西才子：李贺为唐
朝宗室郑王之后，祖籍陇西。通眉客：《新唐书·李贺传》：李贺"为人纤瘦，
通眉，长指爪，能疾书"。通眉：眉毛相连。作者梦见天上的李贺。所以说
"锦囊曾试青虬角"，意思是李贺的诗囊挂在天上青龙角上了。青虬(qiú)：青
色的龙。

[4]"玉楼"句：意思是李贺为天帝写好《白玉楼记》后不知又过去多少年了。李
商隐《李长吉小传》："长吉将死时，忽昼见一绯衣人驾赤虬，持一板，书若太古
篆或霹雳石文者，云'当召长吉'。""贺不愿去。绯衣人笑曰：帝成白玉楼，立
召君为记。天上差乐，不苦也。""少之，长吉气绝。"

[5]天上桂子：指月宫中的桂花。段成式《酉阳杂俎》："旧言月中有桂，有蟾蜍。
故异书言：月桂高五百丈，下有一人，常斫之，树创随合。"李贺《天上谣》："玉
宫桂树花未落。"桂子：桂花。

[6]拍：按拍，打着拍子。

[7]"如今"句：指当时日本诗坛风尚。如日本著名汉诗人大沼厚(1818—1891)，
创立下谷吟社，鼓吹学习宋诗，以陆游、苏轼、黄庭坚、范成大、杨万里为榜样，
便是"喜宋诗"风气的集大成者。骚人：诗人。

[8]"黑凤"句：意思是乌鸦雌雄难分辨，比喻美恶不分。黑凤：这里指乌鸦。《诗
经·小雅·正月》："谁知乌之雌雄。"

[9]"燕石"句：意思是敝帚自珍，指诗人宗宋诗的风尚。燕石：有彩色条纹的石
子。《太平御览》卷五十一引《阙子》："宋之愚人，得燕石于梧台之东，归而藏
之，以为大宝。周客闻而观焉，主人端冕玄服以发宝，华匮十重，缇巾十袭。
客见之，卢胡而笑曰：'此燕石也，与瓦甓不异。'主人大怒，藏之愈固。"十袭：
十层，指用十层布包起来。

[10]"荆璞"句：即卞和把荆山之璞三献楚王的故事。

[11]一卷遗稿：指李贺留下的诗集。

[12]"悲风"二句：渲染梦境的森冷气氛。杜甫《梦李白》："魂来枫林青，魂返关
塞黑。""落月满屋梁，犹疑照颜色。"

朕梦恶[1]

夫亦可爱，兄亦可爱，一身为妻亦为妹。

来目宫中夜漏长[2]，醉枕后膝睡后傍。

小蛇绕颈朕梦恶，提剑起问是何祥[3]？

爱夫爱兄兼爱子，抱子入城与兄死。

　　垂仁帝即位[4]，册狭穗姬为皇后[5]。后兄狭穗彦私谋不轨[6]，谓后曰："兄与夫，谁尤可爱？"后曰："不若兄也。"狭穗彦取匕首于怀授后曰："汝以之刺帝。"后色沮。狭穗彦强之，后不得已而许焉。帝幸来目居高宫，枕后膝而卧。后欲以此时弑帝，而泪堕帝面。帝惊寤曰："朕今梦有小蛇绕颈，大雨濡面[7]，是何祥哉？"后乃告以实。帝惊曰："是非汝罪也！"即日遣兵围狭穗彦。后乃抱皇子入城，欲质皇子以宥兄之死[8]，而围愈急，后乃出皇子于城外，与兄死。

闲堂曰：纲伦之变，至于此极，难乎其为后矣，舍一死将安归乎！诗笔亦磊落，惜少铺叙。

蜗叟曰：此宫廷琐史之涉复杂伦常者，文省笔简而事理分明。苟若长吉《汉唐姬饮酒歌》之扶以枝叶，丰以情思，其庶几无憾矣。

✤ 注释

[1] 朕梦恶：我的梦很不好。朕：皇帝的自称。《史记·秦始皇本纪》："天子自称曰朕。"

[2] 来目宫：日本垂仁天皇所居宫。

[3] 祥：吉凶的预兆。《左传·僖公十六年》："是何祥也，吉凶焉在？"

[4] 垂仁帝：日本垂仁天皇，相传公元前29年到公元70年在位。

[5] 册：封，立。古代帝王用以册立、封赠的诏书谓册。这里作动词用。

[6] 不轨：越出常轨，不遵法度。《左传·隐公五年》："不轨不物，谓之乱政。"

[7] 濡（rú）：沾湿。

[8] 质：人质。宥：宽恕。

大槻清崇

大槻清崇(1801—1878)，字士广，号磐溪，又号宁清，陆前(今宫城县)人，有《孟子约解》、《国史百咏》、《牢静阁集》、《磐溪随笔》、《磐溪文钞》、《磐溪诗钞》等。

读 书

三百六十日，无日不读书。

钩元又提要[1]，所得尽有余。

《语》、《孟》多新解[2]，颇足补程朱[3]。

小史叙近古[4]，志在起懦夫[5]。

文章不量力，所愿学韩苏[6]。

诗多自放语[7]，聊亦供游娱。

持此区区业[8]，免为游惰徒。

俯仰老文字[9]，天地一蠹鱼[10]。

蜗叟曰：文追韩苏，诗亦颇自期许，有书卷气，殆欧阳公"吾生本寒儒，老尚把书卷"之比乎？韩文公《杂诗》"岂殊蠹书虫，生死文字间"；欧阳公《读书》"信哉蠹书鱼，韩子语非讪"，此诗"天地一蠹鱼"所自出。

❖ 注 释

[1] "钩元"句：意思是探索精微，摘取要领。韩愈《进学解》："记事者必提其要，

篡言者必钩其玄。"元：即"玄"，因清圣祖名玄烨，避讳改。

[2] 《语》、《孟》句：对《论语》、《孟子》多有新的看法。作者有《论语约解》、《孟子约解》两部著作。

[3] 程朱：指北宋的程颢、程颐和南宋的朱熹，是宋代著名的理学家，合称程朱学派。朱熹有《论语集注》和《孟子集注》，其中引了二程的看法。

[4] "小史"句：作者著有《近古史谈》、《国史百咏》两书。

[5] 起懦夫：使怯懦的人奋发。

[6] 韩苏：指唐代的韩愈和宋代的苏轼，是杰出的古文家。

[7] "诗多"句：谓用意遣词，不受拘束。

[8] 区区：小小的。

[9] "俯仰"句：意思是时时刻刻，一直到老，总是认真读书。俯仰：犹言瞬息，表示时间之短，随时。

[10] 蠹鱼：亦称衣鱼，蛀蚀书籍衣服等物的小虫，俗称书蛀虫。

读清人林二耻咏梅花六首效颦赋此（选一首）[1]

荣衰万古一同叹，自有高姿不可群。
屈子爱香谁作伴[2]？《国风》好色不知君[3]。
疏花吹落江村雨，孤影遮余岭寺云。
无限新愁春冷寂，数声玉笛隔帘闻[4]。

闲堂曰：颈联盖虚摹梅花风神，非别有典实也。

✿ 注 释

[1] 这里所选为第六首。林二耻：生平不详。效颦：东施效颦。这里是谦词。

[2] "屈子"句：意思是屈原在作品中喜欢写芳草香花，但没有写到梅花。屈子：屈原。

[3] "《国风》"句：意思是《诗经·国风》中也没有咏梅花的诗篇。《史记·屈原列传》："《国风》好色而不淫。"色：女色，《国风》中多男女情爱的诗。这里的色，

指花。

[4] "数声"句：隔帘听到玉笛奏出的《落梅花》曲。李白《听黄鹤楼上吹笛》："黄
　鹤楼中吹玉笛,江城五月落《梅花》。"《梅花》：即《梅花落》,曲调名称。

除日别岁宴赋示在塾诸子[1]

朝生甘清苦,勉学不知疲[2]。
藤子持温厚,为善日孳孳[3]。
加藤非将种,拟夺李杜奇[4]。
山生耽绘事[5],直追虎头痴[6]。
独有粟野子,文武兼学之。
五人三处产[7],所志各有期[8]。
远来投我塾,笔砚互追随。
以吾一日长,抗颜敢称师[9]。
终年无所益,惭此鬓边丝。
荏苒岁云暮,人事相驱驰。
朝来蓬户外,双双插松枝[10]。
柏棋兼大橘,当头挂檐楣[11]。
壁揭晦翁象[12],团圆供饼糍[13]。
庭内洒扫了,邀春计无遗[14]。
举酒酬诸子,醉唱别岁辞。
嗟乎吾老矣,桑榆已悔迟[15]。
君辈春秋富[16],百事皆可为。
且戒三不惑[17],莫误青年时。
志业能有就,令闻一身施[18]。
后生洵可畏,宣尼岂我欺[19]。

蜗叟曰：孔子曰："回也不愚。""由也果，赐也达，求也艺。""柴也愚，参也鲁，师也辟，由也喭。"又谓："德行颜渊、闵子骞、冉伯牛、仲弓，言语宰我、子贡，政事冉有、季路，文学子游、子夏。"夫子于门人之短长，知之如是其稔也，吾于大槻氏不禁有同感焉。

❖ 注 释

[1] 诸子：指作者的几位弟子，诗中提到的朝生、藤子、加藤、山生、粟野子等五人。这首诗就是写给他们的。

[2] 勉学：努力学习。《荀子》有《劝学》，《颜氏家训》有《勉学》。

[3] "藤子"二句：意思是藤子为人性情温柔敦厚，孜孜不倦做好事。《礼记·经解》："温柔敦厚，诗教也。"《孟子·尽心》："鸡鸣而起，孳孳为善者，舜之徒也。"孳孳：同"孜孜"，努力不懈。

[4] "拟夺"句：准备达到李白、杜甫的诗歌成就。奇：指与众不同的杰出成就。

[5] 耽绘事：专心致志于绘画。

[6] 虎头：东晋时著名画家顾恺之，字长康，小字虎头，多才多艺，擅长诗赋书法，尤精绘画，当时有"才绝、画绝、痴绝"之称。陈造《书怀》："百年羊脾熟，万事虎头痴。"

[7] "五人"句：意思是五个人来自三个地方。

[8] 期：期许，希望，理想。

[9] "以吾"二句：意思是因为我比你们年纪稍长，所以严正地作你们的老师了。《论语·先进》："子曰：'以吾一日长乎尔，毋吾以也。'"柳宗元《答韦中立论师道书》："韩愈奋不顾流俗，犯笑侮，收召后学，作《师说》，因抗颜而为师。"抗颜：态度严正不屈。这二句表示自己要像孔子、韩愈那样教导学生。

[10] 插松枝：与下文的挂起"柏棣兼大橘"，都是日本辞旧迎新的习俗。黄遵宪《日本杂事诗》："让叶劳薪插户前，人人都道是新年。"自注云："新年皆插松枝竹叶于门。"

[11] "柏棣"二句：指把插上柏叶的橙子挂在门上，也是辞旧迎新的风习。黄遵宪《日本杂事诗》注云："插叶于橙曰让叶橙，音同代代，谓世世子孙有让德也。"柏棣(tí)：指柏枝。大橘：实为橙子。

[12] 晦翁：宋代理学家朱熹，字元晦，人尊称之晦翁。

[13] "团圆"句：意思是在朱熹像前供着各种圆圆的糕饼之类的点心。

[14] "邀春"句：意思是过年迎春的一切事情都办妥了。

[15] 桑榆：两种树名，代指太阳落山的地方，比喻人的垂老之年。曹植《赠白马王彪》："年在桑榆间，影响不能追。"

[16] 春秋富：意为年富力强。《史记·李斯列传》："且陛下富于春秋，未必尽通诸事。"

[17] 三不惑：指酒、色、财。《后汉书·杨震传》载杨震儿子杨秉，"性不饮酒，又早丧夫人，遂不复娶，所在以淳白称。尝从容言曰：'我有三不惑：酒，色，财也。'"

[18] 令闻：美好的名声。《诗经·大雅·文王》："亹亹文王，令闻不已。"

[19] "后生"二句：《论语·子罕》："子曰：'后生可畏，焉知来者之不如今也。'"洵：诚然，实在。宣尼：孔子，汉平帝时追谥孔子为褒城宣尼公。

看梅夜归

尽日梅边倒酒瓢，赏心不觉月临宵。
归来恐被山妻妒[1]，衣上灵香拂不消。

蜗叟曰：借"恐被山妻妒"写梅香染衣，亦自别致。

❖ 注 释

[1] 山妻：原指隐士之妻，后来成为人们自称其妻的谦词。李白《赠范金卿》："只应自索漠，留舌示山妻。"

梁川景婉

梁川景婉（1804—1879），又作张景婉，字玉书，号红鸾，后改红兰，美浓（今岐阜县）人，是日本著名诗人梁川星岩的妻子，有《红兰小集》、《红兰遗稿》。

秋　近

茉莉花开满院香，灯痕梦影夜初凉。

空阶一霎吟蛬雨[1]，已送秋声到客床。

闲堂曰：妙在凄清而未甚萧瑟。友人某尝有诗云："蜜炬笼纱翠袖单，小
　　　　楼听雨夜初寒。明朝酒醒繁花落，从此浮生作梦看。"则哀而
　　　　伤矣。

蜗叟曰：花开、茉莉香、夜初凉、蟋蟀始鸣，盖从视觉、嗅觉、感觉、听觉入
　　　　手，事事扣住"秋近"来写，亦是一法。

❖ 注 释

[1] 吟蛬雨：蟋蟀的鸣叫犹如飒飒雨声。蛬：蟋蟀。白居易《禁中闻蛬》："西窗独
　　暗坐，满耳新蛬声。"

霜　晓

云弄日华深浅色，波余风影去来痕。

清霜昨夜传消息,梦到江南橘柚村[1]。

✤ **注 释**

[1] 橘柚:橘子和柚子,均系南方所产。张九龄《感遇》之七:"江南有丹橘,经冬犹绿林。"又,杜甫《禹庙》:"荒庭垂橘柚,古屋画龙蛇。"

广濑谦

广濑谦（1807—1863），字吉甫，号旭庄，又号梅墩，丰后（今大分县）人，才气豪放，诗风纵横变化，有长江大河涛立浪翻之势。有《梅墩诗钞》。

樱　花

嫣然一顾乃倾城[1]，薄晕摩空冉冉轻[2]。
李杜韩苏谁识面[3]，梨桃梅杏总虚名。
此花飞后春无色，何处吹来风有情。
寄语啼莺须自惜，垂杨树杪莫劳声[4]。

蜗叟曰：日贤赏樱，相传权舆于履中稚樱宫。其见于吟咏者，或谓莫早于采女比良夫"花红山樱春"之句，而作专题"樱花"诗者，还当以平城天皇为始。然格局意境，尚属初创，未见所长。其状物寄情能臻极致者，窃意旭庄足以当之。

闲堂曰：第五句绝妙，非樱花不足以当之。对语略逊为恨。

❀ 注 释

[1] "嫣然"句：嫣然一笑，便能倾城倾国，喻樱花之美。
[2] "薄晕"句：意思是淡红的花瓣轻飘飘地飞上半空。薄晕：淡红。摩空：接天。
[3] "李杜"句：李白、杜甫、韩愈、苏轼，谁也没见过樱花，意思是他们没有歌咏樱花的诗篇。

[4] "寄语"二句：传语啼莺,应须自爱,莫要在垂杨树上劳声呼唤,惊扰静静的樱花。

废　寺

苔痕经雨上香坛[1],荒径依微进步难[2]。

有菊自开仍自苶[3],此松谁种又谁看。

多年古灶人烟断,未夜空廊鬼气寒。

欲问前朝佛无语,山禽哢倦夕阳残[4]。

闲堂曰：流转似白傅,七律中自有此一种。

蜗叟曰：一句赋一事,语语切废字。

♣ 注 释

[1] 香坛：即香台。这里指佛殿。

[2] 依微：隐隐约约,似有似无。

[3] "有菊"句：菊花开得没有生气。苶(nié)：疲倦的样子。

[4] 哢(lòng)：鸟叫。

春　寒

梅枝几处出篱斜,临水掩扉三四家。

昨日寒风今日雨,已开花羡未开花。

蜗叟曰："已开花羡未开花",物犹如是,人岂漠然。

将著广岛，雨降，舟不得进；
比入港口^[1]，夜既二鼓^[2]

痴云不解事，忽来夺月明。

漫漫大海里，茕茕小舟行。

海岩多异状，黑影立狰狞。

啼禽作鬼啸，一声使人惊。

恶涛前后起，遮舟出奇兵[3]。

揶揄不肯遣[4]，欺我暗如盲。

勃谿何所怒[5]，我避彼犹争。

少焉攻益急，人与舟皆倾。

篙师赌性命[6]，始袒后竟裎[7]。

挥棹如同戟，敌强奈难赢。

同舟卅余辈[8]，相视忧苦并。

奋起皆戮力，一时攀棹撑。

有以歌佐者，舌强咽无声；

有以符禳者[9]，语涩咒难成。

龙虎互搏斗，胜败几回更。

艰哉数刻路，似经千里程。

譬之秦围赵[10]，几陷邯郸城。

毛遂求楚救[11]，李同斫秦营[12]；

善战魏公子[13]，高谈鲁先生[14]。

唯因众人力[15]，幸免前日坑[16]。

须臾潮候变，舟去一毛轻。

遂乘逐亡势[17]，不为城下盟[18]。

云去月光美，宇宙忽澄清。

广岛虽已到,怖心跃未平。

客窗暂假寐,松籁波涛鸣。

梦落大瀛底[19],赤手战巨鲸。

闲堂曰: 纷纭挥霍,极尽形容,杨诚斋集中往往遇之。

蜗叟曰: 写惊涛恶浪之袭,若强兵压城,迅雷击顶,危在瞬间,读来惊心动魄,非湛于五古者莫能出此。

✤ 注 释

[1] 比入港口:等到进港。

[2] 二鼓:二更天。

[3] "遮舟"句:意思是怒涛恶浪拦截小船,好像故出奇兵,突然袭击。

[4] "揶揄"句:波涛似乎存心戏弄,不放船行。揶揄(yé yú):戏弄。

[5] 勃谿:相斗,争吵。《庄子·外物》:"室无空虚,则妇姑勃谿。"

[6] "篙师"句:船上水手这时以性命相拼。

[7] "始祖"句:起先敞开胸襟,后来索性脱了上衣。祖(tǎn):解衣露胸。裎(chéng):脱衣露体。

[8] 卅(sà)余辈:二十余人。卅:三十。

[9] 以符禳者:用符咒祈祷消灾的人。禳(ráng):一种祭祷消灾的举动。

[10] 秦围赵:赵孝成王八年(公元前 258 年),秦兵包围赵国都城邯郸。见《史记·赵世家》。

[11] "毛遂"句:为解邯郸之围,赵国派平原君赵胜偕门客毛遂等赴楚国乞援,由于毛遂的努力,与楚国定合纵抗秦之约。事见《史记·平原君列传》。

[12] "李同"句:秦围邯郸急,邯郸传舍吏子李同为平原君画策,与三千敢死之士共赴前线,退秦军三十里,李同战死。事见《史记·平原君列传》。

[13] 魏公子:即信陵君无忌,曾率兵解救邯郸之围。事见《史记·魏公子列传》。

[14] 鲁先生:齐国高士鲁仲连,曾在被围的邯郸城内仗义执言,驳斥投降派辛垣衍的谬论,使辛垣衍不敢复言帝秦。事见《史记·鲁仲连列传》。

[15] 众人:指上面提到的平原君、毛遂、李同、信陵君、鲁仲连等。

[16] 前日坑:指赵孝成王六年(公元前 260 年),秦将白起于长平大破赵军,活埋

赵降卒四十万之事。事见《史记·廉颇蔺相如列传》。坑：活埋。

[17] 逐亡势：追亡逐北、乘胜进击之势。亡：逃跑的失败者。这里指顺风顺潮之势。

[18] "不为"句：意思是没有签订城下之盟。比喻没有妥协投降，搁浅海上。

[19] 大瀛：大海。

藤井启

藤井启（1807—1866），字士开，号竹外，又号小广寒宫主人，摄津（今大阪府）人，为诗专攻七绝，有《竹外二十八字诗》、《竹外亭百绝》、《竹外诗文稿》。

重赋斋前花卉五首（选一首）[1]

岩　桂[2]

手栽岩桂小成丛，屋两三间地一弓[3]。
但为天香吹不断[4]，被人疑是广寒宫[5]。

闲堂曰：新巧。

❖ 注 释

[1] 这是五首之二。

[2] 岩桂：桂花的别称。唐高宗李治《九月九日》："砌兰亏半影，岩桂发全香。"

[3] 地一弓：形容宅地很小。弓：旧时丈量地亩的单位，五尺为一弓，即一步。

[4] 天香：特别的香味。这里指桂花香。传说月亮中有桂树，所以称天香。宋之问《灵隐寺》："桂子月中落，天香云外飘。"

[5] "被人"句：作者号"小广寒宫主人"，故有此句。广寒宫：据《龙城录》，唐玄宗游于月中，见一大宫府，榜曰"广寒清虚之府"。后人称月宫为广寒宫。

东人罕写岚山者[1]，独谷文二喜作此图[2]

东人争赏芙蓉雪[3]，谁作岚山春色图。
独有风流谷文二，水烟花雾写模糊[4]。

闲堂曰：风调可爱。

❖ 注 释

[1] 东人：日本分东西两个部分，东人即东部地区的人。这里实指江户(今东京都)人。岚山：京都名胜之地，春天有樱花，冬天有红枫，极有名。京都属日本西部地区。
[2] 谷文二(1812—1850)：画家，江户人。
[3] 芙蓉雪：指富士山的雪景。富士山在静冈县、山梨县交界处，属日本东部地区。芙蓉：形容富士山。
[4] "水烟"句：意思是用水墨绘出岚山烟霭。

芳 野[1]

古陵松柏吼天飙[2]，山寺寻春春寂寥[3]。
眉雪老僧时辍帚[4]，落花深处说南朝[5]。

闲堂曰：似唐贤怀古之作。

❖ 注 释

[1] 芳野：即吉野，在奈良县，此地以樱花驰名天下。
[2] "古陵"句：意思是天风吹来，松涛怒吼。古陵：指日本后醍醐天皇(1318—1338 在位)的陵墓。
[3] 山寺：指如意轮寺，在吉野山中，为后醍醐天皇敕愿之庙。

[4]"眉雪"句：须眉似雪的老僧,不时停下打扫落花的笤帚。

[5]南朝：日本从1336年起,分裂为南北朝,至1391年复归统一。北朝为光明天皇,在京都。南朝为后醍醐天皇,在吉野。后醍醐帝及其忠臣之陵墓在吉野山中,后来南朝被北朝所并,因此,吉野为后人凭吊南朝之地。

凌霄花[1]

凌霄真有凌霄势,缠到松梢百尺过。
更望青天天杳杳[2],问君此际意如何[3]！

蜗叟曰：贪婪势利之心,宁有穷极,只问而不道破,却妙。

❖ **注释**

[1]作者原注："《三柳轩杂识》：'凌霄花为势客。'"势客：附势趋炎之人。

[2]"更望"句：再望望青天,还是那么高远。杳杳(yǎo)：幽深,遥远,看不到踪影。

[3]君：指凌霄花。

青山延光

青山延光(1807—1870)，字伯卿，水户(今茨城县)人。著有《佩弦斋杂著》、《国史纪事本末》、《野史纂略》。他与三个弟弟的诗合编为《埙箎小集》。

中秋游那珂川[1]

渡口烟初暗，移舟出柳阴。
暮云才漏月，秋水已摇金[2]。
灯影村家远，虫声岸树深。
游鱼定惊避，横笛作龙吟[3]。

闲堂曰：颔联工巧，一结飘逸。

❖ 注 释

[1] 那珂川：河川名，在茨城县。
[2] "秋水"句：秋水在月色的映照下，已闪动着金光。范仲淹《岳阳楼记》："浮光耀金，静影沉璧。"
[3] 龙吟：形容笛声清越嘹亮。杜甫《刘九法曹郑瑕丘石门宴集》："晚来横吹好，泓下亦龙吟。"

新春十首（选二首）[1]

休道世途多险艰，冷官何减野人闲[2]。
犹愁残腊难开口[3]，拟待新年一破颜[4]。
海上云霞才欲动，园中梅柳转堪攀。
只疑春到诗家早，已在雪篱风榭间[5]。

闲堂曰：诵其诗，知为居贫乐道人也。其心静，故其体物也细。颈联用唐人诗"云霞出海曙，梅柳渡江春"，甚妙。可谓善偷。

❖ **注释**

[1] 这里所选为第一首、第三首。

[2] "冷官"句：意思是做冷官闲散有如村野之人。冷官：清闲冷落、无关紧要的官职。何减：不减，不下于。苏轼《九月二十日微雪怀子由弟》："短日送寒砧杵急，冷官无事屋庐深。"

[3] 残腊：残冬，腊月尽头。陆游《残腊》之一："残腊无多寒渐薄，新春已近日微长。"

[4] 破颜：开颜而笑。卢纶《落第归终南别业》："落羽羞言命，逢人强破颜。"

[5] "只疑"二句：意思是料想春光先到诗人家，已在严冬里降临村野的院落了。雪篱风榭：风雪中的竹篱茅舍。

镜里何论白发新，诗狂无恙值良辰。
溪流漾漾生鳞甲[1]，园柳纤纤织曲尘[2]。
双眼虽非岩下电[3]，群芳未作雾中春[4]。
更期花径醉归夜，月落风微香满巾。

闲堂曰：颈联不独善于用事，亦复长于转折。

[1]"溪流"句:形容解冻后的溪水波光荡漾。生鳞甲:喻掀起波纹。苏轼《泛颍》:"忽然生鳞甲,乱我须与眉。"

[2]"园柳"句:园中垂柳已经织出了嫩黄色的丝缕。曲(qū)尘:酒曲所生的细菌,色微黄,如尘土。这里指代柳枝嫩黄色的萌芽。杨巨源《折杨柳》:"水边杨柳曲尘丝。"

[3]岩下电:形容目光有神,如同电闪。《世说新语·容止》:"王安丰眼烂烂如岩下电。"王安丰:王戎。

[4]"群芳"句:意思是视力还未衰退到"雾里看花"的程度。杜甫《小寒食舟中作》:"春水船如天上坐,老年花似雾中看。"

佐藤信古

　　佐藤信古（1807—1879），字子成，号蕉庐，江户（今东京都）人，原为铸金局长吏，以言局事与当权者忤，遂辞职，有《蕉庐诗钞》。

初夏晚景

　　　　新绿过微雨，晚来清气浮。
　　　　卖鱼人走巷，衔土燕归楼。
　　　　柳外月初淡，竹西虹未收。
　　　　前林风静处，残白照苔幽[1]。

蜗叟曰：初夏晚景如画，读米清新有致。

闲堂曰：不甚着力，而能写出眼前之景，所以为佳。

❖ 注 释

[1] 残白：指西沉的月光。

始闻秋风

　　　　独卧西斋夕，凉飔始报秋[1]。
　　　　入帘心自爽，响枕梦还幽[2]。
　　　　潘岳惊开镜[3]，张翰始棹舟[4]。

明珠荷上碎[5]，清瑟竹间愁[6]。
掠水鱼行乱，拂丛虫韵稠[7]。
满堂歌舞者[8]，亦解此声不？

蜗叟曰：刻意求贴，略近命题应试之什。

闲堂曰：此试帖诗体，蜗叟之言是也。

✤ 注释

[1] 凉飔(sī)：凉风。

[2] 梦还幽：梦境隐隐约约。李商隐《银河吹笙》："重衾幽梦他年断，别树羁雌昨夜惊。"梦还幽，即幽梦。

[3] "潘岳"句：潘岳鬓发斑白，开镜而惊，意思是感叹年老。潘岳：西晋作家，他在《秋兴赋》中写道："悟时岁之道尽兮，慨俯首而自省。斑鬓彡以承弁兮，素发飒以垂领。"

[4] "张翰"句：即张翰见秋风起命驾而归的故事。表示眷念故乡，不愿异地为官。

[5] 明珠：指荷叶上滚动着的水珠。

[6] 清瑟：清幽的曲调。这里指风吹竹林发出的萧萧声。

[7] 掠水、拂丛：指秋风吹到水面、掠过草丛。虫韵稠：稠密、繁多的秋虫鸣叫声。

[8] "满堂"句：指贪图富贵、寻欢作乐的官宦。

骤雨二首（选一首）[1]

蕉叶悬泉荷转珠[2]，池亭骤雨乍来时；
顷间一掬新凉味，早有无心草木知。

闲堂曰：有理趣，亦如坡老之"春江水暖鸭先知"也。荷转珠，古人已有。蕉悬泉，子成所独。以蕉名庐，斯为不负。

❖ **注 释**

[1] 这里所选为第一首。

[2] 荷转珠：吴融《微雨》："惆怅池塘上，荷珠点点倾。"

宇津木靖

宇津木靖（1809—1837），字东昱，号静区，近江（今滋贺县）人，有《浪迹小稿》。

海　楼

茫茫千万里，豪气个中横[1]。
山向中原断，潮通异域平。
生涯惟一剑，海内任孤征。
天地容微物，临风耻圣明[2]。

蜗叟曰：前半雄拔豪迈，气象开阔。后半示壮志莫酬，胸有磊块。

❖ 注 释
[1] 个中：此中。
[2] "天地"二句：意思是天地间容此碌碌微躯，愧对当今圣明之世。孟浩然《望洞庭湖赠张丞相》"欲济无舟楫，端居耻圣明"，其意出此。

登楼口号

西风无处不生愁，且取微醺倚海楼[1]。
却想全家俱对月，应怜久客独逢秋。

蜗叟曰：不过游子思家，借酒浇愁之意，但写来亦别致。后两句殆自白居易《邯郸冬至夜思家》"想得家中夜深坐，还应说着远行人"翻出。

✤ 注 释

[1] 微醺：微微的醉意。

安倍仲磨[1]

十年留学费精神，不独才调称绝伦。
万里远随天子使[2]，一身甘作外藩臣[3]。
可怜回首望明月，只识驰心忆老亲[4]。
闻否圣朝仁莫大[5]，优恩长恤旧家人[6]。

蜗叟曰：去国离亲，终老唐土，为中日友好与文化交流先驱，功不可灭。

✤ 注 释

[1] 安倍仲磨：一作阿倍仲麻吕，又作阿部仲磨，生于 701 年，十六岁时，来中国留学，时为唐代开元年间。753 年东归，遇风暴，漂流至安南，重返长安。他在唐王朝任左补阙、镇南都护等官职，770 年殁于中国。他在唐初称"朝臣仲满"，后改为晁（朝）衡，工诗文，与李白、王维等友善。

[2] 天子使：即日本奈良时代派出的"遣唐使"。

[3] 外藩臣：指在外国朝廷供职。

[4] "可怜"二句：作者原注："朝衡《衔命使本国》诗：'天中慕明主，海外思慈亲。'"又，晁衡有《对月望乡》和歌一首，其意为"翘首望长天，神驰奈良边。三笠山顶上，想又皎月圆"。

[5] 圣朝：指日本皇朝。

[6] "优恩"句：意思是日本皇朝对晁衡留在日本的家人给予优厚的赏赐。恤：赏赐，抚恤。

远山澹

远山澹(1810—1863)，字云如，号榕斋，又号云如山人，江户(今东京都)人，有《云如山人集》。

春雨二首 (选一首)[1]

春云如絮雨如丝，黄鸟声稀睡觉迟。
自是枯肠禁不得，酒香茅店杏花时[2]。

蜗叟曰：春意阑珊，睡醒思酒，写来从容不迫，风流蕴藉之致可以想见。

❖ 注 释

[1] 这里所选为第一首。
[2] "自是"二句：形容此时极端思酒，自己的枯肠再也经不起杏花春雨中酒店的
诱惑。枯肠：肠中空无一物。暗用杜牧《清明》："清明时节雨纷纷，路上行人
欲断魂。借问酒家何处有，牧童遥指杏花村。"

雨后秋凉

雨扑虚檐声已秋，梦余枕簟热全收。
一宵闲话宜灯下，几日微凉仗扇头。
烟影绿疏杨柳岸，潮痕红醮蓼花洲[1]。
那知愁鬓吹如雪，怕见西风入小楼。

蜗叟曰：绿杨、红蓼、白鬓，洵善着色。一雨成秋，暑退凉生，节令使然也，而复谓"几日微凉仗扇头"，微嫌意复。

❖注释

[1] "潮痕"句：意思是沙岸上的蓼花，映红了水色。蘸(zhàn)：把东西浸入水中。蓼(liǎo)：植物名，开淡红色的花。

足利客舍遇高隆古[1]

倪家迂叟是前身[2]，幻出溪山幅幅新。
知己应难求近世，对君未易薄今人[3]。
情于诗画原无异[4]，迹到萍蓬别有因[5]。
却羡丹青多润笔，雕虫小技不医贫[6]。

蜗叟曰：前半由古画家引出今画家。古画家可尊，今画家若高氏者又何可薄。后半假"情"以绾合诗人画家，点出"客舍遇高"题意，而以文士途穷作结。

闲堂曰：颔联即王荆公"苦道今人不如古"意（句见《纯甫出释惠崇画要予作诗》）。

❖注释

[1] 足利：今日本栃木县足利市。高隆古：日本著名画家，卒于安政五年(1858)。

[2] 倪家迂叟：指元代著名画家倪瓒，字元镇，号云林子、幻霞子、荆蛮民等，与黄公望、吴镇、王蒙合称"元四家"。他的山水画，意境幽远简淡，多作疏林坡岸浅水遥岑之景，以写胸中逸气，对后世影响很大。他生性好洁，耿介迂僻，世称"倪迂"。

[3] "知己"二句：尽管近世难于求得知己，但对着您却感到今人绝不可小看。

[4] "情于"句：意思是诗和画表达作者的情意本无不同。

[5] "迹到"句：意思是彼此聚散的行踪，别有因缘。萍：浮萍。蓬：飘蓬。萍蓬：形容行踪飘泊不定。

[6] "却羡"二句：意思是羡慕画家作画润笔丰厚，而作文写诗的雕虫小技却不能救贫。丹青：绘画。润笔：绘画、书法、创作等的报酬。

泷山下别秋山子长[1]

宿酒和愁晓未醒[2]，征衫此去眼谁青[3]。
相知但有垂杨柳，春雨春风长短亭[4]。

蜗叟曰：此行春风春雨，长亭短亭，惟有杨柳相伴，故曰"相知但有垂杨柳"。诗意通贯而下，故末句得连用名词作结，别成一格。

闲堂曰：人莫我知，而以杨柳为知己，则牢落自然可见，此诗人善于烘托也。

❖ **注 释**

[1] 秋山子长：人名，生平不详。

[2] 宿酒：隔夜喝酒。

[3] "征衫"句：意思是此地一别之后，你又将风尘奔走，备受世人冷眼。征衫：指旅人远行的衣服。宋楼钥《水涨乘小舟》："一番冻雨洗郊丘，冷逼征衫四月秋。"眼谁青：谁能青眼相对。

[4] 长短亭：长亭和短亭。古代十里置亭谓长亭，五里置亭为短亭，供行人休憩及饯别。庾信《哀江南赋》："十里五里，长亭短亭。"

村上刚

村上刚（1810—1879），字大有，号佛山，又号稗田耕夫，丰前（今大分县）人，有《佛山堂诗钞》。

秋月客中作[1]

酒薄难令客恨消，故园回首路迢迢。
落花芳草清明雨，独上姑苏百里桥[2]。

闲堂曰：后半风味独绝，惜前半平直不称。
蜗叟曰：芳草细雨，悠悠客思，唯处其境者领略尤深。

❖ 注 释

[1] 秋月：日本地名，今福冈县甘木市。
[2] 姑苏：作者原注："秋月有古处山。古处、姑苏音近，先辈借用。"

宿锄云亭与主人赋，复用前韵[1]

邻寺霜钟更打三[2]，声声响彻竹林南。
今宵短枕要同睡[3]，明日早梅期共探[4]。
未醉以前多俗虑，除诗之外绝常谈。
忽看山月移寒影，影到栏西一树柑。

闲堂曰：活泼泼地，大似诚斋。

❖ 注 释

[1] 锄云亭主人：姓名不详。

[2] 霜钟：指夜半下霜时的钟声。

[3] 要：同"邀"。

[4] 期：相约。

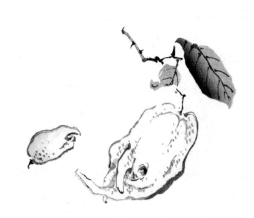

长谷允文

　　长谷允文(1810—1885),一作长允,字世文,号南梁,别号梅外,丰后(今大分县)人,有《梅外诗钞》。

秋　尽

> 断续沟流听欲无,转知寒意晚来殊。
> 秋兼木叶同时尽[1],山与诗人一样癯[2]。
> 风急飞云挟归鸟,霜清荒草带鸣狐。
> 西邻已寐东邻未,机杼声中灯影孤[3]。

闲堂曰:一气流转,格局亦整,合作也。
蜗叟曰:颔联属对,天趣浑成,自是高格。

❖ 注 释

[1] "秋兼"句:秋光与木叶同时俱尽。木叶:树叶。《楚辞·九歌·湘夫人》:"袅袅兮秋风,洞庭波兮木叶下。"

[2] 癯(qú):瘦。

[3] 机杼声:织布机声。《古诗十九首》:"纤纤擢素手,札札弄机杼。"

长崎杂咏 (选一首)[1]

> 几只唐船帆影开[2],雾罗云锦烂成堆[3]。

不知谁著新诗卷,却载吴山楚水来[4]。

闲堂曰：想见向往之情。

❖ 注 释

[1] 原三首,这里所选为第一首。

[2] 唐船:指中国来的商船。日本江户时代,一直采取锁国政策,严禁与海外交通,只有长崎对外开放,不时有唐船和西舶(荷兰船)来港。

[3] "雾罗"句:意思是轻罗云锦之类的纺织品灿烂成堆。

[4] "不知"二句:不知谁人的新诗篇,带来了吴山楚水的千姿百态。新诗卷:指唐船带来的中国诗人的新作品。吴山楚水:泛指长江中下游以南的山山水水。

客中论诗,偶有怀故人,示儿茭[1],在天草[2]

作文忌虚构,虽美等玩具[3]。

赋诗主形似,剪彩而泥塑[4]。

不用下流沿[5],直须本源溯[6]。

郁郁三百篇[7],振古难再遇[8]。

悠然陶彭泽[9],绝景而独步[10]。

《国风》以后人[11],汉魏殆不如。

李杜万丈光[12],韩公相驰骛[13]。

东坡百世师[14],山谷相倾慕[15]。

右丞与苏州[16],霭霭如春煦[17]。

柳州殊凛然[18],亦得陶妙悟[19]。

香山及放翁[20],平稳多奇趣。

青邱及渔洋[21],后世之翘楚[22]。

举头望诸公,茫如隔云雾。

咳唾成珠玉[23],缤纷自天雨。

唐诗温而腴,余响言外露。

宋诗冷而瘦,隽味语中寓。

风会有升降[24],性情无牴牾。

譬如春与秋,止竟天有数。

昔我莒公时[25],翕然推白傅[26]。

有时伤浅俗,取断于邻妪[27];

至其天然妙,在世亦无敌[28]。

物子一唱明[29],尔来生好恶;

好者如婵娟,恶者如泥淤。

唯是七子诗[30],汲汲摹拟务。

毋乃优孟冠[31],欲使看者误。

今时盛推宋,范杨人争附[32]。

琐琐事咏物,无以存讽谕。

每惜三者失[33],诗终分歧路。

要之天下公,无遣一偏赴[34]。

登高放远目,万象共森布。

著眼古之人,免被流俗污。

裁句贵俊峭,押韵要牢固。

恍如游仙境,森如入武库[35]。

如剑斩长蛇,如犬逐毚兔[36]。

不为蚓声咽[37],休作蛙鼓怒[38]。

雕巧存斧凿,浑成在熔铸。

文章欠自然,性命戕天付[39]。

浩浩多寿人,与物不相忤[40]。

我久倦栖栖,北行更南渡。

片梦失邯郸[41],万危经滟滪[42]。

肌冷月穿衣,足寒霜入屦。

子夏空索居[43],渊明未归去[44]。

吟声似饥鸢[45],佳句无神助[46]。

异乡谁论心,空想平生故[47]:

村树一片青,中城在何处[48]!

书楼来远帆[49],村庄隐绿芋[50]。

缥缈知雨园[51],阴沉月限树[52]。

佛山诗中佛,妙不在字句[53]。

梅西舍淡淡,不是《美人赋》[54]。

真率村生风[55],清远岛郎度[56]。

伯起翩翩才[57],伯扬欲相妒[58]。

余外几故人,落花复飞絮[59]。

拭泪倒吾指[60],历历三尺墓。

谁为后进者,应使天葩吐[61]。

为官戒贪婪,味道宜餍饫[62]。

人固有知言[63],我岂无愚虑[64]。

一箴告阿儿[65],聊以当面晤。

怅然倚小轩,鹭鸣斜阳暮。

闲堂曰:纵论华夏诗歌源流正变,是非得失,如史官之记事,老吏之判牍,信乎其诗学之深也。后幅写索居寡欢,缅怀良友,而图绘风物,情景兼备,非胸无丘壑者所能为。

蜗叟曰:诗忌情伪,不尚形似,要当言之有物,质充于内,斯为可贵。此篇纵论中日诗坛得失,畅抒所见,有笔致淋漓之快。

❖ 注释

[1] 儿芠：作者的儿子长芠，字三洲，能诗，有《三洲诗草》。芠：古文"光"字。

[2] 天草：地名，在日本长崎县。

[3] 等玩具：等同于玩具。

[4] "赋诗"二句：作诗若一味追求形似，那就只能是剪彩、泥塑，全无生气。苏轼《书鄢陵王主簿所画折枝》："论画以形似，见与儿童邻。赋诗必此诗，定非知诗人。诗画本一律，天工与清新。"

[5] 下流沿：沿流而下。

[6] 本源溯：溯源探本。

[7] "郁郁"句：文采斐然的《诗经》三百篇。郁郁：形容文采繁盛。《论语·八佾》："郁郁乎文哉！"

[8] 振古：自古。

[9] 陶彭泽：陶渊明。

[10] "绝景"句：意思是犹如良马，独一无二。绝景：良马名。景，同"影"。王融《三月三日曲水诗序》："绝景遗风之骑。"

[11] 《国风》：《诗经》的主要组成部分，所收多为周代民歌。

[12] "李杜"句：韩愈《调张籍》："李杜文章在，光焰万丈长。"李杜：李白、杜甫。

[13] "韩公"句：意思是韩愈紧紧相追。驰骛：奔跑趋赴。

[14] "东坡"句：苏轼可为百代宗师。苏轼号东坡居士。百世师：苏轼《潮州韩文公庙碑》："匹夫而为百世师，一言而为天下法。"

[15] 山谷：黄庭坚，字山谷。

[16] 右丞：王维，曾任右丞。苏州：韦应物，曾任苏州刺史。

[17] "霭霭"句：意思是王维与韦应物的诗犹如春天温暖的阳光。霭霭(ǎi)：原指云气很盛。这里指春光充溢。

[18] "柳州"句：柳宗元的诗歌特别令人感到一股清冷之气。柳州：柳宗元，曾任柳州刺史。

[19] "亦得"句：意思是柳宗元亦得到陶渊明的妙悟。妙悟：敏慧善悟，透彻地明白事理。严羽《沧浪诗话》："禅道惟在妙悟，诗道亦在妙悟。"

[20] 香山：白居易，号香山居士。放翁：陆游，号放翁。

[21] 青邱：明代诗人高启，自号青邱子。渔洋：清代诗人王士禛，别号渔洋山人。

[22] 翘楚：意为杰出人物。原指长得高大的树木。《诗经·周南·汉广》："翘翘

错薪,言刈其楚。"

[23] "咳唾"句:意思是上述诸位诗人都写出了好诗。咳唾:喻言辞。这里指诗篇。珠玉:喻珍贵。

[24] 风会:指诗坛风气。

[25] 菅公:指日本平安时代最著名的汉诗人菅原道真。

[26] "翕然"句:一致推崇白居易。翕(xī)然:一致地。白傅:白居易,曾授太子少傅。

[27] "有时"二句:意思是白居易老妪能解的诗篇有时过于通俗了。伤:过甚。取断于邻妪,宋代释惠洪《冷斋夜话》:"白乐天每作诗,令一老妪解之。问曰:'解否?'妪曰解则录之,不解则又易之。"

[28] 无敦(dù):即无度,无限量。敦:同"度"。张衡《思玄赋》:"惟盘逸之无敦兮,惧乐往而哀来。"

[29] "物子"句:物双松仿效明代七子而提倡盛唐诗。荻生双松,本姓物部,亦作物双松,号徂徕,称物徂徕。

[30] 七子诗:明代弘治、正德年间,李梦阳、何景明、徐祯卿、边贡、康海、王九思、王廷相,称"前七子"。嘉靖、万历年间,李攀龙、谢榛、梁有誉、宗臣、王世贞、徐中行、吴国伦,称"后七子"。他们主张"文必西汉,诗必盛唐",专事模拟。

[31] 优孟冠:即优孟衣冠。意为像登场演戏一样,模仿做作。《史记·滑稽列传》载,楚相孙叔敖死,其子贫困,艺人优孟,穿着孙叔敖衣冠,模仿他的神态,往楚庄王前为寿。王以为孙叔敖复生,优孟乘机讽谏。王感悟,封孙叔敖儿子于寝丘。

[32] 范杨:指宋代著名诗人范成大和杨万里。

[33] 三者:指上面所说模拟、崇宋、咏物。

[34] "无遣"句:意思是不要偏向一边。

[35] "恍如"二句:诗的意境应当飘忽如游仙界,诗的格调应当森严如入武库。

[36] "如犬"句:《诗经·小雅·巧言》:"跃跃毚兔,遇犬获之。"毚(chán)兔:狡兔。

[37] 蚓声:古人传言蚯蚓夏夜能鸣,是为蚓声。《抱朴子·博喻》:"鳖无耳而善闻,蚓无口而扬声。"

[38] 蛙鼓:蛙鸣之声。《南齐书·孔稚珪传》:孔稚珪门庭之内,草莱不翦,中有蛙鸣,孔对人谓之"两部鼓吹"。鼓吹:乐队。

[39] "文章"二句：诗文写得不自然，就先摧残了天然生命。戕(qiāng)：残害。

[40] "浩浩"二句：心胸宽广的长寿之人，与人不相触犯。忤物：与人不合。李翱《答皇甫湜书》："言无所益，众亦未信，只足以招谤忤物。"

[41] "片梦"句：这里喻作客在外。唐代沈既济《枕中记》载，卢生在邯郸客店，昼寝入梦，历尽荣华富贵。梦醒，主人炊黄粱犹未熟。后以虚幻的片刻春梦称"邯郸梦"，或"黄粱梦"。

[42] "万危"句：历经险滩，千辛万苦。滟滪(yàn yù)：滟滪堆，位于瞿塘峡口，长江三峡中的著名险滩，今已炸去。

[43] "子夏"句：意思是自己像卜子夏那样孤独生活。子夏：卜商，字子夏，春秋时卫国人，孔子弟子，曾讲学于西河，儿子早卒，痛哭失明。事见《史记·仲尼弟子列传》。索居：《礼记·檀弓》："子夏曰：'吾离群索居，亦已久矣。'"

[44] "渊明"句：意思是自己像陶渊明一样尚未归隐。陶渊明曾赋《归去来兮辞》。

[45] 饥鸢：饿鹰。

[46] "佳句"句：意思是自己不能像谢灵运那样写出动人的诗句。用谢灵运梦中得"池塘生春草"句事。

[47] "空想"句：枉自想念平生旧友。以下历叙作者相知的日本诗人。

[48] "村树"二句：作者原注："广濑青村，一号中城。"广濑范，字世叔，号青村，又号中城，丰后(今大分县)人。

[49] "书楼"句：作者原注："恒远子达，著《远帆楼诗》。"

[50] "村庄"句：作者原注："刘君凤著《绿芋村庄诗》。"刘矞，字君凤，丰后人。

[51] "缥缈"句：作者原注："僧五岳，号知雨园。"僧岳，字五岳，号竹邨，丰后人，有《古竹邨舍诗》。

[52] "阴沉"句：作者原注："玉井元纯，号月隈。"

[53] "佛山"二句：作者原注："村上大有，著《佛山堂诗》。"村上刚，字大有，号佛山，有《佛山堂诗钞》。

[54] "梅西"二句：作者原注："佐野君朗，著《梅西舍诗》。"佐野宏，字君朗，号东庵，丰后人。《美人赋》：这里喻指艳丽之辞。唐代吕向曾作《美人赋》，讽天子"密采艳色"。白居易《上阳白发人》："君不见昔时吕向《美人赋》，又不见今日上阳宫人《白发歌》！"

[55] "真率"句：作者原注："村上孟端。"村上正，字子正，一字孟端，号性山，丹波

（兵库县）人。

[56] "清远"句：作者原注："辛岛春帆。"

[57] "伯起"句：作者原注："刘伯起。"

[58] "伯扬"句：作者原注："园田伯扬。"

[59] "落花"句：犹如落花飞絮，飘谢零落，指亡故。

[60] 倒吾指：屈指数去。

[61] 天葩（pā）：天然的美丽花朵，比喻秀美的文章和诗歌。韩愈《醉赠张秘书》："东野动惊俗，天葩吐奇芬。"

[62] "味道"句：意思是体会诗味妙理，应当尽量咀嚼吸收。餍饫（yàn yù）：饱足。

[63] 知言：有远见之言。

[64] 愚虑：愚者之虑。《史记·淮阴侯列传》："广武君曰：臣闻智者千虑，必有一失；愚者千虑，必有一得。"

[65] 一箴（zhēn）：一片箴言。箴：可作鉴戒的告诫之辞。

青山延昌

青山延昌(1811—1853),字仲卿,号松溪,水户(今茨城县)人,青山拙斋次子,后为佐藤中陵养子,因亦作佐藤延昌。诗见《埙篪小集》。

春日村行

远山云霁雨初收,竹外人家绕曲沟。

何事村童相唤急,风筝倒挂桔槔头[1]。

闲堂曰:亦诚斋体。

蜗叟曰:清新轻快,乡村生活如画。

✤注释

[1] 桔槔(jié gāo):古代汲水工具。将横木支在木柱上,一端以绳悬桶,另一端系重物,绳经过横木,上下运动,即可汲取井水。《庄子·天运》:"且子独不见夫桔槔者乎? 引之则俯,舍之则仰。"

佐久间启

佐久间启（1811—1864），字子明，号象山，信浓（今长野县）人，有《象山先生诗钞》。

泄泄八章[1]

我舰未牢，我壁未蠹[2]。
将者泄泄[3]，蛮方孔棘[4]。
舰之未牢，犹可治之；
壁之未蠹，犹可为之；
将者泄泄，云如之何[5]！
积薪如陵，火发于下[6]。
载笑载言，晏然以处[7]。
匪风飘扬，匪澜澎湃[8]。
念彼神京，寱叹有忾[9]。
忧思如毁[10]，其谁知之。
悲愤如噎[11]，其谁思之！
人不我谅[12]，请勿复敢思；
人不我信[13]，请勿复敢悲。
虽欲无思，与君为体[14]；
虽欲无悲，与国为系[15]。
夏夜之短，耿耿如年[16]。

摽撆不寐[17]，泣涕涟涟[18]。

闲堂曰：偶为四言，彪炳可玩。其中有物，虽多用三百篇成语，亦无害也。

❖ 注 释

[1] 1853 年(嘉永六年)，日美签订亲善条约后，引起政局动荡。独裁的幕府迅速
镇压反对派，于 1854 年(安政元年)将具有先进思想的吉田松阴以潜身外轮
渡海的罪名逮捕，他的老师佐久间启也牵连入狱。吉田松阴于 1858 年安政
大狱中牺牲。佐久间启则于 1862 年遇赦释放。他在狱中写了许多发抒忠愤
之情的诗篇。《泄泄八章》也是狱中所作。泄泄(yì yì)：犹沓沓，弛缓的样子。
这里是讥刺那些苟且随便、泄沓弛缓的将领，对外敌入侵，不思抵抗。《诗
经·大雅·板》："天之方蹶，无然泄泄。"

[2] "我壁"句：我们的防御工事还未筑好。壁：壁垒。矗(chù)：耸立。

[3] 将者：将领。

[4] "蛮方"句：意思是入侵的异族相逼甚急。自 1846 年到 1856 年间，英国、法
国、美国、俄国等，先后派出军舰，用大炮逼迫日本幕府签订不平等条约。孔
棘：很急。《诗经·小雅·采薇》："岂不日戒，狎狁孔棘。"

[5] 云如之何：又怎么办呢？《诗经·小雅·小弁》："心之忧矣，云如之何？"

[6] "积薪"二句：形容军情火急，国家危难，如同积薪火发一样。陵：山陵。贾谊
《陈政事疏》："夫抱火厝之积薪之下而寝其上，火未及燃，因谓之安，方今之
势，何以异此。"

[7] "载笑"二句：意思是主将谈笑风生，安然无事。载笑载言：边笑边谈。《诗
经·卫风·氓》："既见复关，载笑载言。"晏然：平静安逸的样子。

[8] "匪风"二句：意思是风起涛涌，形容局势风云变幻，紧急万分。匪：彼。《诗
经·桧风·匪风》："匪风发兮，匪车偈兮。"

[9] "念彼"二句：想起受到威胁的祖国京都，不禁日夜叹息。神京：指东京都。
忾(kài)：叹息。《诗经·曹风·下泉》："忾我寤叹，念彼周京。"

[10] 如毁(huǐ)：心里如同火烧一般。毁：烈火。《诗经·周南·汝坟》："鲂鱼赪
尾，王室如毁。"

[11] 如噎(yē)：喉咙如同堵住似的。噎：这里指气结。《诗经·王风·黍离》：
"行迈靡靡，中心如噎。"

[12] 人不我谅：即人不谅我，别人不理解我的内心之忧。

[13] 人不我信：即人不信我，别人不相信我的报国之志。

[14] 与君为体：与国君本属一体。

[15] 与国为系：与国家原为一系。系：系统。"为系"亦"为体"之意。

[16] "耿耿"句：心忧难寐，度夜如年。耿耿：心绪不宁的样子。《诗经·邶风·柏舟》："耿耿不寐，如有隐忧。"

[17] 摽擗(biào pǐ)：以手捶胸，极为痛心的样子。摽：击，捶打。擗：一作辟，把手抚在胸口上，表示心痛。《诗经·邶风·柏舟》："静言思之，寤辟有摽。"

[18] 泣涕涟涟：泪落不止。涕：泪。《诗经·卫风·氓》："不见复关，泣涕涟涟。"

穷　巷

穷巷守吾静[1]，小园思淡然[2]。
晚风穿竹细，晨露上荷圆。
鲸鳄横舟路[3]，烟尘暗日边[4]。
老夫衰无力，何以正坤乾[5]。

蜗叟曰：虽废居穷巷，亦不忘社稷安危，爱国之忧，庶几上攀少陵乎！
闲堂曰：以五、六承三、四，情境突变，具见炉锤之功。

❖ **注释**

[1] 穷巷：偏僻之巷。陶渊明《归园田居》之二："野外罕人事，穷巷寡轮鞅。"

[2] 淡然：内心淡泊，不羡富贵。

[3] "鲸鳄"句：比喻外敌横行。

[4] "烟尘"句：比喻京都危急。日边：犹言天边，指极远的地方。后来比喻京都附近或帝王左右。唐代高蟾《下第后上高侍郎》："天上碧桃和露种，日边红杏倚云栽。"

[5] 正坤乾：整顿乾坤，解除国难。

释 岳

释岳(1811—1893),字五岳,僧人。俗姓平野,名闻慧,别号古竹,丰后(今大分县)人,有《古竹村舍诗》。

戏赠卖虫人

教人顿有野边情,虫在笼中种种鸣[1]。
生计如君真不俗,长安市上卖秋声[2]。

闲堂曰:三、四句,宋人佳境。

✦ 注释
[1] 虫:指蝈蝈。
[2] 长安市上:长安街上。长安:指日本江户。

冈本迪

冈本迪（1811—1898），字吉甫，号黄石，近江（今滋贺县）人，有《黄石斋诗集》。

雪 意

水北云将雪，风声似卷潮。

空林无宿鸟，暮径有归樵。

衰鬓未全秃，壮心徒欲销。

比年三白少[1]，民物自难饶[2]。

蜗叟曰：前半信笔漫画欲雪景象，后半假频年少雪、民物不饶抒感。

❖注释

[1] "比年"句：近年来下雪很少。三白：指雪。苏轼《次韵王觌正言喜雪》："行当见三白，拜舞欢万岁。"

[2] 饶：丰足。

宇野义以

宇野义以(1813—1866)，字子方，号南村，美浓(今岐阜县)人。参加梁川星岩主持的玉池吟社，有《南村遗稿》。

葵 花

潇洒精神冷淡姿，黄冠敧侧翠衣垂[1]。
可怜向日心长在，不到夕阳人不知。

蜗叟曰：咏物见志，非徒尚形似者可比。
闲堂曰：次句暗用唐薛能《黄蜀葵》诗："记得玉人初病起，道家装束厌禳时。"

❖ 注释

[1] 黄冠敧侧：指葵花花盘随日光而移动倾斜。

月

中天悬玉镜，百里见毫芒。
万水各分影[1]，众星皆灭光。
江山无变革，人世有兴亡。
对月思千古，愈添感慨长。

闲堂曰：颔联的是惊人句，惜全篇不称。

蜗叟曰：前半正面写月，后半抒感。惜结处似平弱为不足耳。

✤ 注 释

[1] "万水"句：一轮月出，天下万水各自分照其影。

老 将

黄河不涸不生还[1]，誓斩楼兰靖朔边[2]。

马放山中知去路[3]，剑穿岩角出飞泉[4]。

身经大小百余战，节尽冰霜十九年[5]。

闻说长安新下诏，五侯一日贵薰天[6]。

闲堂曰：摩诘《老将行》之嗣响。

蜗叟曰：全诗流走直下，写足百战老将忠勇可风。结两句骤转，作感愤
　　　　不平之鸣，辞委婉而寄旨遥深。

✤ 注 释

[1] "黄河"句：意思是黄河不干，决不生还。表示驱敌出境的殊死决心。

[2] "誓斩"句：意思是誓必为国立功，消除边患。楼兰：这里比喻来犯之敌，原为
　　　汉代西域国名。《汉书·傅介子传》载，汉昭帝时，楼兰王屡次劫杀汉朝通西
　　　域的使者。元凤四年（前77年），傅介子设计杀楼兰王，改国名为鄯善，平靖
　　　了边患。李白《塞下曲》："愿将腰下剑，直为斩楼兰。"朔边：北方边境。

[3] "马放"句：比喻老将如识途老马，熟悉行军地形。《韩非子·说林》："管仲、
　　　隰朋从于桓公而伐孤竹，春往冬返，迷惑失道。管仲曰：'老马之智可用也。'
　　　乃放老马而随之，遂得道。"

[4] "剑穿"句：刺穿岩角，涌出飞泉。比喻老将的勇武虔诚。《后汉书·耿恭
　　　传》："闻昔贰师将军（即李广利）拔佩刀刺山，飞泉涌出。"

[5] "节尽"句：汉代使臣苏武，在匈奴十九年，雪地冰天，历尽艰辛，始终坚持汉

336

节。比喻老将忠于祖国,丹心不渝。苏武事迹见《汉书·苏武传》。

[6] "五侯"句:意思是那些显贵的暴发户,而今气焰薰天,不可一世;反衬战功卓著、为国辛劳的老将却备受冷落和排挤。五侯是指汉成帝于河平二年同日封其舅王谭等五人为侯。

小野长愿

小野长愿（1814—1910），字侗翁，原名卷，字舒公，号湖山，近江（今滋贺县）人。少壮时以教学自给，晚年名闻朝廷，为文学侍从之臣，旋辞归。诗负盛名，有《湖山楼诗稿》、《火后忆得诗》、《郑绘余意》、《北游剩稿》、《湖山近稿》、《莲塘唱和集》等。

登岳二首（选一首）[1]

　　癸卯七月六日[2]，夜宿岳顶石室中，早起观日浴东海，犹五更天也。天明，云海布地，与日光相映，实天下奇观，非凡笔所能记焉。

　　鹤驾鸾骖何所羡[3]，短筇支到白云边。
　　豪怀不觉地球大，放眼真知天体圆。
　　绝顶寒风无六月，阴厓积雪自千年[4]。
　　腰间我有一瓢酒，欲醉玉皇香案前[5]。

闲堂曰：颈联善状高寒之境。

蜗叟曰：是纵恣豪迈一派。

❖ 注释

[1] 这里所选为第一首。

[2] 癸卯：日本仁孝天皇天保十四年，1843 年。

[3] 鹤驾鸾骖：即驾鹤骖鸾，以仙鹤和鸾凤为坐骑，代指神仙。《列仙传》载，王子
乔"乘白鹤驻山头，望之不可到，举手谢时人，数日而去"。罗隐《送程尊师东
游有寄》："且凭鹤驾寻沧海，又恐犀轩过赤城。"鸾：凤凰之类的神鸟。李白
《梦游天姥吟留别》："虎鼓瑟兮鸾回车，仙之人兮列如麻。"

[4] 阴厓积雪：辛弃疾《贺新郎·用前韵送杜叔高》："千丈阴厓尘不到，惟有层冰
积雪，乍一见寒生毛发。"阴厓：北山坡。

[5] "欲醉"句：意思是飘飘欲仙。元稹《以州宅夸于乐天》："我是玉皇香案吏，谪
居犹得住蓬莱。"

郑绘余意（选三首）[1]

第一图，霖后田畴渺如大湖[2]

一望如大湖，津涯不可及[3]。
本是沃饶地，树艺宜五谷[4]。
沴气祸吾民[5]，淫霖几旬历[6]。
阴风翻浊浪[7]，暗惨无霁色[8]。
只恐耕桑徒，化为鱼鳖属[9]。
万家失生业[10]，相顾空叹息。
争得补天穿[11]，世无娲皇石[12]。

闲堂曰：蔼然仁者之言，白傅《秦中》之遗也。

蜗叟曰：以五古出之，风骨凛然。天灾之外，别寄深意，读者自可体
会之。

❖ 注释

[1] 日本画家山本琴谷画了二十二幅《流民图》，小野长愿为每幅画题诗一首，诗
画相配，集为一书。武富定保序云："虽未适指某岁荒饥，其实就天保（1830—
1843）、弘化（1844—1847）以降，屡有所经见感伤，赋之切于时事。"书后子暗

跋云:"诗作于幕吏虐政之时,故句句含愤闷之气矣。"宋代郑侠曾绘《流民图》。这里称山本琴谷所画为《郑绘余意》,是赞美他补充或发展了郑侠原作的题材和主题。

[2] 霖:久雨。《左传·隐公九年》:"凡雨,自三日以往为霖。"

[3] 津涯:水的边岸。

[4] 树艺:种植。《孟子·滕文公》:"后稷教民稼穑,树艺五谷。"五谷,泛指粮食作物。

[5] 沴(lì)气:灾害不祥之气。庾信《哀江南赋》:"况以沴气朝浮,妖精夜陨。"

[6] 淫霖:久雨。

[7] "阴风"句:范仲淹《岳阳楼记》:"阴风怒号,浊浪排空。"

[8] 霁(jì)色:雨止天晴的景象。

[9] 属:类。

[10] 生业:赖以为生的产业。《宋书·谢灵运传》:"灵运因父祖之资,生业甚厚。"

[11] 争得:怎得。天穿:犹言天漏,形容下雨之多。

[12] 娲(wā)皇石:女娲用来补天的石头。娲皇:女娲氏,传说中的古帝王,故称娲皇。《淮南子·览冥》:"女娲炼五色石以补苍天。"

第三图,苦旱祷雨

高田已焦土,低田龟兆坼^[1]。

数旬天不雨,井涸川亦竭。

粳稻尽枯萎^[2],人民亦槁瘠^[3]。

所恃唯有神,祷祀朝复夕^[4]。

徒见炎毒炽,未蒙一滴泽。

我意咎祝融^[5],何尔肆其虐^[6]。

人言衽席上,更有老旱魃^[7]。

❖ 注 释

[1] "低田"句:意思是低处的田已经干得像卜卦用的龟壳经火灼后显示卦象的

340

裂纹。龟兆：古代占卜时用火灼龟甲后所见的裂纹，巫师据此判断吉凶。坼
(chè)：裂开。王安石《寄杨德逢》："遥闻青秧底，复作龟兆坼。"

[2] 粳(jīng)稻：米质较好的一种稻。

[3] 槁(gǎo)瘠：憔悴瘦弱。

[4] 祷祀：这里指祭神求雨的仪式。

[5] 祝融：传说中的火神。《吕氏春秋·四月》注："祝融，颛顼氏后"，"为高辛氏
火正，死为火官之神。"

[6] "何尔"句：意思是为何如此恣行暴虐。肆：放纵无忌。虐：暴虐，残害行为。
《尚书·泰誓》："淫酗肆虐。"

[7] "人言"二句：暗指害民的贪官污吏。袵席：坐席。旱魃(bá)：旧时谓能造成
旱灾的神。《诗经·大雅·云汉》："旱魃为虐，如惔如焚。"据《神异经·南荒
经》："南方有人，长二三尺，袒身，而目在顶上，走行如风，名曰魃，所见之国大
旱，赤地千里，一名旱母。"

第五图，驱蝗

食根谓之蟊，食节谓之贼[1]。

有螣又有螽[2]，要皆蝗之属[3]。

驱蝗或捕蝗，各地因旧俗。

钟鼓响郊野，灯炬光赫赫[4]。

有似儿童戏，安知惨心极。

我闻蝗之生，原由吏贪黩[5]。

吏胥觍无惭[6]，苍生被其毒。

所以仁贤主，选能任其职。

❖ 注 释

[1] "食根"二句：《诗经·小雅·大田》："去其螟螣，及其蟊贼。"《毛传》："食心
曰螟，食叶曰螣，食根曰蟊，食节曰贼。"

[2] 螽(zhōng)：一种昆虫，与蝗虫同类。

[3]"要皆"句：意思是螟、贼、蟘、蟊，总之都是蝗虫一类。

[4]赫赫：形容盛大明亮。《诗经·大雅·常武》："赫赫明明。"

[5]贪黩(dú)：贪污纳贿。

[6]觍(tiǎn)无惭：毫无羞惭之色。觍：羞惭的样子。

徂徕先生墓[1]

秋风萧飒旧坟茔，灯火禅林无限情[2]。

豪气当年空盖世，清时何意好论兵[3]。

非朱非陆一家学[4]，维武维文千古名。

今日人才寥阒甚[5]，转教后进慕先生。

闲堂曰：可作徂徕传赞读。中四涵盖此老生平，非泛泛也。

♣ 注 释

[1] 徂徕：日本著名汉学家荻生双松，号徂徕，卒于1728年。

[2] 禅林：佛教寺院。寺院多建于山林之地，故称禅林。徂徕墓在佛寺中。

[3] 好论兵：荻生徂徕博学多知，除经学、文学外，还有政治、经济、军事方面的著作，深受幕府德川纲吉将军的信赖。论兵：李商隐《城上》："贾生游刃极，作赋又论兵。"

[4] "非朱"句：意思是徂徕先生既非朱熹一派，又非陆九渊派，而是自成一家。朱、陆均是南宋理学家，但持论不同。朱重道问学，陆重德尊性；朱好注经，陆谓《六经》皆我注脚。朱主张"理在气先"，陆认为"心即是理"，只须切己自反，理即自然而明。徂徕前半拥护程朱，后半主张复古，倾向明代后七子的古文辞学；在经学方面提倡以古言解古言，以古书解古书，反对局促于若干传注师传之经学。为此，他写了《辨道》、《辨名》、《徂徕先生答问书》、《徂徕学则》以及《论语徵》、《大学解》、《中庸解》等一系列著作。

[5] 寥阒(qù)：空虚、稀少。阒：寂静。

锅岛直正

　　锅岛直正(1814—1871),原名齐正,号闲叟,佐贺藩主,维新后任上院议长,兼任北海道开拓督务,善诗文。

听　雨

汤沸竹炉铛自鸣[1],清风一碗足消酲[2]。
病来久闭看花眼,夜卧小楼听雨声。

闲堂曰:功名之士,亦复有此闲逸之篇,可喜。

❖ 注释

[1] 汤沸竹炉:杜小山《寒夜》:"寒夜客来茶当酒,竹炉汤沸火初红。"铛:这里指茶炊、铫子。原为有足的釜,可煮食物。
[2] "清风"句:意思是一杯新茶可以消除醉意。酲(chéng):酒醉。卢仝《走笔谢孟谏议寄新茶》:"唯觉两腋习习清风生。"

山田信

山田信（1815—1875），字义卿，一字修敬，号翠雨，摄津（今大阪府）人，有《丹生樵歌》。

九月二日夜耿然不寐枕上口占

百计求眠眠得迟，荒园秋老草虫哀。
檐铃无响知风死，窗树有声闻雨来。
一穗灯花生复坠，万端愁绪结还开。
四邻人定更筹静[1]，起展韩文诵几回[2]。

闲堂曰：三句"死"字炼。本师胡翔冬先生亦有"松密月如死"之句，可比美也。

✦ 注 释
[1] 更筹静：意指夜静无声。更筹：古代夜间计时报更的竹牌。亦名"更签"。
[2] 韩文：指韩愈的文章。

十一月望[1]

山斋严夜冷，枯坐对幽釭[2]。
圆月嵌荒壁[3]，尖风钻破窗。
空林啼宿鸟，深巷吠惊龙[4]。

此际皆诗料，寒哦暖酒缸[5]。

蜗叟曰："圆月嵌荒壁，尖风钻破窗"，"嵌"、"钻"字炼。搜索锻铸，近贾
　　长江一派。结联嫌平弱。

❧ **注 释**

[1] 望：月圆之时，指农历每月十五日。刘熙《释名·释天》："望，月满之名也。
　　月大十六日，小十五日，日在东，月在西，遥相望也。"
[2] 幽釭(gāng)：暗淡的孤灯。釭：灯。
[3] "圆月"句：屋宇残破，可以透见那上空的月亮，就像镶嵌在墙壁断缺处一样。
[4] 惊尨(máng)：受惊的狗。尨：原为长毛犬，这里泛指狗。《诗经·召南·野
　　有死麕》："无使尨也吠。"
[5] "寒哦"句：意思是吟哦清冷，暖酒消寒。哦：吟唱。梅尧臣《招隐堂寄题乐郎
　　中》："日哦招隐诗，日诵归田赋。"这里指诗人自己作诗。

山田亥吉

山田亥吉(1816—1881),号梅村,又号小田园主人,高松(今香川县)人。有《吾爱吾庐诗》。

盐江山中杂诗（选一首）[1]

独摩倦眼望农郊,残日轻阴淡欲交[2]。
樵父柴担藤蔓束[3],村童田馌竹皮包[4]。
好诗只是偶然得,尘念已从闲处抛。
多谢邻翁何厚意,斸来晚笋助山庖[5]。

蜗叟曰：随意吟来,全无做作。

❖ 注 释

[1] 原四首,这里所选为第四首。盐江：地名,在日本香川县香川郡。

[2] "残日"句：夕照的余晖与轻云的阴影差不多交融叠合一起。

[3] 樵父：打柴的人,犹樵人,樵客。

[4] "村童"句：村童送往田头的饭用笋壳包着。田馌(yè)：送饭给田间耕者。
馌：馈送食物。《诗经·豳风·七月》："同我妇子,馌彼南亩。"竹皮：笋壳。

[5] "斸来"句：挖来竹笋以助山家之炊。斸(zhú)：掘取。

晚　眺

晚霁开佳眺[1]，寒烟渺欲迷。

斜阳枫寺外，流水竹庄西。

归客与风急[2]，远山兼雁低[3]。

闲行皆熟路，即目亦新题[4]。

蜗叟曰：颔联技法格调嫌熟，结得却轻巧清新，有诗兴无穷之致。

闲堂曰："远山兼雁低"，佳句也。而对之以"归客与风急"，乃大不称。
故昔人作律诗，谓当如求玉合子，有盖必有底，应徐徐求索，乃
可得之。"句好无强对"，岂不信哉！

♣ **注 释**

[1] "晚霁"句：意思是晚晴天色，正好纵目眺望。

[2] "归客"句：意思是归心似箭。归客与风比速，在寒风中奔波赶路。

[3] "远山"句：一带远山，衬托着低飞的雁群。

[4] "闲行"二句：闲行熟路之中，即目所见，无不是新鲜的诗材。

小原宽

　　小原宽（1817—1872），一作小原忠宽，字栗卿，号铁心，美浓（今岐阜县）人，有《铁心遗稿》。

越溪观枫七首（选一首）[1]

涧底水清泠，呼杯坐石上[2]。
枫崖高千寻[3]，展成锦屏障。
洞中日夕起狂风，落红涨天天亦红[4]。

闲堂曰：促节短章，亦复自有韵致。末句写枫之落叶，别开生面，他家未
　　　尝及此。

✦ 注 释

[1] 这里所选为第七首。越溪：地名，该地以枫叶著称。冈本迪也有《越溪观
　　枫》，称"越溪霜叶天下绝"。
[2] "呼杯"句：即流觞曲水。王羲之《兰亭集序》："又有清流激湍，映带左右，引
　　以为流觞曲水，列坐其次。"
[3] "枫崖"句：长满枫树的山崖高达千丈。千寻：形容崖高。
[4] 落红：这里指随风飘舞的枫叶。

戊午八月暴疫炽行,都下死者殆过十万,慨然作二绝句 (选一首)[1]

夷入都门彗星见[2],死亡十万是何灾。
当年鏖虏神风力[3],不扫斯民流毒来[4]。

❖ 注释

[1] 这里所选为第一首。戊午:日本孝明天皇安政五年,1858 年。当时的执政者
井伊直弼实行恐怖政治,称为"安政大狱",人们惶惶不安。八月,疫病流行,
是霍乱。据斋藤月岑《武江年表》:"自八月朔到九月末,都下男女以此病殁
者,凡二万八千余人。"这里说"死者殆过十万",恐为夸大之词。都下:江户,
今东京都。

[2] "夷入"句:夷:指当时入侵的西方列强。彗星:亦称孛星,俗名扫帚星,古人
认为它的出现是灾祸临头的预兆。

[3] "当年"句:1281 年(元代至元十八年,日本弘安四年),元世祖忽必烈命范文
虎率十万大军远侵日本。后来军中疫病流行,士气低落。八月一日,飓风大
作,元军船只被海浪卷起,互相撞击沉没,脱走归还的士兵仅十之二三,侵日
战争宣告失败。鏖虏:与敌人激烈的战斗。神风:指这次战争中使元军失败
的飓风。

[4] "不扫"句:意思是当年的神风呵,为什么不来解救百姓的危难。斯民:此民,
这些百姓。流毒:指到处传播的瘟疫。

与舁夫 [1]

风雪涨,断猿哀,百折坂路掠面来[2]。
舁吾舆者将何物,一步一喘殆欲绝。
我夫人也何无情[3],安坐舆中鼾睡行。
有若郡吏习为弊,坐视穷民毙逋税[4]。

悚然下舆谢且言[5]:"舁夫舁夫汝亦人。"

蜗叟曰:同情舁夫,下舆责躬,庶几"安得广厦"之比乎?小原氏洵古所谓仁者矣。

✤ **注 释**

[1] 舁(yú)夫:轿夫。舁:抬。

[2] 百折坂路:盘旋纡曲的山路。坂:斜坡。

[3] 夫(fú):语助词,无实义。

[4] "有若"二句:意思是我安坐轿中,犹如官吏积习干坏事,坐看穷苦百姓因拖欠租税而被官府追逼而死。逋税:拖欠税款。

[5] 悚(sǒng)然:惊惧的样子。

正墙薰

正墙薰（1818—1876），字朝华，号适处，鸟取（今鸟取县）人，诗画精巧，文辞隽美，有《研志堂诗钞》。

寄家书

十年客路尚迟留，蓬鬓霜寒易感秋。

自恐老亲劳瑷𫘤[1]，乡书不敢写蝇头[2]。

闲堂曰：极见性情之厚，可谓善养者也。

蜗叟曰：客路感秋。拈琐琐细节而体贴思亲之情毕见。

❖ 注 释

[1] 瑷𫘤（ài dài）：眼镜。陆凤藻《小知录》："瑷𫘤，眼镜也。《洞天清录》载：瑷𫘤，老人不辨细书，以此掩目则明。"

[2] 乡书：指家信。王湾《次北固山下》："乡书何处达，归雁洛阳边。"蝇头：小楷。陆游《读书》之二："灯前目力虽非旧，犹得蝇头二万言。"陆游自注："时方读小本《通鉴》。"

大沼厚

大沼厚（1818—1891），字子寿，号枕山，别号熙堂，江户（今东京都）人，为下谷吟社盟主，有《房山集》、《咏物诗集句抄》、《枕山集》。

岁晚杂感二首（选一首）[1]

功名博得一闲眼[2]，范釜生尘亦偶然[3]。
毳衲蒲团仍故我[4]，梅花雪片又新年。
只销杯里忘忧物[5]，敢乞人间造孽钱[6]？
自笑身谋迂阔甚，欲将破砚当良田。

闲堂曰：颔联流美。虽若不用力，亦不陷于滑率，此所以可贵也。

❖ **注 释**

[1] 这里所选为第二首。

[2] "功名"句：意思是功名一世无成，今惟世人冷眼相对。闲眼：冷眼的意思，改冷为闲，以调平仄。

[3] "范釜"句：意思是范冉不做官，穷困之极，依旧受到人们的赞扬，那是偶然的情况。范釜生尘：《后汉书·独行列传》：范冉字史云，"好违时绝俗，为激诡之行"，"桓帝时，以冉为莱芜长，遭母忧，不到官"。其后，"乃结草室而居焉。所止单陋，有时绝粒，穷居自若，言貌无改，闾里歌之曰：'甑中生尘范史云，釜中生鱼范莱芜。'"釜：炊具。生尘、生鱼：意为断炊已久。

[4] 毳（cuì）衲：粗毛织物制成的衣服，即毳褐，为贫者所衣。范成大《积雨作寒》："熨帖重寻毳衲，补苴尽护纸窗。"

[5] "只销"句：意思是仅仅喝点酒罢了。销：耗。忘忧物：酒。曹操《短歌行》："何以解忧,唯有杜康。"杜康：酒的别名。

[6] 造孽钱：做坏事得来的钱。造孽：本作"造业"。佛教以前世之恶因为今生之障碍者,谓之业障,俗作孽障,做恶事为造孽。唐寅《言志》："不炼金丹不坐禅,不为商贾不耕田;闲来写就青山卖,不使人间造孽钱。"

送梁星岩翁西归[1]

鱼知潜伏鸟知还,莫怪高人恋故关[2]。
巢父佯狂将入海[3],浩然本意在归山[4]。
音容一别暮云外,唱和十年春梦间[5]。
明日桥头分手处,雨痕泪点满襟斑。

闲堂曰：有挥洒自如之致。

❖ 注 释

[1] 梁星岩：即梁川星岩。西归：回故乡岐阜县。

[2] "鱼知"二句：陶渊明《归园田居》："羁鸟恋旧林,池鱼思故渊。"以比喻离开尘网,回归田园。高人：超于世俗之人,多指隐士。故关：故乡。

[3] "巢父"句：以孔巢父喻梁星岩。孔巢父,《旧唐书·孔巢父传》：少时与韩准、裴政、李白、张叔明、陶沔隐居徂徕山,时称"竹溪六逸"。杜甫《送孔巢父谢病归游江东兼呈李白》："巢父掉头不肯住,东将入海随烟雾。诗卷长留天地间,钓竿欲拂珊瑚树。"

[4] "浩然"句：又以孟浩然喻梁星岩。孟浩然,一生未仕,过着隐居生活。

[5] "唱和"句：意思是相聚十年,互相唱和的情景,只能在梦中再现。

冬日杂诗

风响振堂阴[1]，寒威透窗孔。
曲身藤络蛇，薄被茧包蛹[2]。
檐日已流丹[3]，砌霜犹泼汞[4]。
早梅开几花，衾枕香浮动。

闲堂曰：能用韵，体物亦工。三、四句，可与孟东野"暖得曲身成直身"
比美。

❖ 注释

[1] 堂阴：犹言"堂北"或"堂背"。
[2] "曲身"二句：写出卧床畏寒之状。
[3] "檐日"句：意思是檐头红日已经洒下一片阳光。
[4] "砌霜"句：阶上浓霜犹如水银一般。砌：台阶。汞：水银。

东台看花杂咏四首（选一首）[1]

半天乔木已空枝，矮树仍能弄艳姿[2]。
气魄旋消华彩在，晚开花似晚唐诗。

蜗叟曰：气魄已消，华彩徒存，晚唐诗大体如此，时势然也。
闲堂曰：苍虬翁诗云："为爱冬郎绝妙词，平生不薄晚唐诗。"又是一转语
也。韩偓诗直是好。

❖ 注释

[1] 这里所选为第四首。东台：忍冈，今东京上野。
[2] 艳姿：艳丽的姿色。

岁晚书怀

门冷如冰岁暮天，衡茅林麓锁寒烟[1]。

床头日历无多日，镜里春风又一年。

技拙未成求舍计[2]，家贫只用卖文钱[3]。

闲来拣取新诗句，市酒犹能祭浪仙[4]。

蜗叟曰：诗境清冷，风度萧散。

闲堂曰：颔联尤极开合动荡之致，佳句也。

❖ **注 释**

[1] 衡茅：简陋的茅舍。林麓：长满树木的山坡。

[2] "技拙"句：意思是没有本事，未能置备私产。求舍：求田问舍，购置产业。辛
　　弃疾《水龙吟·登建康赏心亭》："求田问舍，怕应羞见，刘郎才气。"刘郎指
　　刘备。

[3] 卖文钱：卖文所得之钱。杜甫《闻斛斯六官未归》："本卖文为活，翻令室
　　倒悬。"

[4] "市酒"句：意思是还能像贾岛那样，买酒祭诗。浪仙：唐代诗人贾岛，字阆
　　仙，一作浪仙。旧题冯贽《云仙杂记》引《金门岁节》载：贾岛尝以岁除取一岁
　　中所得诗，祭以酒脯，曰："劳吾精神，以是补之。"宋代戴复古《壬寅除夜》：
　　"杜陵分岁了，贾岛祭诗忙。"

森鲁直

森鲁直(1819—1889),字希黄,号春涛,尾张(今爱知县)人,茉莉吟社盟主,为当时诗坛重镇,有《春涛诗钞》。

春雨中读书于桶间村相羽子辰家[1]

古垒云荒惨不开[2],残碑近在乱峰堆[3]。
夜深休读英雄传[4],雨逼山窗鬼哭来[5]。

闲堂曰:抵得一篇《吊古战场文》,所谓以少胜多也。
蜗叟曰:气氛阴森,近昌谷一派。

❖ 注 释

[1] 桶间村:地名,在今爱知县松町桶狭间。日本战国时代末期武将织田信长(1534—1582)曾于1560年在其地击杀豪强今川义元,并立碑记功。1568年,信长拥足利义昭入京都,再兴幕府。1573年,驱逐义昭,推翻室町幕府。1576年在近江筑安土城,遣丰臣秀吉攻毛利氏,统一了大半国土。后来,织田被部将明智光秀刺死。此诗暗咏其事。相羽子辰:人名,生平不详。

[2] 古垒云荒:形容古垒荒山、愁云凝积的气氛。李贺《开愁歌》:"壶中唤天云不开,白昼万里闲凄迷。"

[3] 残碑:指残存的织田信长杀今川义元的记功碑。

[4] 英雄传:汉末王粲有《英雄记》,唐代雍陶有《英雄传》。这里是泛指。

[5] "雨逼"句:意思是雨打山村窗户,犹如鬼哭传来。杜甫《兵车行》:"新鬼烦冤旧鬼哭,天阴雨湿声啾啾。"

风 怀

风怀未废才人笔[1]，血性将赓壮士歌[2]。
笑比柴桑陶靖节[3]，赋闲情了咏荆轲[4]。

闲堂曰：此鲁迅论陶之先驱。所谓"倘有取舍，即非全人"也。春涛自比
　　　靖节，想见此老兴复不浅。

❖ 注 释

[1] 风怀：犹风情，指男女间相爱慕的情怀。清代朱彝尊有《风怀诗二百韵》。
[2] 血性：刚强正直的性格。赓：接续。
[3] 陶靖节：陶渊明。他是柴桑人。
[4] "赋闲情"句：陶渊明有《闲情赋》，表示深挚的爱情："愿在衣而为领，承华首
　　之余芳。""愿在莞而为席，安弱体于三秋。""愿在丝而为履，附素足以周旋。"
　　他又有《咏荆轲》，歌颂荆轲刺秦王的壮举，"其人虽已没，千载有余情"。《闲
　　情赋》属风怀诗，《咏荆轲》属壮士歌。

岐阜竹枝二首（选一首）[1]

环郭皆山紫翠堆[2]，夕阳人倚好楼台。
香鱼欲上桃花落[3]，三十六湾春水来[4]。

闲堂曰：风致独绝，令人想见夕阳中倚好楼台者，亦必佳人也。

❖ 注 释

[1] 这里所选为第一首。岐阜：今日本岐阜市。竹枝：唐代民歌的一体，形式为
　　七言绝句。
[2] 环郭皆山：岐阜市周围多山。欧阳修《醉翁亭记》："环滁皆山也。"郭：外城。

紫翠堆：形容山色美好。元代郑洪诗句："雨中日脚青红晕，雾里山容紫翠堆。"

[3]"香鱼"句：意思是桃花飘落，鱼儿唼喋。香鱼：鱼名，肉质鲜美，有香味，故名。

[4]三十六湾：形容水流曲曲。李白《忆旧游寄谯郡元参军》："相随迢迢访仙城，三十六曲水回萦。一溪初入千花明，万壑度尽松风声。"

蟹江城址[1]

儿女踏青裙屐香[2]，不知今昔有兴亡。
夜来微雨生春水[3]，木末轻帆送夕阳。
耕耨地开残镞出[4]，英雄事去古城荒[5]。
落花风里催罗绮，又上当年旧战场。

闲堂曰： 首尾衔接甚妙，裙屐即罗绮也。

蜗叟曰： "夜来微雨生春水"，"生"字有不知不觉间涨水之意。此与谢康乐"池塘生春草"、张水部"渡口过新雨，夜来生白蘋"之"生"同其妙用，即李怀民谓为"元化"者是。

❖ 注 释

[1] 蟹江：今爱知县蟹江町。日本战国时代，将军织田信雄在此筑蟹江城扼守，战争不绝。城址：指蟹江城废城旧址。

[2]"儿女"句：意思是年轻的男女在春天到郊外游览。踏青：指春日郊游。苏辙《记岁首乡俗寄子瞻诗》之一《踏青》："江上冰消岸草青，三三五五踏青行。"踏青日期一般在清明节。裙屐：指男女衣着。屐：木屐。

[3]"夜来"句：《三国志·吴书·吴主传》注引《吴历》：曹操军出濡须，孙权为笺与操云："春水方生，公宜速去。"苏舜钦《初晴游沧浪亭》："夜雨连明春水生，娇云浓暖弄微晴。"

[4]"耕耨"句：意思是耕地时常常发现残破的箭头。耨(nòu)：除草。镞：箭头。

[5] 英雄事：指曾为统一日本出力的织田信雄。

秋晚出游

三四五里路，六七八家村。

西有秋水涧，东有夕阳山。

来自黄叶里，身立白云间。

去自白云里，路出黄叶前。

捕鱼谁家子，黄叶纷满船。

负薪何处叟，白云随在肩。

相视忽相失，古林生夕烟。

闲堂曰：重叠回环，自具意致，歌谣之遗也。然偶一为之则可，属见则耽于文字游戏矣。

青山延寿

青山延寿(1820—1906),字季卿,号铁枪斋,青山拙斋第四子,水户(今茨城县)人,诗见《埙篪小集》。

笋

龙孙吾所爱[1],当夏忽成列。

看守如养儿,缮篱御草窃[2]。

谁知一寸萌,已有干霄质[3]。

不忍为烹煮,日日相摧折。

难奈卓荦性[4],不肯拘小节。

纵横四走鞭[5],破土日坟裂[6]。

小径与菜圃,为汝所凌蔑[7]。

径以适我游,菜以侑我啜[8]。

若无径与菜,何以养吾拙[9]。

为是持横锹,对彼亦中辍[10]。

殷勤思生路[11],中心为郁结。

二物不并立[12],穿劂岂所悦[13]。

汝固无活理[14],休罪吾饕餮[15]。

自今安汝分[16],慎勿事侵轶[17]。

闲堂曰:寓哲理于日常生活之中,而仍生动滑稽可喜,入宋贤之室矣。

蜗叟曰:别辟蹊径,不谐众作,特不知于长吉《昌谷北园新笋》"家泉石眼两三茎"章持何设想耳？

❖ 注 释

[1] 龙孙：笋的别名。梅尧臣《韩持国遗洛笋》："龙孙春吐一尺芽，紫锦包玉离泥沙。"

[2] "缮篱"句：修缮篱笆以防御盗窃。草窃：草野盗贼。《尚书·微子》："殷罔不小大，好草窃奸宄。"《传》："草野窃盗又为奸宄于内外。"

[3] 干霄质：上干云霄的势头。干：冲。

[4] "难奈"句：无奈竹笋生性特别。卓荦(luò)：奇特不凡。杨修《答临淄侯笺》："圣贤卓荦，固所以殊绝凡庸也。"

[5] "纵横"句：竹根向四面八方伸出鞭茎。鞭：竹根。

[6] 坟裂：使地面突起而后又裂开。苏轼《和子由记园中草木》之七："绕砌忽坟裂，走鞭瘦玲玎。"

[7] 凌蔑：糟蹋、作践。

[8] "菜以"句：蔬菜是给我作下酒菜的。侑(yòu)：劝、佐。啜(chuò)：饮、喝。

[9] "何以"句：用什么来给我优游适性。养拙：指隐退不仕的优游生活。潘岳《闲居赋》："仰众妙而绝思，终优游以养拙。"

[0] "对彼"句：手举横锹，对着它又半中停住。

[11] 殷勤：情意深切。

[12] 二物：指四下横生的竹鞭与平整的小径、菜圃。

[13] 穿斸：锄掘。

[14] 活理：即生路，活路。

[15] 饕餮(tāo tiè)：贪食。

[16] 安汝分：安于你的本分。

[17] "慎勿"句：千万小心，别再干出越轨的事。侵轶(yì)：侵犯。

中内惇

中内惇（1822—1882），字五惇，号朴堂，伊势（今三重县）人，有《朴堂诗钞》。

题杂画 （选二首）[1]

一株红杏花，栽在柴门口。
何用问牧童，此家定有酒。

蜗叟曰：自杜牧"借问酒家何处有，牧童遥指杏花村"句翻出，语意爽快利落，有直闯酒家之势。

行闻草虫鸣，不觉衣裳湿。
到家才推门，山月先人入。

闲堂曰：便觉此月有情，语意新妙。

❖ **注释**
[1] 原五首，这里所选为第二首、第五首。

溪山春晓

晨光自东至，次第及西峰。

晓树犹栖月[1]，春云不隔钟[2]。

鸟啼山寂寂[3]，花落水淙淙[4]。

孤杖出门早，樵渔犹未逢。

闲堂曰：具见隐士高躅。颔联体物甚工。

❖ 注 释

[1] "晓树"句：意思是拂晓树上还挂着月亮。

[2] "春云"句：意思是近处钟声穿云而来，清晰可闻。

[3] "鸟啼"句：王籍《入若耶溪》："鸟鸣山更幽。"

[4] 淙淙(cóng)：流水声。高适《赋得还山吟送沈四山人》："石泉淙淙若风雨，桂花松子常满地。"

风雪蓝关图[1]

蓝田山下逢风雪，雪虐风饕马骨折[2]。

此时恋关又忆家，愁心贮火肺肝热。

潮州南去八千里[3]，飓风鳄浪冒万死[4]。

举世无人怜忠臣，惟有侄孙送叔子[5]。

岭云关雪本妙联，湘乎安能出此言[6]。

吁嗟乎！

《青琐高议》妄诞耳，岂有朝论佛骨夕信仙[7]。

闲堂曰：自是正论，亦能传昌黎之神。

❖ 注 释

[1] 这首诗题咏韩愈贬官潮州道中，风雪蓝关的画面。据《旧唐书·韩愈传》，唐宪宗元和十四年(819)，迎释迦文佛指骨一节，入禁中供养三日，韩愈上《论佛

骨表》,反对此事,触怒皇帝,由刑部侍郎贬为潮州刺史。蓝关:即蓝田关,在陕西蓝田县。

[2] 雪虐风饕:风雪漫漫,残暴肆虐。

[3] "潮州"句:意思是潮州距长安达八千里之遥。潮州:今广东汕头市潮阳区、潮南区。韩愈《左迁至蓝关示侄孙湘》:"一封朝奏九重天,夕贬潮州路八千。"

[4] 飓风鳄浪:形容潮州风涛险恶。《旧唐书·韩愈传》谓潮州有鳄鱼为害,韩愈作《祭鳄鱼文》驱之。

[5] 侄孙送叔子:韩湘送韩愈。韩愈贬谪途中,经蓝关时,作《左迁至蓝关示侄孙湘》诗。韩湘是韩愈侄老成的儿子。

[6] "岭云"二句:意思是韩愈诗中"云横秦岭家何在,雪拥蓝关马不前"一联,深刻精妙,韩湘哪能写出这样的佳句。"岭云、关雪"一联见韩愈《左迁至蓝关示侄孙湘》一诗中。

[7] 《青琐高议》二句:意思是《青琐高议》所记虚妄荒诞,岂有谏迎佛骨而又随即相信神仙的。《青琐高议》:北宋刘斧撰辑,书中"韩湘子"条中记载,韩湘少有仙道,能使花开顷刻,曾在韩愈宴会时聚土开花,花朵上呈现小金字:"云横秦岭家何在,雪拥蓝关马不前。"后韩愈贬潮州,经蓝关,见韩湘冒雪而来,谓韩愈:"公忆向日花上之句乎? 乃今日之验也。"

铃木元邦

铃木元邦（1823—1898），一作鲈元邦，字彦之，号松塘，安房（今千叶县）人，有《松塘小稿》、《超海集》、《房山楼集》。

品川港上舟作[1]

北道有主人[2]，招我嚼冰雪。
身无扶摇翰[3]，舰有车轮铁[4]。
千里瞬息争，一气蓬莱接[5]。
长风卷紫溟[6]，涛澜十丈立。
天地忽黯惨[7]，鱼龙争出没[8]。
壮哉今日游，心肠散郁结。
去矣勿回头，穷海可横绝[9]。
雪山行在眼[10]，安知人间热。

蜗叟曰：胸次壮阔，有冲波逆浪，一往不顾之概。用入声韵，尤得声情相
　　　应之妙。

❖ 注释

[1] 品川港：地名，在东京都品川区，东京湾内海港。

[2] 北道：日本北海道。

[3] 扶摇翰：能够高飞的翅膀。扶摇：狂飙，大风。《庄子·逍遥游》："抟扶摇而
　　上者九万里。"翰：鸟羽。左思《吴都赋》："理翮振翰，容与自玩。"

[4] "舰有"句：意思是船舰犹如装有铁轮的火车一样。

[5] 蓬莱：中国古代传说中的海上仙山。这里借指作者所去的北海道。

[6] 紫溟：即紫海，大海。紫海原是传说中大海名，唐代苏鹗《杜阳杂编》："紫海，水色如烂椹，可以染衣。"

[7] 黯惨：昏暗的样子。唐代徐寅《过骊山赋》："但见愁云黯惨，叠嶂嶙峋。"

[8] 鱼龙：泛指水族。张若虚《春江花月夜》："鱼龙潜跃水成文。"

[9] 横绝：横渡。李白《蜀道难》："西当太白有鸟道，可以横绝峨眉巅。"

[10] 雪山：指代北海道。行：将。

函港杂咏（选一首）[1]

港头月落水烟凝，夜色苍茫海气蒸。
散布波心红百点，星星都是客船灯。

闲堂曰：写港口夜灯甚工。前半善于铺垫。

❖ 注 释

[1] 原八首，这里所选为第六首。函港：日本北海道函馆，临津轻海峡。

正月初五日薄暮即事

林杪残阳影乍暝[1]，苍然暮色满郊坰[2]。
墙坳余雪明于月[3]，竹屋孤灯淡似星。
微闷上眉诗少涩[4]，峭寒侵背酒初醒[5]。
此间情事无人见，数尽归鸦倚小亭。

❖ 注 释

[1] 乍暝：刚刚暗下来。

366

[2] 郊坰(jiōng)：野外。《诗经》毛传："邑外曰郊，郊外曰野，野外曰林，林外曰坰。"

[3] 墙坳：墙角。

[4] "微闷"句：意思是心闷眉蹙，诗思稍涩。

[5] 峭寒：严寒，常指春寒。宋代徐积《杨柳枝》："清明前后峭寒时，好把香绵闲抖擞。"

津城访拙堂斋藤翁[1]

令肃街衢夜不喧，高城百雉压津门[2]。

怪看星斗多辉彩，下有灵光鲁殿尊[3]。

闲堂曰：读之想见斋藤翁气象，可谓善颂。

✤ **注 释**

[1] 津城：今日本三重县津市。斋藤拙堂：即斋藤正谦。他是津市人。

[2] 百雉：指城墙的高度和长度。高一丈长三丈为雉。

[3] 灵光鲁殿：即鲁灵光殿，汉景帝子鲁恭王所建，故址在山东省曲阜市东。《文选》有王延寿作《鲁灵光殿赋》，序云："遭汉中微，盗贼奔突，自西京未央、建章之殿，皆见隳坏，而灵光岿然独存。"这里以岿然独存的鲁灵光殿喻斋藤拙堂。因为是灵光殿，光彩奕奕，上冲霄汉，所以"星斗多辉彩"。

神山述

神山述（1824—1890），字古翁，号凤阳，美浓（今岐阜县）人。

读胡澹庵封事[1]

讲和国贼罪难逃，议论风生卷怒涛。

秦桧王伦真可斩[2]，惜君挥笔不挥刀。

蜗叟曰：国人皆曰可杀，举世皆曰可杀，足见大义所在，万邦同然。

闲堂曰：挥刀大快一时，挥笔论定千载。故曰"一字之贬，严于斧钺"也。古翁未细思耳。

❖ 注 释

[1] 胡澹庵封事：宋代胡铨于绍兴八年（1138）上给宋高宗的奏章。胡澹庵：胡铨（1102—1180），字邦衡，号澹庵，宋高宗时进士，做过枢密院编修官，坚决主张抗金。封事：密封的奏章。胡铨在封事中请诛秦桧等卖国贼。相传金统治者曾以千金购得此文，读后惊呼："南朝有人！"

[2] 秦桧王伦：南宋投降派的代表人物。靖康二年（1127）秦桧被俘至金，成为金太宗弟挞懒的亲信，后被遣归南宋。绍兴年间两任宰相，前后执政达十九年，曾杀害抗金名将岳飞。王伦于宋高宗时屡次使金求和，最后达成了绍兴十一年（1141）的和议，南宋终于割地称臣。

鹫津宣光

鹫津宣光（1825—1882），字重光，号毅堂，尾张（今爱知县）人，有《迁乔书屋集》。

谷口寓居杂词（选一首）[1]

莺啭村园竟日闲[2]，午帘风暖听绵蛮[3]。
春阑气味浓于酒[4]，缘绝身心静似山[5]。
茶影轻轻萦竹里[6]，书声缓缓出花间。
藤床石枕萧然卧，梦与宦情一例删[7]。

蜗叟曰：有"竟日晴窗书作伴，却遗尘世独逍遥"之致。

❖ 注 释

[1] 原四首，这里所选为第二首。

[2] 莺啭：黄莺鸣叫。竟日：终日，整天。

[3] "午帘"句：意思是正午帘外暖风带来鸟鸣声。绵蛮：这里指鸟鸣声。《诗经·小雅·绵蛮》："绵蛮黄鸟。"

[4] 春阑：春尽，春晚，即暮春。

[5] 缘绝：断绝尘缘。

[6] 茶影：当指煮茶时浮起的茶烟。

[7] 一例：一概。

卜 居

黄鸟迎人着意啼，新春恰好寄新栖。

片茅盖顶无多地，断木撑门有小蹊。

咸籍流风联叔侄[1]，机云廨舍占东西[2]。

芦帘揭在梅花外，只欠齐眉举案妻[3]。

闲堂曰：岂丧偶后所赋耶？待考。

❖ **注 释**

[1] "咸籍"句：意思是与侄儿同住一处。咸籍：阮咸与阮籍，阮咸为阮籍之侄，两人均属"竹林七贤"。

[2] "机云"句：意思是兄弟同住一处。机云：陆机、陆云，兄弟二人，东吴人，吴亡入洛，仕于西晋，均有文才。

[3] 齐眉举案妻：《后汉书·梁鸿传》：梁鸿"至吴，依大家皋伯通，居庑下，为人赁春。每归，妻为具食，不敢于鸿前仰视，举案齐眉"。案：即碗，或谓指盛食品的托盘。

江马圣钦

江马圣钦（1825—1901），字承弼，号天江，近江（今滋贺县）人。

晓　发

群鸦乱噪树冥冥，残睡据鞍过短亭。
一道朝晖破寒雾，马头突兀数峰青。

闲堂曰：咏早行情景绝佳，不让温尉"鸡声茅店月"及坡老"独骑瘦马踏残
　　月"也。

自题竹与书屋

莫使尊有酒，莫使厨有肉；
莫使床无书，莫使居无竹[1]。
买竹两竿又三竿，栽向窗前碧檀栾[2]。
手把奇书读其下，清影映人须眉寒[3]。
若能十年不饮酒，一生买书钱常有；
若能十年不食肉，一身与竹同其瘦。
自从鸭厓来卜居[4]，稍觉尘事比旧疏。
不须结屋东溪上[5]，此处生涯竹与书。

闲堂曰：鱼与熊掌，不可兼得，舍鱼而取熊掌者也。

❖ **注 释**

[1] 莫使居无竹：苏轼《於潜僧绿筠轩》："可使食无肉，不可居无竹。无肉令人瘦，无竹令人俗。"

[2] 檀栾：形容秀美，多指竹。枚乘《梁王菟园赋》："修竹檀栾。"

[3] 须：胡须。

[4] 鸭厓：鸭川旁。鸭：鸭川，即日本京都贺茂川。厓：水边。

[5] 东溪：这里泛指远离尘俗的归隐地。

杉浦诚

杉浦诚（1826—1900），字梅潭，一字求之，江户（今东京都）人。

移　竹

小园移植碧琅玕[1]，闲洒清泉珠未干。

疏叶生风遮淡月，新根添石接幽兰。

虚心自古医尘俗[2]，高节于今保岁寒[3]。

吾聘此君忘有夏，吟窗已觉葛衣单[4]。

蜗叟曰：前半正写移竹。疏叶生风，新根接兰，何等清高幽雅！后半假友竹以表志节。

❖ **注 释**

[1] 碧琅玕：碧玉，比喻美如玉石的绿竹。唐代欧阳詹《题华十二判官汝州宅内亭》："新柳摇门青翡翠，修篁浮径碧琅玕。"

[2] 虚心：兼言竹子的中空和人的无成见、不自满的心地。

[3] 高节：兼言竹节和人的品性。竹子与松树，经冬不凋，梅花耐寒开放，古人把它们合称为"岁寒三友"，象征崇高的节操。

[4] "吟窗"句：意思是窗前吟诗已觉森森凉气，葛衣单薄了。葛衣：葛制的夏衣，即夏布衣。

三岛毅

三岛毅（1826—1915），字远叔，一字中洲，号桐南，备中（今冈山县）人。

重九^[1]，支那公使黎庶昌招都下名流开登高会于上野精养轩^[2]，余亦与焉，赋此博笑

千里秋风黄菊新，喜君高阁会群宾。

即今四海皆兄弟^[3]，休说家乡少一人^[4]。

闲堂曰：旧曲翻新，故自可喜，然亦从王子安"海内存知己，天涯若比邻"、高达夫"莫愁前路无知己，天下何人不识君"得启发。

✤ 注 释

[1] 重九：农历九月九日，重阳佳节。

[2] 黎庶昌：字莼斋，贵州遵义人，曾先后担任清政府驻英、法、德、日四国使馆参赞。自1882（光绪八年，明治十五年）到1891（光绪十七年，明治二十四年）任驻日公使。他任职日本期间，经常和日本名流诗酒唱和。上野：即东京上野公园。

[3] 四海皆兄弟：《论语·颜渊》："四海之内皆兄弟也，君子何患乎无兄弟也。"

[4] "休说"句：王维《九月九日忆山东兄弟》："独在异乡为异客，每逢佳节倍思亲。遥知兄弟登高处，遍插茱萸少一人。"这里反用其意。

下长野坂赴平松驿[1]

不堪舆里窄[2]，徒步逐仙踪。

路隘荆钩袖，林深苔没筇。

泉奔啮颓岸[3]，石裂吐奇松。

山水何相秘[4]，怪云韬四峰[5]。

蜗叟曰：五律之走清奇僻苦一路者。"石裂吐奇松"，正自贾长江"石缝衔
枯草"一意化出。

♣ **注 释**

[1] 长野坂、平松驿：均为日本地名，在今长野县。

[2] "不堪"句：意思是坐在车里太狭窄了。舆：车或轿(肩舆)。

[3] 颓岸：因山泉冲刷而时有崩落的河岸。

[4] 秘：不肯示人的意思。

[5] 韬：这里是遮掩的意思。

西乡隆盛

　　西乡隆盛（1827—1877），号南洲，通称金之助，萨摩（今鹿儿岛）人，明治维新时反对幕府政治的中心人物之一，与木户孝允、大久保利通合称明治三杰。维新政府成立后任参议。1877 年被萨摩藩武士推为首领，发动叛乱，兵败后自杀。有《大西乡全集》。

月照和尚忌赋[1]

　　相约投渊无后先，岂图波上再生缘。

　　回头十有余年梦[2]，空隔幽明哭墓前[3]。

闲堂曰：满腔忠愤，死生契阔之感深矣。

✤ 注 释

[1] 月照和尚：日本京都清水寺法性院和尚。他与西乡隆盛结交，主张尊王攘夷，反对幕府统治。安政大狱起，井伊直弼逮捕志士，牵连月照。月照与隆盛议曰："事已至是，难必及矣，吾侪有蹈海而死耳。"二人乘月夜投海，被渔船救起。西乡隆盛得救，月照和尚终死。事见关机《近世日本外史》。忌：忌日。

[2] 十有余年：这首诗作于明治七年(1874)11 月 16 日月照逝世十七周年忌日。

[3] 幽明：指人鬼的界域。地下为阴，故称幽；人间为阳，故称明。

堤正胜

堤正胜（1827—1892），字威卿，号静斋，伊豫（今爱媛县）人。

题画二首（选一首）[1]

残日在寒山，疏钟送柔橹[2]。
溪云懒不飞，晚作半村雨。

闲堂曰：真如画。然疏字、柔字、懒字却画不出。

✤ 注 释

[1] 这里所选为第一首。

[2] "疏钟"句：稀疏的钟声送走轻轻划动的小船。柔橹：船桨。这里代船。陆游
《舟中有赋》："一枝柔橹听咿哑，炊稻来依野老家。"

国姓爷[1]

抵死回天志岂空[2]，移军孤岛气逾雄[3]。
中原芳草饱胡马，南渡衣冠仍故宫[4]。
乞援包胥徒洒泪[5]，渡江祖逖竟无功[6]。
偏安八十年神鼎[7]，系在一家兴废中。

蜗叟曰：于民族英雄郑成功，既为之颂，复为之惜，盖偏安固不易而光复

为尤难也。

♣ 注 释

[1] 国姓爷：指郑成功。郑成功(1624—1662)在父亲郑芝龙降清以后，继续抗清。南明唐王赐姓朱，人称国姓爷。

[2] 回天：扭转乾坤。这里指反清复明。

[3] 移军孤岛：清顺治十八年、明永历十五年(1661)，郑成功率领将士数万人，自厦门出发，在台湾禾寮港(今台南市)登陆，驱逐侵占台湾的荷兰殖民者。第二年(1662)，荷兰总督投降，收复全台。孤岛：指台湾岛。逾：愈，更。

[4] "南渡"句：意思是郑成功南渡台湾，仍然保持了明代朝廷的正统。

[5] 包胥：申包胥。《左传·定公四年》记载：楚昭王十年，吴王阖闾用伍子胥计，攻破楚国。申包胥到秦国"乞师"，"依于庭墙而哭，日夜不绝声，勺饮不入口七日。秦哀公为之赋《无衣》，九顿首而坐，秦师乃出"。

[6] 祖逖：东晋名将。《晋书·祖逖传》：建兴元年(313)，逖率部曲百余家渡江，中流击楫而誓曰："祖逖不能清中原而复济者，有如大江。"晋元帝时为豫州刺史，自募军，收复黄河以南地区。但因东晋内部矛盾重重，对他不加支持，终于忧愤而死。

[7] 八十年神鼎：八十，当作"四十"。从南明福王于1644年立到郑成功孙子郑克塽于1683年(康熙二十二年)降清止，正好四十年。神鼎：代指国家，即明王朝。《史记·封禅书》："禹收九牧之金，铸九鼎，象九州。"相传周武王迁殷商九鼎于洛，战国时秦楚皆曾兴师临周而求九鼎。九鼎是传国神器，象征国家主权。

重野安绎

重野安绎（1827—1910），字士德，号成斋，萨摩（今鹿儿岛）人，著名史学家、诗人，有《成斋文集》、《成斋遗稿》。

清国公使参赞官陈哲甫明远任满将归，俾小蘋女史制《红叶馆话别图》[1]，索题咏，为赋一律

万里秋风慰倚闾[2]，云帆夕日渺蓬壶[3]。

锦衣乡国荣归客，红叶楼台话别图。

沾醉华筵忘宾主[4]，喧传盛事满江湖[5]。

丹青为倩名姝笔[6]，脉脉离情画得无。

闲堂曰：虽系酬应之作，而措辞得体。登高能赋，成斋有焉。

✿ 注 释

[1] 小蘋女史：指野口小蘋，著名诗人野口松阳之女，擅长绘画。女史：古代女官名，这里是对有知识有才能的妇女的敬称。红叶馆：在东京芝公园，是明治中期有名的宴会场所。

[2] 倚闾：倚闾门而望，形容父母盼望子女归来的殷切心情。

[3] "云帆"句：意思是暮色苍茫，张帆远去，日本列岛愈来愈渺渺茫茫了。蓬壶：蓬莱和方壶，传说中的海上神山，这里指日本。

[4] 沾醉：大醉。《汉书·游侠传》：刺史"候遵（陈遵）沾醉时，突入见遵母"。华筵：盛大美好的筵席。杜甫《刘九法曹郑瑕邱石门宴集》："能吏逢联璧，华筵

直一金。"

[5] 盛事：指这次送别盛会、题咏雅事。

[6] "丹青"句：意思是请来名门闺秀画下《红叶馆话别图》。倩：请。名姝：有名的美女。这里指野口小蘋。

副岛种臣

　　副岛种臣(1828—1905),字苍海,肥前(今佐贺县)人,明治维新后任外务大臣,后兼参议。有《苍海全集》。

解　嘲

青年自觉气如虹[1],老去唯看发若蓬。
聊复与人闲作句,屠龙手竟换雕虫[2]。

闲堂曰:曹公乐府云:"老骥伏枥,志在千里;烈士暮年,壮心不已。"苍海之叹,何以异此。余昔被勒令休致,隐于武昌东湖之滨,偶得句云:"移山犹励愚公志,伏枥难忘烈士心。"此物此志,略同二贤。已而拨乱反正,乃得重登讲席,竭其绵薄,亦云幸矣。

❖ 注释

[1] 气如虹:豪气如长虹。李贺《高轩过》:"入门下马气如虹。"
[2] "屠龙"句:意思是徒然有高超的本领却做着词章之类的小事。屠龙:屠龙术,这里指精湛的技艺、高超的本领。雕虫:雕虫小技,指词章之学。扬雄《法言·吾子》:"童子雕虫篆刻","壮夫不为也。"

原忠成

原忠成（1829—1867），字仲宁，号伍轩，又号尚不愧斋，水户（今茨城县）人，有《尚不愧斋存稿》。

静　坐

静坐观物理，天地皆是文[1]。
窗引前山色，紫翠半带云[2]。
轩临清江水，东风织成纹。
暖入春园里，点缀各相分。
彩艳如有意，红罗缠翠裙[3]。
中有琼瑶树[4]，粲然送奇芬。
鸣禽如得意，飞蝶乱缤纷。
浩荡造化巧[5]，对之情欲醺。
因知文章法，岂在空云云[6]。
会得自然意[7]，风姿便不群[8]。
清新庾开府，俊逸鲍参军[9]。
古人高雅风，千岁所曾闻。
顾视柴门外，世事何纷纭。

蜗叟曰：生活所历，大块所假，观察体会，俱供抒写；则柴门之外，纷纭世事，又何莫非诗文之资耶！

✤ 注 释

[1] "天地"句：意思是大自然的种种景色，便是诗文的源泉。李白《春夜宴从弟桃花园序》："阳春召我以烟景，大块假我以文章。"大块：天地。

[2] 紫翠：指秀丽的山岭。

[3] "红罗"句：形容春园花卉美艳，红花绿叶，相映成趣。

[4] 琼瑶树：即玉树，传说中的仙树。《山海经·海内西经》："开明北有视肉、珠树、文玉树。"

[5] 造化：指大自然。杜甫《望岳》："造化钟神秀，阴阳割昏晓。"

[6] "因知"二句：由此想到，诗文创作的关键，不在连篇空话。

[7] 会得：领会到。

[8] 风姿：犹言风采、风度、文采。这里指诗文的风格特色。

[9] "清新"二句：这是引用了杜甫《春日忆李白》诗中的成句。庾开府：北朝诗人庾信。庾信在北周任骠骑大将军、开府仪同三司，因称庾开府。鲍参军：南朝诗人鲍照，刘宋时任荆州前军参军，故称鲍参军。

送仙台冈鹿门[1]

西风拂袂马蹄寒[2]，临别今朝泪未干。
大喜交情坚似漆[3]，长嗟世态倒如澜[4]。
防夷谁划千年计，当路人偷一日安[5]。
君去休言知己少，平生惟有寸心丹。

蜗叟曰：豪迈。

闲堂曰：颈联思深而意哀，所谓"志士多苦心"也。

✤ 注 释

[1] 冈鹿门：即冈千仞，字振衣，号鹿门，仙台人，日本著名学者、诗人。王韬《扶桑游记》："(鹿门)少遭国难，崎岖戎马间。戊辰(明治元年，1868年)王师东下，旧仙台奥羽诸藩连盟，鹿门独与参政三好清房等上书争论，反复苦谏，几

383

不免;然犹慷慨自誓,且勖同志。""维新后征入史馆,不久辞官,惟以文字为消遣。拔剑斫地,把酒问天,终由于眷怀家国;然则,鹿门文字之豪,非根于忠爱之心哉。"

[2] 袂(mèi):衣袖。

[3] "大喜"句:意思是最高兴的是我们二人的交谊似胶如漆,牢不可破。坚似漆,《后汉书·独行传》:陈重与雷义交情极厚,乡里赞颂道:"胶漆自谓坚,不如雷与陈。"

[4] 倒如澜:如狂澜之既倒。

[5] "防夷"二句:意思是谁来筹划抗御外国侵略的长治久安之计,当权者目光短浅只知苟安偷生。这是指1846年以来到1868年明治维新期间的情景。

送森子顺、洪玄圭二首（选一首）[1]

马头一振客衣尘[2],入眼江山到处新。
临别丁宁君莫怪,明朝俱是梦中人[3]。

闲堂曰: 次句可与高达夫"莫愁前路无知己"合读。如此,宁复有客愁。

❖ **注 释**

[1] 这里所选为第二首。森子顺、洪玄圭:均为人名,生平不详。

[2] "马头"句:策马客途,衣上又着征尘。

[3] "明朝"句:意思是今朝一别,天涯远隔,惟有梦里相思。

金本相观

金本相观（1829—1871），字善卿，号摩斋，出云（今岛根县）人，有《乐山堂诗钞》。

石屏主人招饮分韵

春尽羁心转寂寥[1]，幽期偶遇故人邀[2]。
盘中佳馔猫头笋[3]，槛外清阴凤尾蕉[4]。
诗伴大都乘舫至，棋僧时复隔桥招[5]。
黄昏紫蟹争攀砌[6]，便识篱根通暝潮[7]。

闲堂曰：尾联工于体物，非身历其境者不能道。

❖ 注 释

[1] 羁心：怀乡之心。羁：作客他乡。

[2] 幽期：清雅的约会。

[3] 猫头笋：笋的一种。陈师道《寄潭州张芸叟》："秋盘堆鸭脚，春味荐猫头。"

[4] 凤尾蕉：一名凤尾松，又名铁蕉，俗称铁树。

[5] 棋僧：善于下棋的和尚。

[6] "黄昏"句：黄昏时分，螃蟹争着爬上台阶来。紫蟹：螃蟹。罗隐《东归》："盈盘紫蟹千卮酒。"

[7] 暝潮：黄昏涨潮。

十月之望，冒雨访楫野淳庐分韵[1]

门前略彴水鸣溪[2]，灯隔幽篁看不迷[3]。
今夜有人思赤壁，此乡无坂似黄泥[4]。
青蓑冲雨还乘兴，绿酒防寒乍到脐[5]。
柝报三更天始霁[6]，数行过雁断云西。

闲堂曰：一气呵成，有掉臂游行之乐。

❖ **注 释**

[1] 十月之望：十月十五日。楫野淳庐，生平不详。

[2] 略彴：小桥。

[3] 幽篁：幽深的竹林。

[4] "今夜"二句：意思是苏轼赤壁之游，至今引人遐想，只可惜此处没有黄泥坂，
风景并不全同。苏轼《后赤壁赋》："是岁十月之望，步自雪堂，将归于临皋。
二客从予，过黄泥之坂。霜露既降，木叶尽脱，人影在地，仰见明月。顾而乐
之，行歌相答。"

[5] "绿酒"句：意思是冬夜借酒消寒，酒的热力刚刚透到肚脐。

[6] 柝(tuò)：古代巡夜报更时敲击的木梆。

丁巳元旦[1]

厨灯渐灺焰将无[2]，百八钟声彻九衢[3]；
一夕寒威避傩母[4]，万家香味入屠苏[5]。
书童窗下笔新试，贺客门前名自呼[6]。
迁性应遭穷鬼笑[7]，朝来未换旧桃符[8]。

闲堂曰：似范石湖田园诸作。旧俗醇美，真可怀也。

蜗叟曰：一幅民间春节风俗画。尾联轻快，兼有谐趣。

❖ 注 释

[1] 丁巳：日本孝明天皇安政四年，1857 年。

[2] 灺（xiè）：灯烛熄灭。

[3] 百八钟声：这里是指除夕之夜，迎接新年到来，佛寺撞钟一百零八下。

[4] "一夕"句：意思是除夕之夜的寒威中，钟声为人们驱走了"邪鬼"。佛家谓人
    生有三十六种烦恼，去世、来世、今世皆有，故有百八烦恼。除夕之夜撞钟一
    百零八下，即驱逐引起烦恼的"邪鬼"。傩（nuó）母：阴邪恶鬼。《吕氏春秋·
    季冬纪》高诱注："大傩，逐尽阴气为阳导也。今人腊岁前一日击鼓驱疫，谓之
    逐除，是也。"日本习俗与此相类。

[5] 屠苏：亦作"屠酥"，酒名。古代风俗于农历正月初一饮屠苏酒。见南朝梁代
    宗懔《荆楚岁时记》。陆游《除夜雪》："半盏屠苏犹未举，灯前小草写桃符。"据
    黄遵宪《日本国志·礼俗志二》，日本习俗于正月初一饮屠苏酒。

[6] "贺客"句：黄遵宪《日本国志·礼俗志二》："元日后士庶互相庆贺，各户置白
    纸簿及笔砚于几上，贺客不通谒，直记姓名或插名刺于簿间去。"名自呼，或系
    指书姓名于簿间。

[7] 穷鬼：相传能使人贫困的鬼。《山海经·西山经》："东望恒山四成，有穷鬼居
    之。"韩愈有《送穷文》，内容是想送走穷鬼而没有成功。

[8] 桃符：这里借指春联。原是农历元日，用桃木板画能食百鬼的神荼、郁垒二
    神，挂于门旁，以为压邪，称桃符。五代后蜀始于桃符板上书写联语，逐渐衍
    变为春联。

松本衡

松本衡(1830—1863),字士权,号奎堂,三河(今爱知县)人,有《奎堂遗稿》。

芦岸秋晴

鲈鱼风外夕阳斜,十里秋光雪压沙[1]。
预卜孤蓬今夜月,出芦花去入芦花[2]。

闲堂曰:鲈鱼风盖仿鲤鱼风,不嫌自我作古。

蜗叟曰:晋张翰因秋风起而思菰菜鲈鱼,是鲈鱼风便是秋风。此为避下句"秋光"复"秋"字耳。

❖ 注 释

[1] 雪压沙:秋月皎洁,沙岸如雪。李益《夜上受降城闻笛》:"回乐烽前沙似雪,受降城外月如霜。"

[2] "预卜"二句:可以料想,今夕明月清辉,将会整夜笼照着出入于芦荡的孤舟。

柴荖

柴荖（1830—1871），字绿野，号秋村，阿波（今德岛县）人。

蓝田松琴楼小集[1]

空庭微雨歇，残滴在长松。

薄夜灯光淡[2]，新凉酒味浓。

悠悠哀世事[3]，落落话心胸[4]。

百尺高楼上，莫为憔悴容[5]。

闲堂曰：古人云："穷则独善其身，达则兼善天下。"然有志之士，岂真能忘怀世事哉？秋村此诗，可为一证。

蜗叟曰：首二句松庭雨歇，三、四句凉夜饮集，五、六句胸中积慨，末二句故作振奋。侃侃道来，步骤井然。

❖ 注 释

[1] 蓝田：谷口蓝田，日本汉诗人。松琴楼为蓝田书斋。

[2] 薄夜：犹言薄暮。

[3] "悠悠"句：意思是为世事而深深忧虑。悠悠：忧思。《诗经·邶风·终风》："莫往莫来，悠悠我思。"

[4] "落落"句：意思是倾诉胸中的积愤。落落：见识高超而不为人们理解的孤独境地。

[5] "百尺"二句：意思是身登百尺高楼，豪情满怀，不该憔悴不堪。百尺高楼：《三国志·魏书·陈登传》载，刘备认为许汜求田问舍，无救世之意，对他说："如小人（刘备自称）欲卧百尺楼上，卧君于地。"这里既指松琴楼，又表示作者的豪气。

寄杏雨[1]

醉后呼儿整葛巾[2]，舐毫临纸兴偏新[3]。
胸中粉本皆诗料[4]，天下名山是故人。
灌木千重能隔俗，良苗四面不知贫。
怜君日饮匏樽酒[5]，裹足衡门养性真[6]。

闲堂曰：第四句盖言其有济胜之具，尝如马迁之游历名山大川也。然出
　　　语特含蓄。

蜗叟曰：一时兴会之作。颈联尤见旷达襟怀。

❖ 注 释

[1] 杏雨：日本汉诗人、画家帆足远，号杏雨。

[2] 葛巾：葛制头巾。葛：植物名，其纤维可织布。杜甫《有客》："有客过茅宇，呼
　　儿正葛巾。"

[3] 舐(shì)毫：以舌舔笔。《庄子·田子方》："宋元君将画图，众史皆至，受揖而
　　立，舐笔和墨，在外者半。"

[4] 粉本：画稿。韩偓《商山道中》："却忆往年看粉本，始知名画有工夫。"这句是
　　说杏雨既是画家，又是诗人。

[5] 匏(páo)樽：亦作"匏尊"，用匏瓜制成的酒杯。

[6] "裹足"句：意思是退居衡门，涵养纯正之性。裹足：停止走动的意思。衡门：
　　隐者简陋的住所。

川田刚

川田刚(1830—1896),字毅卿,号壅江,通称竹次郎,备中(今冈山县)人。

偶 作

性癖恶矫揉[1],同心谁好友?
窗前地数弓[2],栽竹不栽柳[3]。

闲堂和:"竹固有劲节,柳亦多柔情。寄语竹次郎,何妨共地生。"
蜗叟曰:爽朗利落,志节可风。

❖ **注 释**

[1] "性癖"句:本性就是痛恨矫揉造作。癖:习惯性的嗜好。矫揉:使曲者变直为矫,使直者变曲为揉,通常指装模作样,行为不真实,不自然。

[2] 数弓:数步。

[3] 不栽柳:柳树枝条柔软,可以制成器物。《孟子·告子》:告子曰:"性犹杞柳也,义犹杯桊也。以人性为仁义,犹以杞柳为杯桊。"作者借用此事,认为柳可以矫揉,故不值得喜爱。

田边太一

田边太一（1831—1915），字莲舟，江户（今东京都）人。

老　将（选一首）[1]

万里轮台白骨横[2]，将军百战此余生。
天高铜柱飞鸢度[3]，风黑南山射虎行[4]。
一卧沧江新岁月[5]，十年辽海旧勋名[6]。
腰间曾佩双龙在[7]，阴雨时听匣里声[8]。

闲堂曰：以王摩诘《老将行》意入律诗，此屈刀为镜手段也。

蜗叟曰：前半写昔年疆场功勋，后半示即今壮志不衰，老将可歌者在此。

❖ 注　释
[1] 原二首，这里所选为第一首。
[2] 轮台：地名。汉武帝时曾遣戍屯田于此。唐贞观中置县，治所在今新疆轮台
　　县。这里泛指边境前线。
[3] "天高"句：意思是开拓疆土，立功边境。铜柱：《后汉书·马援传》"峤南悉
　　平"李贤注引《广州记》："援到交阯，立铜柱，为汉之极界也。"又，马援平定交
　　阯叛乱后，曾对人说："当吾在浪泊、西里间，虏未灭之时，下潦上雾，毒气重
　　蒸，仰视飞鸢跕跕堕水中。"飞鸢堕水，形容自然环境的险恶。这里反用其意，
　　以"飞鸢度"，极言铜柱之高。
[4] "风黑"句：意思是武艺高超，曾射南山猛虎。风黑：大风呼啸，昏暗无光。射
　　虎：《晋书·周处传》，谓周处杀南山之虎。又，《史记·李将军列传》："广所
　　居郡，闻有虎，尝自射之。及居右北平，射虎，虎腾伤广，广亦竟射杀之。"

[5] 一卧沧江：意为赋闲家居。杜甫《秋兴》："一卧沧江惊岁晚，几回青琐点朝班。"沧江：泛指大江。

[6] "十年"句：意思是十年征战辽海赢得的功勋和名声已经过去了。辽海：辽东滨海之地。这里是泛指海防前线。

[7] 双龙：指宝剑。据《晋书·张华传》，张华与雷焕曾各得一剑，一曰龙泉，一曰太阿，后皆化为龙。

[8] "阴雨"句：宝剑鸣于匣中，表示内心不平之气。陆游《三月十七日夜醉中作》："逆胡未灭心未平，孤剑床头铿有声。"

神波桓

　　神波桓（1832—1891），字猛卿，号即山，尾张（今爱知县）人。曾出家为僧，明治维新后还俗，是著名诗人森春涛的弟子。

贺春翁新居[1]

新买闲园十余亩，此间堪引故人车[2]。
山光泼翠开帘处，泉味流甘啜茗初[3]。
种竹诀如删冗句[4]，爱花心似购奇书。
小楼近与丛林并[5]，时有咿唔和粥鱼[6]。

蜗叟曰：种竹以见主人工诗，爱花以示春翁好书。山光泼翠，以概景之新；咿唔诵声，以示境之幽。

闲堂曰：种竹当去其下旁枝，则易长。故第五句甚好。惜第六句近凑，对不过。

❖ **注 释**

[1] 春翁：著名诗人森春涛。

[2] 堪引故人车：陶渊明《读山海经十三首》之一："穷巷隔深辙，颇回故人车。"这里反其意用之。

[3] 啜茗：饮茶。杜甫《重过何氏五首》之三："落日平台上，春风啜茗时。"

[4] 冗（rǒng）句：多而无用的字句。

[5] 丛林：佛寺。

[6] "时有"句：时时有念经声与木鱼声传来。咿唔：这里指僧徒诵经之声。粥

鱼：木鱼，一为直鱼形，悬于寺院斋堂前，招呼众僧会聚食粥时击之。另一种为圆形，置于佛殿上，诵经时击之。这里指后者。苏轼《奉敕祭西太一和韩川韵》之三："梦蝶犹飞旅枕，粥鱼已响枯桐。"

长炭

长炭（1833—1895），字世章，一字秋史，号三洲，丰后（今大分县）人，诗人长谷允文的儿子，有《三洲居士集》。

火州绝句二首（选一首）[1]

孤笛谁吹远水涯，归程难觅梦中家。
细风丝雨逢寒食[2]，千石桥南又落花。

蜗叟曰：亦客中思家之作，"千石桥南又落花"，是旅居又一年矣。

❖ 注 释

[1] 这里所选为第一首。火州，肥后国的别称，即今熊本县。
[2] 寒食：寒食节。在农历清明前一日或二日。宗懔《荆楚岁时记》："去冬节一百五日，即有疾风甚雨，谓之寒食，禁火三日。"

哭堤静斋[1]

交友晨星几个存[2]，就中形影最怜君[3]。
少游甫里同耕学[4]，老住都门共卖文[5]。
人间沧桑诗有泪[6]，天悭簪组命如云[7]。
如何弃我九原去[8]，萧寺鸣虫空夕曛[9]。

蜗叟曰：少同耕读，老共卖文，形影之交，屈指无几，历诉哀感，令人泫然。

✤ **注 释**

[1] 堤静斋：日本汉诗人堤正胜，号静斋。

[2] 晨星：到了早上，光度弱的星多已不见，故用晨星表示稀少。

[3] 怜：爱。

[4] "少游"句：意思是年轻时一道游学于甫里。耕学：即学习。古人每以力田比喻勤学。甫里：地名，在江苏省苏州市吴中区，唐代陆龟蒙曾隐居于此。这里泛称归隐之地。

[5] 都门：江户，今东京都。

[6] "人间沧桑"句：间：这里是经历、遭遇的意思。作者原注："君筮仕于幕府季年。"筮仕：初次做官。古人将出仕，占卦以问吉凶，称筮仕。《左传·闵公元年》："初，毕万筮仕于晋。"幕府：这里指江户幕府，或称德川幕府。德川家康于 1603 年在江户建立政权，称幕府，到 1867 年第十四代将军德川庆喜被迫还政天皇，次年幕府制度结束。堤静斋在江户幕府末年任职。季年：末年。

[7] "天悭簪组"句：悭(qiān)：吝啬。簪组：指官服。这里代指官职。簪：冠簪。组：冠带。命如云：命薄如云。作者原注："君中兴后历官诸省不得志。"中兴：指幕府政治结束，天皇亲政，即明治维新。诸省：天皇政府中各部。

[8] 九原：春秋时晋国卿大夫墓地。《礼记·檀弓下》注："晋卿大夫之墓地在九原。"后来用九原泛指墓地。

[9] "萧寺"句：意思是只听得虫鸣佛寺，空对着夕照暮色。萧寺：佛寺。据《杜阳杂编》，梁武帝造佛寺，"命萧子云飞白大书曰'萧寺'"。后人即以为佛寺的别称。

伊藤士龙

伊藤士龙(1833—1895),字起云,号听秋,淡路(今兵库县)人。

湖 海

湖海余豪迹未闲[1],又将书剑出乡关[2]。
马头数朵青如染,浑是平生梦里山[3]。

蜗叟曰:豪爽洒脱。
闲堂曰:结句暗示其飘零湖海,多见名山。"浑是"字与"又"字衔接。

❖ 注 释

[1] 湖海余豪:即豪放的意气尚未消磨。《三国志·魏书·陈登传》:"(许)汜曰:'陈元龙湖海之士,豪气不除。'"元好问《范宽秦川图》:"元龙未除湖海气,李白岂是蓬蒿人。"

[2] 将:携带。

[3] 浑是:还是。

桥本纲纪

桥本纲纪(1834—1859)，字伯纲，号景岳，又号藜园，越前（今福井县）人。他反对幕府独裁统治，死于"安政大狱"中，是日本的爱国志士。有《藜园遗草》。

杂感二首（选一首）[1]

义愤孤忠世所捐，丹心久许达苍天[2]。
眼前坎坷吾无怨[3]，身后姓名谁有传。
去国屈原徒著赋[4]，投荒苏轼喜谈禅[5]。
疏慵非怕先鞭著，午夜闻鸡悄不眠[6]。

蜗叟曰：怀忠国经世之志而才不得展，古今之所同叹。

闲堂曰：似龟堂而略输其激越，性分之异也。

❖ 注 释

[1] 这里所选为第二首。

[2] "义愤"二句：意思是义愤孤忠不为世人所重，耿耿丹心只有苍天知道。义愤：对邪恶之事的愤慨。《后汉书·逸民传序》："汉室中微，王莽篡位，士之蕴藉义愤甚矣。"孤忠：深藏心底的忠贞之情。元代胡炳文《拜岳鄂王墓》："大义君臣重，孤忠天地知。"

[3] 坎坷：道路不平，喻人生遭遇违逆波折。

[4] "去国"句：意思是屈原遭谗流放，离开郢都，空自作赋抒写满腔忠愤。《史记·屈原列传》：屈原"虽放流，眷顾楚国，系心怀王，不忘欲反，冀幸君之一

悟,俗之一改也。其存君兴国而欲反覆之,一篇之中,三致志焉。然终无可奈何,故不可以反"。

[5] "投荒"句:意思是苏轼被贬海南,爱好谈禅,借佛家思想排遣心中苦闷。

[6] "疏慵"二句:意思是生性疏懒,并不担心别人赶在自己前头,但夜半闻鸡鸣,却不禁想到奋发起舞,难以成眠。先鞭著:先占一著。《晋书·刘琨传》:刘琨"与亲故书曰:'吾枕戈待旦,志枭逆虏,常恐祖生先吾著鞭。'"祖生:祖逖。闻鸡:《晋书·祖逖传》:祖逖与刘琨"共被同寝,中夜闻荒鸡鸣,蹴琨觉,曰:'此非恶声也。'因起舞"。后以闻鸡起舞比喻志士奋发之情。

岩谷修

　　岩谷修（1834—1905），字诚卿，号迁堂，又号一六居士，近江（今滋贺县）人。明治元年任政府一等编修官、修史局监事、内阁大书记官等职。后为贵族院议员。擅长汉诗。

秋感绝句，次丹羽花南韵[1]

　　杜兰香去迹如烟[2]，闻说瑶台别有天[3]。
　　手折断肠花一朵[4]，断肠人立佛龛前[5]。

闲堂曰：大似曹尧宾《小游仙》，人天离合之感深矣。

❖ **注 释**

[1] 丹羽花南：名贤，字士觉，号花南，尾张（今爱知县）人，著名汉诗人。
[2] 杜兰香：神话中的仙女，曾下嫁张传，后离去。见干宝《搜神记》卷一。李商隐《重过圣女祠》："萼绿华来无定所，杜兰香去未移时。"
[3] 瑶台：神话中神仙所居之地。王嘉《拾遗记》谓昆仑山有"瑶台十二，各广千步，皆五色玉为台基"。李商隐《无题》："如何雪月交光夜，更在瑶台十二层。"
[4] 断肠花：这里指秋海棠。断肠花为秋海棠的别名。
[5] 佛龛（kān）：供奉佛像的石室或柜子。

成岛弘

成岛弘(1837—1884),字保民,号柳北,江户(今东京都)人,有《柳北诗钞》。

苏士新航渠 (选一首)[1]

凿得黄沙几万重,风潮濯热碧溶溶[2]。
千帆直向欧洲去,闲却南洋喜望峰[3]。

蜗叟曰:以新事物、新名词入诗,晚清夏曾祐辈亦好之,如"巴比塔前分种数,人天从此感参商",是其例。

❖ 注 释

[1] 原二首,这里所选为第二首。苏士新航渠,即苏伊士运河。1859 到 1869 年间开凿而成,贯通苏伊士地峡,接连地中海和红海,大大缩短了从西欧到东方的航程。

[2] "凿得"二句:意思是地近沙漠的地峡,自开运河后,清凉的海潮冲走了热气。碧溶溶:形容碧绿的水流。杜牧《阿房宫赋》:"二川溶溶,流入宫墙。"

[3] "闲却"句:意思是非洲南端的好望角空闲了。因为苏伊士运河开通后,从印度洋到西欧的航道,不必再绕道好望角了。喜望峰:即好望角。

香 港

层层巨阁竞繁华,百货如邱人语哗。

此际谁来买秋色,幽兰冷菊几盆花。

闲堂曰:闹市中有此闲情,具见柳北胸次。

伦敦杂诗之一

汽车烟接汽船烟,四望冥冥不见天。

忽地长风来一扫,伦敦桥上夕阳妍。

那邪哥罗观瀑之一[1]

客梦惊醒枕上雷,起攀老树陟崔嵬[2]。

夜深一望乾坤白,万丈珠帘卷月来。

闲堂曰:异域风光,尽收笔底。吾国康、梁集子亦有之。

❖ 注 释

[1] 那邪哥罗观瀑:即观看尼亚加拉瀑布。该瀑布在北美洲尼亚加拉河上,河从
    伊利湖流注安大略湖,于崖壁处陡落形成瀑布。落差近五十米,宽约一千二
    百米。
[2] 陟崔嵬:攀登山岭。陟:升,登上。崔嵬:有石的土山。这里泛指山岭。

宫岛诚一郎

宫岛诚一郎(1838—1911),字粟香,岩代(今福岛县)人,曾任明治政府宫内省爵位局主事、贵族院议员。有《养浩堂诗钞》。

黄参赞公度君将辞京[1],有留别作七律五篇[2]。余与公度交最厚,临别不能无黯然销魂[3],强和其韵[4],叙平生以充赠言(选二首)[5]

幸然文字结奇缘[6],衣钵偏宜际此传[7]。
霞馆秋吟明月夜[8],麹街春酌早樱天。
佳篇上梓人争诵[9],新史盈箱手自编[10]。
恰爱过江名士好,翩翩裙屐若神仙[11]。

❖ **注 释**

[1] 黄参赞:黄遵宪(1848—1905),字公度,广东嘉应州(今梅州市)人。1877
    年,随何如璋出使日本,为使馆参赞。1882年,奉命调任美国三富兰西士果
    (旧金山)总领事。

[2] 七律五篇:指黄遵宪《人境庐诗草》卷四《奉命为美国三富兰西士果总领事留
    别日本诸君子》五首。

[3] 黯然销魂:丧神失魄。黯然:心神沮丧的样子。

[4] 强:勉强。

[5] 原诗五首,这里所选为第三首、第四首。

[6] "幸然"句:黄遵宪《留别日本诸君子》:"海外偏留文字缘,新诗脱口每争传。"
    他在日本任参赞期间,与日本诗人重野安绎、大沼厚、龟谷行、岩谷修、青山延

寿、小野长愿、冈千仞、铃木元邦、森春涛,等等,均有来往,以诗文会友。与源桂阁、石川英也经常笔谈。

[7] 衣钵:原为佛教僧尼的袈裟和食器,中国禅宗初祖至五祖师徒间传授道法,常付衣钵为信证,称为衣钵相传。这里指传授的学识、写诗作文的技能。

[8] 霞馆:在东京。下文的麹街,为东京街道名。

[9] 佳篇上梓:刻印的好诗。上梓:犹言刻板,即刻印书籍。梓:木名。黄遵宪作《日本杂事诗》二卷,先由同文馆聚珍板印行,继而王韬在香港循环报馆再版,日本凤文书坊重印,深受日本各界人士欢迎,"佳篇上梓人争诵"殆指此。

[10] 新史盈箱:指黄遵宪编著《日本国志》。黄遵宪《日本杂事诗自序》:"既居东二年,稍与其士大夫游,读其书,习其事,拟草《日本国志》一书,网罗旧闻,参考新政。"《日本国志》计四十卷。

[11] "翩翩"句:形容黄遵宪仪容秀美,风流倜傥。翩翩裙屐:原指少年服饰华美,风度翩翩。

自昔星槎浮海到[1],看他文物盛京华[2]。

相将玉帛通千里[3],可喜车书共一家[4]。

使客纵观新制度[5],词人争赏好樱花。

墨江春色东台景[6],分与天工著意夸[7]。

闲堂曰:读此诗,知中日友好旧有传统。世代友好之愿望,定可实现,此一切进步人类之福音也。

❖ 注 释

[1] 星槎:神话传说天河与海相通,有人曾经乘槎到达天河,遇见牵牛织女。后以星槎比喻贵宾驾临。这里指黄遵宪出任驻日使馆参赞。槎:竹筏,木筏。

[2] "看他"句:意思是中国使臣带来的汉文化为东京增添了光彩。京华:日本东京。

[3] 玉帛:宝玉和丝织物,古代祭祀、会盟时用的珍贵礼品。《左传·哀公七年》:"禹合诸侯于涂山,执玉帛者万国。"这里指表示中日两国友好的礼品。

[4] 车书共一家:指中日两国有共同的文化传统,亲如一家。杜甫《题桃树》:"天

下车书已一家。"

[5] 新制度：指日本明治维新后的一切制度。

[6] 墨江：东京都墨田川，又名隅田川。王韬《扶桑游记》盛赞墨江之景："墨川之水来自西北，一碧漾洄，四时之景，无不相宜：宜雨宜晴，宜昼宜夜，宜雪宜月，宜于斜阳，宜于晓霭。总之，淡妆浓抹，俱有意致。"东台：上野。

[7] 分与天工：意为天公所分给的。天工：犹天公，造物主。黄庭坚《蜡梅》："天工戏剪百花房，夺尽人工更有香。"

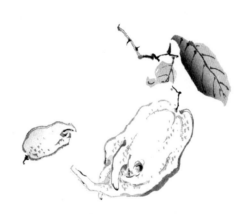

龟谷行

龟谷行(1838—1913),字子藏,号省轩,对马岛人,有《省轩文稿》、《省轩诗稿》、《咏史乐府》。

曝　书[1]

英雄爱剑美人镜[2],迂儒爱书书为命[3]。
曝书殷勤戒小奴,尘埃可拂蠹可驱[4];
古人精神钟文字,人若污之招鬼诛[5]。
奴云先生爱书却不读,书中有鬼鬼应哭。

蜗叟曰: 书,儒生所嗜,特汗牛充栋之书,何能尽读!"书中有鬼鬼应哭",自嘲亦所以自解欤!

❖ **注 释**

[1] 曝(pù)书:晒书。
[2] "英雄"句:意思是英雄爱剑,美人爱镜。
[3] 迂儒:拘执而不达世情的儒生。这里泛指爱书如命的书生。
[4] 蠹:蠹鱼。宋代徐积《和路朝奉新居》之五:"呼童解袂扪饥虱,趁日开箱曝蠹鱼。"
[5] "人若"句:意思是人们如果污损书籍,会招来鬼神诛罚。鬼诛:《庄子·庚桑楚》:"为不善乎显明之中者,人得而诛之;为不善乎幽闲之中者,鬼得而诛之。"

赠王兰卿[1]

雄心欲著祖生鞭[2]，游遍欧洲路八千[3]。

慷慨谈兵辛弃疾[4]，风流耽酒杜樊川[5]。

世无知己堪惆怅，天付斯才岂偶然。

新史好藏东海外[6]，芙蓉峰耸郁云烟[7]。

闲堂曰：传自紫诠曾中太平天国状元，又多历外国，讲求新政，近世振奇
人也。读此诗，想见尔时中日志士于维新旧邦，振兴宗国，具有
同心。

❖ **注释**

[1] 王兰卿：王韬(1828—1897)，字紫诠，号兰卿，又号仲弢、天南遁叟，清末改良
主义政论家。1879年游历日本，龟谷行赠以此诗。王韬《扶桑游记》有记载。

[2] 著祖生鞭：意思是行动赶在祖逖前面，即先人一步。

[3] "游遍"句：王韬于1867到1870年，远涉重洋，游历了英、法等许多国家。

[4] "慷慨"句：意思是王韬激昂慷慨，议论兵事，犹如辛弃疾。辛弃疾，南宋爱国
词人，文武兼长。《朱子语类》卷一一〇："辛弃疾颇谙晓兵事。"刘克庄《辛稼
轩集序》："辛公文墨议论尤英伟磊落，乾道、绍熙奏篇及所进《美芹十论》、《上
虞雍公九议》，笔势浩荡，智略辐凑，有《权书》、《衡论》之风。"其《美芹十论》
和《九议》皆有畅论兵事的内容。

[5] "风流"句：意思是王韬倜傥风流、爱好醇酒，犹如杜牧。杜樊川，即唐代著名
诗人杜牧。杜牧《遣怀》："落魄江湖载酒行，楚腰纤细掌中轻。十年一觉扬州
梦，赢得青楼薄幸名。"

[6] 新史：指王韬所著《普法战纪》，当时盛行于日本。

[7] 芙蓉峰：即富士山。

大须贺履

大须贺履(1841—1912),字子泰,一字筠轩,号舟门,磐城(今岩手县)人,有《绿筠轩诗钞》。

夜与菊畦晤 (选一首)[1]

相遇高歌发,何忧短晷沉[2]。
诗书三昧业[3],缟纻百年心[4]。
醉鬓秋华老[5],吟灯夜阁深。
笑我不量力,欲继杜陵音[6]。

蜗叟曰:以文字定交,具见高尚挚谊。诗颇有唐音。

闲堂曰:中四句法苍老,弥见功力。

❖ 注 释

[1] 原四首,这里所选为第一首。菊畦:人名,生平不详。

[2] "相遇"二句:意思是相聚十分高兴,大声吟诵诗篇,哪去注意时光匆匆,夜色降临。高歌:这里指吟唱诗篇。短晷(guǐ)沉:日晷指针影子越来越短而没有了,表示太阳西斜而落山。日晷是测日影以定时刻的仪器。潘岳《秋兴赋》:"何微阳之短晷。"

[3] "诗书"句:读书作诗是我们一生专注的事业。三昧业:意谓专心致志、全力以赴的事业。三昧:佛教名词,指一种止息杂念、专注一境的修行方法。

[4] "缟纻"句:意思是两人情长谊深,订交百年。缟纻:缟带与纻衣,喻友情深厚。《左传·襄公二十九年》:吴公子季札"聘于郑,见子产,如旧相识,与之

缟带,子产献纻衣焉"。百年心:一生相交之心。

[5]"醉鬓"句:意思是醉中鬓发犹如晚秋菊花,表示人已衰老。

[6]"欲继"句:想追踪杜甫的诗风。杜陵:杜甫。杜甫自称杜陵布衣,《自京赴奉先县咏怀五百字》:"杜陵有布衣,老大意转拙。"

与乡友松本碞水晤[1]

客意乡情老可怜,风萍相遇岂无缘[2]。
磨来一剑风霜节[3],话到垂髫竹马年[4]。
志大空甘糊口禄[5],才多难蓄买山钱[6]。
何时同赏家溪胜[7],花亚书楼柳亸船[8]。

闲堂曰:颈联十四字抵得上一篇《感士不遇赋》。

❖ 注 释

[1] 松本碞水:生平不详。

[2] 风萍:犹言"飘萍"。

[3]"磨来"句:意思是节操高洁,犹如新磨一剑。贾岛《剑客》:"十年磨一剑,霜刃未曾试。"这里即以"霜刃"关合"风霜节"。风霜节:南朝梁代刘孝标《辩命论》:"故季路学于仲尼,厉风霜之节。"

[4] 垂髫竹马年:指儿童时代。垂髫:指儿童。竹马:跨竹为马,儿童时代的游戏。李白《长干行》:"郎骑竹马来,绕床弄青梅。"

[5] 糊口禄:指勉强维持生活的俸禄。糊口:喝薄粥,表示生活艰难。《左传·隐公十一年》:"寡人有弟,不能和协,而使糊其口于四方。"

[6] 买山钱:意为退隐的资费。买山:《世说新语·排调》:"支道林因人就深公买印山。深公答曰:'未闻巢、由买山而隐。'"后以"买山"指归隐。

[7] 家溪胜:指故乡的山水胜景。

[8]"花亚"句:意思是繁花掩映书楼,柳条垂到船头。亚:通"掩"。亸(duǒ):同"軃",垂下。

野狐婚娶图[1]

日光斜斜雨萧萧，西郊之狐嫁东郊。

绥绥成队卤簿簇[2]，妖躅亲迎竹舆轿[3]。

中载婵娟阿紫娘[4]，一点红粉眉目妆。

野花为笄草为服[5]，维尾曳来黄裳长[6]。

婿也拥右媒也左，横波一眄增婹婳[7]。

傔从陆续及其门[8]，玄丘校尉纷满座[9]。

同穴契成合卺杯[10]，一死共期首丘来[11]。

曾是结缡经母诲[12]，肯以赠芍破圣戒[13]？

君不见郑妹春心蔑父母[14]，白日青天逾墙走[15]。

闲堂曰：东邦狐嫁之传说，殆与我国鼠嫁女相同，皆民间旧俗之可怀者。此诗巧于摹绘，惜不得其图观之。

❖ 注释

[1] 野狐婚娶：这是日本民间传说，有图画，有"影绘"（即影戏）。黄遵宪《日本国志·礼俗志三》，记载了表演野狐婚娶的"影绘"："夜深有叱咤声，则狐群排行，徐徐进步，各荷蒲席，衔炬火，担木持竿，俗所谓狐嫁女是也。"

[2] "绥绥"句：意思是一对对狐狸排成行，扛着仪仗。绥绥：狐狸雌雄并行的样子。《诗经·卫风·有狐》："有狐绥绥，在彼淇梁。"《毛传》："绥绥，匹行貌。"卤(lǔ)簿：仪仗队。

[3] "妖躅"句：意思是娶亲的妖狐，前来迎接花轿。妖躅(zhú)：犹狐步。

[4] 婵娟：美好的样子。阿紫娘：指出嫁的狐狸。《艺文类聚》引《名山记》："狐者，先古之淫妇也，其名曰紫，化而为狐，故其怪多自称阿紫。"干宝《搜神记》卷十八，记王灵孝自言狐初来时，"作好妇形，自称阿紫"。

[5] 笄：束发的簪子。

[6] "维尾"句：意思是拖着一条黄黄的长尾巴。

[7] "横波"句：意思是眼波一转更增妖媚之姿。婹婳(wǒ tuǒ)：美好的样子。

411

[8] 傔(qiàn)从：随从之人。

[9] 玄丘校尉：狐之别名。见《海录碎事》。

[10] 合卺杯：即婚礼中夫妇饮交杯酒。

[11] "一死"句：传说狐狸将死，头必朝向出生的山丘，表示不忘本，永远怀念故乡。《楚辞·哀郢》："鸟飞反故乡兮，狐死必首丘。"

[12] "曾是"句：意思是曾经由母亲结缡，谆谆教诲。结缡：《诗经·豳风·东山》："亲结其缡，九十其仪。"《毛传》："母戒女，施衿结帨。"

[13] "肯以"句：意思是怎肯赠人以芍药来定私情，从而破坏圣贤的教导。赠芍：《诗经·郑风·溱洧》："维士与女，伊其相谑，赠之以芍药。"男女青年互赠芍药以定情。

[14] "君不见"句：意思是郑国的姑娘动了春心，蔑视父母的教诲。旧说《诗经·郑风》中多男女淫奔之辞。姝(shū)：美女。宋玉《登徒子好色赋》："此郊之姝，华色含光。"

[15] 逾墙走：《诗经·郑风·将仲子》："将仲子兮，无逾我墙。"这里反其意用之。

412

竹添光鸿

　　竹添光鸿(1842—1917),字渐卿,号井井,称进一郎,肥后(今熊本县)人。明治初年任日本驻华外交官,曾游历过河北、河南、陕西、四川以及长江中下游。他是著名的汉学家,有《左氏会笺》、《毛诗会笺》、《论语会笺》。诗文集有《独抱楼遗稿》、《井井臕稿》、《栈云峡雨日记并诗草》。

新乡县阻雨[1],西风寒甚

征衣敝尽发鬇鬡[2],愁对清樽独自倾。
乱后中原多战骨,眼中宿莽是荒城[3]。
驿窗有梦寻乡梦,灯火无情照客情。
记取新乡今夜雨,西风匝屋作秋声[4]。

蜗叟曰:一片乱后景象,更添异国他乡之感。颔联尤见骨脊。以"西风匝屋作秋声"作结,殆所谓留不尽之意者。

闲堂曰:通首沉实,惜颈联稍轻浅。

❖ 注 释

[1] 新乡县:今河南新乡市。

[2] 发鬇鬡(zhēng):头发蓬乱的样子。

[3] "乱后"二句:这是指 1862 年到 1868 年期间,清朝镇压太平军、捻军的过程中,新乡一带受到洗劫后造成的荒凉景象。作者这首诗写于 1874 年,但所见仍是残破不堪。宿莽:这里泛指野草。

[4] 匝(zā)屋：绕屋。

马道驿北一水曰樊河^[1]，相传鄷侯追淮阴至此及之^[2]

隆准是盲龙^[3]，重瞳乃沐猴^[4]。

天下几人识英雄，独有漂母与鄷侯^[5]。

一夜东遁鞭匹马，非我负汉汉负我。

樊河水涨不可行，下马河上藉草坐。

无端听取碧蹄声^[6]，何人履我呼我名^[7]。

厚意未报一饭德^[8]，回鞭且酬知己情。

却有神骏留化石，祸机似讽狗烹客^[9]。

千载钟室有谁吊^[10]，石马不嘶山月白。

闲堂曰：论史别具手眼，造语亦磊砢英多，佳作也。

✦ 注 释

[1] 马道驿、樊河：均在今陕西省汉中市附近。

[2] 鄷侯追淮阴：萧何封鄷侯，韩信封淮阴侯。《史记·淮阴侯列传》：韩信在汉王刘邦麾下，不被重用，逃亡，"(萧)何闻信亡，不及以闻，追之"。

[3] 隆准(zhǔ)：高鼻。这里指刘邦。《史记·高祖本纪》："高祖为人，隆准而龙颜。"后人因称之为隆准公，李白《梁甫吟》："君不见高阳酒徒起草中，长揖山东隆准公。"盲龙：瞎眼的皇帝，比喻刘邦不识人才。

[4] "重瞳"句：意思是项羽也不能用韩信。《史记·淮阴侯列传》：韩信"数以策干项羽，羽不用。汉王之入蜀，信亡楚归汉"。重瞳：指项羽。《史记·项羽本纪》："项羽亦重瞳子。"沐猴：猕猴。《史记·项羽本纪》：项羽至咸阳，欲东归，"曰：'富贵不归故乡，如衣绣夜行，谁知之者。'说者曰：'人言楚人沐猴而冠耳，果然。'"沐猴而冠，意为徒具人形，没有人的智虑。

[5] 漂母：在河边漂洗衣物的妇女。《史记·淮阴侯列传》："(韩)信钓于城下，诸母漂，有一母见信饥，饭信。"

[6] 无端：无故。这里是忽然的意思。碧蹄：马蹄。张仲素《天马辞》："来时行尽金河道，猎猎轻风在碧蹄。"

[7] 履我：这里是追我的意思。

[8] "厚意"句：《史记·淮阴侯列传》：漂母饭信，"信喜，谓漂母曰'吾必有以重报母'"。韩信从刘邦营中逃亡时，尚未报答漂母之恩。

[9] "却有"二句：意思是河边神马的化石，好像在嘲讽韩信回到汉王营中后终于导致被杀的结局。祸机：潜在的遭祸因素。狗烹客：指韩信。《史记·淮阴侯列传》：韩信遭到逮捕，曰："果若人言，'狡兔死，良狗烹；高鸟尽，良弓藏；敌国破，谋臣亡'。天下已定，我固当烹。"后韩信为吕后所斩。

[10] 钟室：汉代长乐宫悬钟之室。吕后将韩信斩于长乐宫钟室。

桥本宁

桥本宁(1845—1884),字静甫,号蓉塘,京都人,有《蓉塘诗钞》。

花下睡猫

花阴满地午风和,不省三春梦里过[1]。
懒睡应无尸素责[2],陶鸡瓦犬世间多[3]。

蜗叟曰:从花下睡猫引来陶鸡瓦犬,妙。尸位素餐辈读此,得不赧颜?

❖ 注释

[1] 不省(xǐng):不觉,不知。

[2] 尸素:尸位素餐,居其位食其禄而不尽职。尸:即尸位,古人祭祀时,由活人装成死者,坐在位上,享受供品,称为尸。所以只吃不做,便称为尸位。素:素餐,白白吃饭。

[3] "陶鸡"句:意思是无功受禄之徒在世间多得很。陶鸡瓦犬:鸡司晨,犬守夜,陶瓦做的鸡犬就不能司晨守夜了,用来比喻尸位素餐者。

感 事

感事秋来易怆情,疏慵不点读书檠[1]。
云间月似强留客,雨后暑如将溃兵。
奇梦连宵落鲸海[2],壮心万里托鹏程。

忽疑杀气鞘中动,三尺蛟龙吼有声[3]。

蜗叟曰：怀经世术慨不得致其用,然豪情不减,斯为可贵。

闲堂曰：颔联新警,南宋诸公陆、杨辈集中往往有之。

✤ **注 释**

[1] 疏慵：懒怠。

[2] 鲸海：大海。王安石《寄石鼓寺陈伯庸》："鲸海无风白日闲,天门当面险难攀。"

[3] 三尺蛟龙：剑的代称。杜甫《重经昭陵》："风尘三尺剑。"又《相从歌》："酒酣击剑蛟龙吼。"

送人赴欧罗巴[1]

铁舰如山驾怒涛,欧洲去拥使臣旄[2]。
张骞绝汉功何伟[3],宗悫凌风气太豪[4]。
鳌岛点来沧海远[5],鹏云飞尽碧天高[6]。
四方专对男儿事[7],莫负腰间日本刀[8]。

闲堂曰：有壮往之气。词非甚工,然称题也。

✤ **注 释**

[1] 欧罗巴：欧洲。

[2] 使臣旄：古代使臣所持用旄牛尾装饰的节杖。这里仅点明使臣身份,并非写实。

[3] 张骞绝汉：据《荆楚岁时记》记载,相传天河与海相通,每年八月,有浮槎如期往来,汉代张骞曾携带粮食乘槎而去。这里借指张骞出使西域。绝：渡过,跨越。汉：这里指天河。

[4] 宗悫凌风：宗悫的志向是"愿乘长风破万里浪"。凌风：乘风。

[5] 鳌岛：犹言鳌山，即仙岛、仙山。《列子·汤问》：渤海之东有无底之谷，名曰归墟，"其中有五山焉，一曰岱舆，二曰员峤，三曰方壶，四曰瀛洲，五曰蓬莱"，随波上下往还，天帝"乃命禺强使巨鳌十五，举首而戴之"。

[6] 鹏云：巨大的云块。《庄子·逍遥游》："鹏之背，不知其几千里也；怒而飞，其翼若垂天之云。"

[7] 四方专对：意思是出使外国，独当一面地谈判对答。《论语·子路》："诵《诗》三百，授之以政，不达；使于四方，不能专对。虽多，亦奚以为？"专对：见问即对，无所疑也。

[8] 腰间日本刀：当时日本士族多有佩刀。日本刀颇有名，欧阳修有《日本刀歌》。黄遵宪在《日本杂事诗》中咏日本刀云："正宗千锻出金精，薜烛犹惊弟子名。秋水芙蓉光内敛，一挥头白不闻声。"注云："正宗者，相模国人，冈崎氏，好炼刀，壮走四方，访锻师数十年，八十归，神而明之，遂成绝技。""逮建武大乱，兵革相踵，名工益辈出。"

次伊藤士谦韵二首 并序（选一首）[1]

　　友人伊藤士谦，西京人也[2]。风流嗜诗酒，容仪都雅[3]，有小檀郎之目[4]。尝与鸭东校书玉儿绸缪有年[5]。去年七月因事来东京，久不通音耗[6]，玉儿相思致疾，恹恹数月[7]。以本年一月某日溘然而亡[8]，年仅十九。葬之明日，士谦自东京归，闻讣大惊，驰至玉儿家吊之。其妹悲喜相半，具告玉儿病中眷恋之状，且曰："阿姊之疾革也[9]，自知不起，开镜奁[10]，出郎君所赠指环自贯[11]。曰：'今病势如此，死期在近，死不足悲，但不能见郎君而一诀，是为憾耳。然观此指环，犹见郎君。'言毕，合掌东向而瞑矣。"士谦闻之，恸哭几绝，遂罹心恙[12]，久之得愈。顷日，士谦再来东京，为予说玉儿之事，示以悼亡二律，其诗句句凄恻，字字缠绵，不堪卒读。仆本恨人[13]，闻此恨事，不觉泪下，五内为裂[14]，乃次原韵[15]，聊寓怜香之意云[16]。

> 人生聚散似抟沙[17]，一瞥流光两鬓华[18]。
> 愁晕空留衣上泪，幻尘难捉镜中花[19]。
> 俄闻坠瓦鸳鸯碎[20]，忍见残裙蛱蝶斜[21]。
> 从是埋香冢边路，年年春草长情芽。

闲堂曰：诗有温尉之体。

蜗叟曰：情致缠绵。小序可作唐人传奇看。

✿ 注 释

[1] 这里所选为第一首。伊藤士谦：生平不详。

[2] 西京：今日本京都。

[3] 都雅：文雅，美好。

[4] 小檀郎：年轻的美男子。晋代潘安，姿仪秀美，小名檀奴。后以"檀奴"或"檀郎"为美男子的代称。

[5] 鸭东：鸭川之东，为游览胜地。鸭川即京都贺茂川。校书：旧时对妓女的雅称。东汉有校书郎、校书郎中，魏有秘书校书郎，皆为校勘书籍之官。唐武元衡镇蜀时，曾奏妓女薛涛为校书郎。后遂以女校书喻有才华能诗文的妓女。王建《赠薛涛》："万里桥边女校书，枇杷花里闭门居。扫眉才子知多少，管领春风总不如。"绸缪：情意殷勤。

[6] 音耗：音信，消息。

[7] 恹恹(yān)：精神不振的样子。

[8] 溘(kè)然：忽然。

[9] 革(jí)：急，危急。通"亟"。《礼记·檀弓上》："夫子之病革矣。"

[10] 镜奁(lián)：镜匣。

[11] 指环：即戒指。

[12] 心恙：犹言心疾，精神失常。

[13] 仆本恨人：江淹《恨赋》："于是仆本恨人，心惊不已。"恨人：失意抱恨之人。

[14] 五内：五脏。

[15] 次原韵：作者次韵，至六叠韵而止。

[16] 怜香：怜惜玉儿姑娘的意思。

[17] 抟（tuán）沙：捏聚成团的沙，极易散开。苏轼《二公再和亦再答之》："亲友如抟沙，放手还复散。"

[18] 一瞥流光：形容光阴短暂，转瞬之间。流光：光阴，时光。李白《古风》十一："逝川与流光，飘忽不相待。"

[19] 幻尘：佛教名词，虚幻的尘世，指人间。

[20] 坠瓦鸳鸯碎：喻玉儿之死。鸳鸯瓦：屋瓦一俯一仰，称鸳鸯瓦。白居易《长恨歌》："鸳鸯瓦冷霜华重，翡翠衾寒谁与共？"

[21] 残裙蛱蝶斜：指玉儿死后留下的蛱蝶裙。蛱蝶裙：绣有蝴蝶的裙子。杨维桢《学书》："新词未上鸳鸯扇，醉墨先污蛱蝶裙。"

永坂德彰

永坂德彰(1845—1924),字周二,号石埭,尾张(今爱知县)人,曾任东京帝国大学医学部教授,有《横滨竹枝》。

墨堤书感[1]

犹记春江打桨迎,当年桃叶太多情[2]。
月明休唱旧时曲[3],十里烟波似隔生[4]。

❖ 注 释

[1] 墨堤:墨江堤。墨江,墨田川,又名隅田川,在日本东京都。

[2] 桃叶:晋代王献之妾,其妹曰桃根。这里的桃叶,指代娼家少女。

[3] 旧时曲:《乐府诗集》有《桃叶歌》:"桃叶复桃叶,度江不用楫,但度无所苦,我自迎接汝。"相传《桃叶歌》系王献之所作。《古今乐录》云:"缘于笃爱,所以歌之。"

[4] 隔生:隔世。

春仲卧病[1]

药炉经卷伴萧条,一半春从病里消。
五日轻寒三日暖,殢人天气近花朝[2]。

闲堂曰:石埭医学名家而为诗清丽宛转,甚有风调,可谓多才人也。

❖ 注 释

[1] 春仲：仲春，二月。

[2] 殢人：困人、扰人。花朝：农历二月十五日称为百花生日，号花朝节，又称花
　　朝。宋代吴自牧《梦粱录》："仲春十五日为花朝节，浙间风俗，以为春序正中，
　　百花争望之时，最堪游赏。"

古泽滋

古泽滋(1847—1911),字介堂,土佐(今高知县)人。

读吴世家[1]

庆应元年秋作[2],时武市瑞山先生以下赐死或刑死[3]。

昨日杀一人,今日杀一士。
君家一口属镂剑,忍使忠臣相逐死[4]。
忠臣死,美人骄[5],姑苏台上月轮高[6]。
君王沉醉深宫里,胥山秋冷泣风涛[7]。

蜗叟曰:咏史而意在当途。

闲堂曰:咏史即是咏怀,陈古以刺今,风人之遗,《春秋》之义也。

✤ 注释

[1] 吴世家:《史记·吴太伯世家》。

[2] 庆应元年:1865 年。庆应:日本孝明天皇年号。

[3] 武市瑞山:武市半平太,号瑞山,土佐人。在土佐藩首倡尊王攘夷,反对幕府
统治。1863 年,他被捕入狱,坚贞不屈;1865 年闰五月被处死刑。同时被捕
的有他的胞弟田内卫吉等志士,亦先后死去。

[4] "君家"二句:《史记·吴太伯世家》载,伍子胥反对吴王夫差与越王勾践言
和,夫差不听忠告,反而"赐子胥属镂之剑以死"。后来,夫差争霸中原,勾践
乘机攻吴,吴王夫差大败,自杀,越灭吴。属镂:宝剑名。

[5] 美人：指西施。据《吴越春秋》记载，越王勾践战败后，命范蠡求得美女西施，进于吴王夫差，于是吴王许和。

[6] 姑苏台：在苏州西南的姑苏山上，为吴王夫差（一说吴王阖闾）所筑，《越绝书》云："三年聚材，五年乃成，高见三百里。"它是吴王与西施游乐的地方。

[7] 胥山：在苏州，相传因伍子胥而得名。《史记·伍子胥列传》："（子胥）乃自刭死。吴王闻之大怒，乃取子胥尸盛以鸱夷革，浮之江中。吴人怜之，为立祠于江上，因命曰胥山。"

永井温

永井温（1851—1913），字伯良，号禾原，通称久一郎，尾张（今爱知县）人。

雪晓骑驴过秦淮[1]

满江飞絮不胜寒[2]，绣阁无人起倚栏[3]。
只有风流驴背客，秦淮晓色雪中看[4]。

闲堂曰：郑五云：诗思在灞桥风雪中驴子背上。岂不然哉？

蜗叟曰：秦淮河畔，跨驴赏雪，却也入画。可与李洞赋贾浪仙"敲驴吟雪月"、"行傍长江影"句意相参。

❖ **注 释**

[1] 秦淮：贯穿南京城中的一条河。

[2] 飞絮：这里指飘舞的雪花。《世说新语·言语》：谢安看到大雪纷纷，问道："白雪纷纷何所似?"他的侄子谢朗回答："撒盐空中差可拟。"侄女谢道韫说："未若柳絮因风起。"

[3] 绣阁：犹言绣房，妇女所居华丽的房间。

[4] "只有"二句：暗用郑綮事。宋代孙光宪《北梦琐言》：相国郑綮善诗，"或曰：'相国近有新诗否?'对曰：'诗思在灞桥风雪中驴子上，此处何以得之?'"

国分高胤

国分高胤（1857—1944），字子美，号青厓，宫城县人，曾任新闻记者、大东文化学院教授、《昭和诗文》主编等职。

游严岛[1]

百重宫殿跨金鳌[2]，山色苍苍照客袍。
所过径多麋鹿迹，相逢人尽钓渔曹[3]。
画桥落水龙姿涌[4]，华表凌云鹤唳高。
少女不知衣袂湿，彩笼捞贝步银涛。

❖ 注 释

[1] 严岛：是广岛湾西南的一个小岛，景色秀丽，是日本著名三大风景区之一。
    岛上有著名的严岛神社，最高处为弥山。
[2] 金鳌：传说海中有金鳌，用来指代仙岛。这里即指严岛。王建《宫词》之一：
    "蓬莱正殿压金鳌，红日初升碧海涛。"
[3] 钓渔曹：钓鱼、捕鱼的一群人。
[4] 龙姿：形容长桥的雄姿。杜牧《阿房宫赋》："长桥卧波，未云何龙？"

本田秀

本田秀(1862—1907),字种竹,又字实卿,通称幸之助,阿波(今德岛县)人。1898年游中国,有《戊戌游草》。此外还有《怀古田舍诗存》。

饶州绝句 (选一首)[1]

沙湖秋水长兰苕[2],玉马山云薄似绡[3]。
不见风流姜白石[4],红楼小女坐吹箫[5]。

蜗叟曰:有风流蕴藉之致。

✤ 注 释

[1] 原二首,这里所选为第二首。饶州:今江西鄱阳。

[2] 兰苕:兰花。郭璞《游仙》之三:"翡翠戏兰苕,容色更相鲜。"

[3] 玉马山:在鄱阳。

[4] 姜白石:姜夔,字尧章,别号白石道人,江西鄱阳人,南宋著名词人。

[5] "红楼"句:意思是只有红楼中的年轻女子在那里吹箫。元代陆友《研北杂志》:南宋绍熙二年,范成大以家妓小红赠姜夔,"大雪载归,过垂虹桥,赋诗有'小红低唱我吹箫'句"。

登剑峰[1]

路尽通飞栈[2],峰回列曲屏[3]。

深丛晴讶雨[4]，幽谷昼看星。

云绕山腰白，风吹树发青[5]。

人声落空际，绝顶有孤亭。

蜗叟曰：五言近体之趋新奇峻僻者。

♣ 注 释

[1] 剑峰：四川剑阁的剑门山。

[2] 飞栈：高山上的栈道。三国时诸葛亮曾在剑门山架设栈道。

[3] 曲屏：曲曲的屏风。

[4] "深丛"句：王维《山中》："山路元无雨，空翠湿人衣。"讶：惊讶。

[5] 树发：指树木枝叶。

岳州府[1]

秋风有客弭苏桡[2]，白日烟岚水荡摇[3]。

湖口人家鱼菜富，霜前丘陇橘柑饶。

寒山无地葬穷杜[4]，墓木何年锁二乔[5]。

古道萧条烟火外，谁知和泪折芳椒[6]。

闲堂曰：洞庭风物，宛然如画。诵之增予怀土之情。

蜗叟曰：首二句点客游，次二句即景兼及地方风物，次二句吊古，末二句
抒惆怅之情。

♣ 注 释

[1] 岳州府：指湖南岳阳，在洞庭湖边。

[2] "秋风"句：意思是正当秋风萧瑟的时候，来客停舟观赏景色。弭(mǐ)：止、
停。苏桡：即兰桡，木兰树制成的船桨。《楚辞·湘君》："苏桡兮兰旌。"

[3] "白日"句：用孟浩然《临洞庭湖》"气蒸云梦泽,波撼岳阳城"句意。烟岚：指洞庭湖上的雾气。

[4] "寒山"句：作者原注："少陵以大历五年秋病卒,旅殡岳阳。"穷杜：即指杜甫。旅殡：棺木暂时寄放,等待下葬。后来,由杜甫孙子杜嗣业安葬。今湖南平江县小田附近有杜甫墓。

[5] "墓木"句：作者原注："此地亦有二乔墓,至今犹存。"二乔：三国时大乔、小乔姊妹。大乔嫁给孙策,小乔嫁给周瑜。据明代《一统志》："吴孙策攻皖,得乔公二女,自纳大乔,而以小乔归周瑜,后卒葬于此。"二乔墓在今岳阳市岳阳楼东北隅。

[6] 芳椒：芳草。《楚辞·悲回风》："惟佳人之独怀兮,折芳椒以自处。"

森大来

森大来(1863—1911),字槐南,又字公泰,通称泰二郎,尾张(今爱知县)人,著名诗人森春涛的儿子,有《槐南集》。

鹃　声

千声仿佛度嶙峋,似道空山是帝阌[1]。
血污谁危唐社稷,魂归仍恨蜀君臣[2]。
冬青半树园陵雨,金碧南朝野寺春[3]。
终古自关家国事,诗人再拜独伤神。

闲堂曰:起联突兀可喜。一结首尾相应。吊古之作,正当如此。惜中四稍弱耳。

❖ 注释

[1] "千声"二句:意思是杜鹃鸟千声万声的啼叫回荡群山,好像在思念过去的宫阙。据《蜀王本纪》、《华阳国志·蜀志》、《成都记》等,古蜀国王杜宇,号曰望帝,死后化为鸟,名杜鹃,亦称子规。从农历三月开始,杜鹃日夜不停地啼叫,直到嘴里流血为止。鲍照《拟行路难》之七:"荆棘郁蹲蹲,中有一鸟名杜鹃,言是古时蜀帝魂。声音哀苦鸣不息,羽毛憔悴似人髡。飞走树间啄虫蚁,岂忆往日天子尊。"嶙峋:突立高耸的山峰。帝阌(yīn):帝王之城,指望帝的宫阙。

[2] "血污"二句:意思是血污马嵬,社稷覆亡顷刻;魂归蜀道,君臣遗恨无穷。血污:指杨贵妃身死马嵬坡。杜甫《哀江头》:"明眸皓齿今何在? 血污游魂归

不得。"蜀君臣：即望帝君臣，实指唐明皇君臣。又，杜甫有《杜鹃行》："君不见昔日蜀天子，化为杜鹃似老乌！""四月五月偏号呼，其声哀痛口流血，所诉何事常区区。"一般认为此诗针对唐明皇安史乱起幸蜀所作。

[3] "冬青"二句：指南宋灭亡。南宋将亡，唐珏、林景熙将在杭州的南宋皇陵移葬会稽(今绍兴)兰亭山下，并求取故宫前的冬青树栽上。"冬青半树园陵雨"指此。南宋灭亡，谢枋(fāng)得在古寺为文天祥等招魂。"金碧南朝野寺春"指此。诗人，作者自谓。

孔子庙[1]

东有君子国[2]，乘桴游日边[3]。

宣尼有此愿[4]，庙食非偶然[5]。

缭垣有松柏[6]，盈阶陈豆笾[7]。

牛羊鹿豕兔，钟鼓笙箫弦[8]。

颇闻释奠盛，礼乐仪三千[9]。

一一仿阙里[10]，至今犹肃虔。

噫圣师百世[11]，洋洋声教宣[12]。

惜夫困陈蔡[13]，涕泗空流涟。

吾道果穷矣，获麟奚待焉[14]。

到处不黔突[15]，盍早风帆悬[16]。

感此怅回首，烟树沧海连。

浮云起西北，目断齐鲁天。

闲堂曰：典重称题。

蜗叟曰：孔子之教，盛行于东国。今东京都汤岛圣堂，亦孔子庙也，规模阙里，具体而微。藏有明遗臣朱舜水东渡时所携夫子木雕像一尊，弥足珍重，于以见中日文化交往，渊源有自。

❖ 注 释

[1] 原注：“在首里中学校。”首里：在日本冲绳县那波市。

[2] 君子国：指日本。黄遵宪《送肉户玑公使之燕京》：“海外大荒经，既称带方东。是有君子国，挂剑知儒风。”

[3] “乘桴”句：意思是孔子可以乘木筏东游日本。乘桴：《论语·公冶长》：“子曰：‘道不行，乘桴浮于海。’”桴：木筏。日边：指日本。《明史·日本传》：“日本，古倭奴国，唐咸亨初改日本，以近东海日出而名也。”

[4] 宣尼：孔子。

[5] 庙食：死后得以立庙，享受祭祀。《后汉书·梁统传》：梁竦“尝登高远望，叹息言曰：‘大丈夫居世，生当封侯，死当庙食。’”这里指日本有孔庙祭祀孔子。

[6] 缭垣：绕墙。

[7] “盈阶”句：意思是阶上摆满了盛着祭品的礼器。豆、笾：均为祭祀用的礼器，形似高足盘，豆以木制，笾以竹制。

[8] “牛羊”二句：上句指丰盛的祭品，下句指肃穆的乐曲。

[9] “颇闻”二句：意思是听说祭祀典礼盛大隆重，行礼奏乐，仪式繁多。释奠：古代学校陈设酒食祭奠先圣先师。《礼记·文王世子》：“凡学，春，官释奠于其先师；秋冬亦如之。凡始立学者，必释奠于先圣先师。”注：“释奠，设荐馔酌奠而已，无迎尸以下之事。”这里指祭孔的典礼。三千：形容礼仪繁多。《礼记·中庸》：“礼仪三百，威仪三千。”

[10] “一一”句：意思是日本孔子庙的一切都模仿孔子故乡的孔庙。阙里：地名，在今山东曲阜。相传是孔子讲学的地方，这里代指曲阜的孔庙。

[11] 噫：感叹词。

[12] “洋洋”句：意思是孔子的声威和教化广为传布。洋洋：美盛的样子。《尚书·伊训》：“圣谟洋洋，嘉言孔彰。”又，《尚书·禹贡》：“声教讫于四海。”

[13] 困陈蔡：孔子困于陈蔡。《史记·孔子世家》：孔子在陈蔡间，接受了楚国使者的聘请后，陈蔡大夫“发徒役围孔子于野，不得行，绝粮，从者病，莫能兴”。陈蔡：陈国和蔡国，春秋时代的两个诸侯国家，均在今河南东部。

[14] “吾道”二句：意思是孔子之道果真无法等到实现的机会了。《史记·孔子世家》：孔子“及西狩见麟，曰：‘吾道穷矣。’”麟：一种古代传说认为只是盛世才会出现的兽。而鲁哀公十四年狩猎获麟，却是春秋乱世，所以孔子哀叹“吾道穷矣”。

[15] "到处"句：意思是孔子到处奔走，每到一地，都是匆匆而去。不黔突：连烟囱都没有熏黑。黔：黑。突：烟囱。《淮南子·修务》："孔子无黔突，墨子无暖席。"

[16] "盍早"句：意思是孔子既然到处不得志，凄凄惶惶，为什么不早早悬帆东渡日本呢？盍：何不。

晓入长江过通州即目[1]

平远江山始，微茫塔树分[2]。

人家稀可数，舟语近堪闻。

触目生秋意，回头问白云。

天涯谁避弋[3]，惊雁落纷纷。

闲堂曰：写江景明秀可玩，一结跳出题外，殊有远致。

蜗叟曰：前半即目所见，后半就景抒情。信笔所至，看似不着气力，然非老手，难克臻此。

❖ 注 释

[1] 通州：今江苏南通市。

[2] 微茫：隐隐约约。

[3] 弋(yì)：用生丝绳系在箭上发射。这里指射来的箭。

夜过镇江 (选一首)[1]

他日扁舟归莫迟，扬州风物最相思。

好赊京口斜阳酒[2]，流水寒鸦万柳丝。

闲堂曰：极有风调，不让渔洋。

金井雄

金井雄（1864—1905），字秋蘋，一字飞卿，上野（今群马县）人，清末曾任常州俟实学堂总教习一年。

绿天楼与剑士话别[1]

我亦旗亭愧有名[2]，频年腰笛带离声[3]。
从今同作他乡客，花月良宵怨柏城[4]。

闲堂曰：激射有致。

❖ **注释**

[1] 绿天楼：酒楼名。剑士：人名，生平不详。

[2] "我亦"句：意思是我亦薄有诗名。旗亭：酒楼。唐代薛用弱《集异记》载有旗亭唱诗故事：王昌龄、高适、王之涣三人于旗亭小饮，适逢梨园伶官十数人会宴，妙妓四人，拊节唱诗，所唱均为三人所作绝句。这里用旗亭有名借指善于作诗的名声。

[3] "频年"句：意思是近年来总是在外奔波不停。腰笛：即笛子。笛不吹时，可插腰间，随身携带。

[4] 柏城：唐代帝王陵园周围筑墙，种植柏树，称柏城。白居易《陵园妾》："松门到晓月徘徊，柏城尽日风萧瑟。"这里指代故园、故乡。

寄怀槐南盐原[1]

不羡王侯不羡仙，江山胜处任流连。
时攀天狗怪岩上[2]，或吊美人荒冢前。
溪以盐名鱼却淡[3]，地因泉涌昼常烟[4]。
孙登长啸多豪气[5]，毁誉纷纷付暮蝉[6]。

闲堂曰：亦有萧散之致，不可以率易怪之。

♣ 注 释

[1] 槐南：即森槐南。盐原：地名，在日本栃木县盐谷郡，有温泉，风景秀丽。

[2] 天狗怪岩：天狗岩，与下面提到的美人冢，都是盐原的名胜。

[3] 盐溪：流经盐原的河川，又名帚川。

[4] "地因"句：盐原多温泉，泉水涌起，热气蒸腾。

[5] 孙登长啸：《晋书·阮籍传》：阮籍于苏门山遇见孙登，请教栖神导气之术，孙登不应，阮籍长啸而退。至半山，闻有声若鸾凤之音，响彻山谷，是孙登的啸声。孙登是当时著名的隐者。啸：撮口而呼，魏晋士人以此抒发豪气。

[6] "毁誉"句：意思是休问人间毁誉，只当作暮蝉乱鸣罢了。戴复古《论诗十绝》："近日不闻秋鹤唳，乱蝉无数噪斜阳。"

野口一

野口一（1867—1905），字宁斋，一字贯卿，通称一太郎，谏早（今长崎县）人。

送宇田沧溟归土佐，次曾寄怀诗韵[1]

笑谢长安轻薄儿[2]，文章不愿市人知[3]。
黄金马骨自高价[4]，野鹤鸡群多逸姿[5]。
客鬓飘萧诗亦飒[6]，剑花历乱舞何奇[7]。
醉中分手笛悲壮，吹断垂杨绿万丝[8]。

蜗叟曰：宇田沧溟殆亦失意文士，以长安居不易，且羞与贵肖无赖伍而赋归旧里者欤？

闲堂曰：黄金之句，婉而多讽。

❖ 注释

[1] 宇田沧溟（1868—1930）：名友猪，字诚甫，号沧溟，著名汉诗人，有《沧溟集》，为土佐（今高知县）人。

[2] 长安轻薄儿：指京都地区轻浮放荡的青年。沈约《三月三日率尔成篇》："洛阳繁华子，长安轻薄儿。"

[3] 市人：市民，世俗之人。

[4] "黄金"句：意思是当世徒有求才之名，而无用贤之实。喻宇田氏怀才不遇。黄金马骨：用《战国策》所载郭隗为燕昭王所说以五百金买千里马尸骨的故事。

[5] 野鹤鸡群：即鹤立鸡群。《世说新语·容止》："嵇延祖卓卓如野鹤之在鸡群。"嵇延祖，即嵇康之子嵇绍。

[6] "客鬓"句：意思是作客在外，鬓发飘散，诗亦萧疏飞动。杜甫《义鹘行》："飘萧觉素发，凛欲冲儒冠。"

[7] 历乱：烂漫。

[8] "醉中"二句：意思是饯别时情绪悲壮激烈。古人有折柳送别的风俗。北朝乐府《折杨柳枝歌》："上马不捉鞭，反拗杨柳枝。下马吹长笛，愁杀行客儿。"白居易《杨柳枝》："剥条盘作银环样，卷叶吹为玉笛声。"后来常把吹笛、折柳、怨别联系在一起。

夏目漱石

夏目漱石(1867—1916),原名金之助,别号漱石,东京人,著名小说家。曾留学英国,归国后任东京帝国大学教授、《朝日新闻》特约作者等。有《夏目漱石全集》十四卷。

山路观枫[1]

石苔沐雨滑难攀,渡水穿林往又还。
处处鹿声寻不得,白云红叶满千山。

闲堂曰:漱石诗风流蕴藉,殆不让其说部。能者自不可测。可喜可爱也。

❖ 注 释
[1] 原注:"明治二十二年十一月。"明治二十二年为1889年。

春日偶成二首[1]

竹密能通水,花高不隐春。
风光谁是主? 好日属诗人。
流莺呼梦去,微雨湿花来。
昨夜春愁色,依稀上绿苔。

✤ 注 释

[1] 原注："明治四十四年五月二十四日。"明治四十四年为 1911 年。

无　题[1]

何须漫说布衣尊[2]，数卷好书吾道存。
阴尽始开芳草户，春来独杜落花门[3]。
萧条古佛风流寺[4]，寂寞先生日涉园[5]。
村巷路深无过客，一庭修竹掩南轩[6]。

蜗叟曰：有杜门吟读，乐在其中之概。"寂寞先生日涉园"，属对轻巧自
在。夏目漱石故居原在东京都，今迁置名古屋"明治村"博物
馆，游客莫不过而凭吊焉。

✤ 注 释

[1] 原注："大正五年八月二十八日。"大正五年为 1916 年。

[2] 布衣：即布衣之士，指知识者。

[3] 杜：关。

[4] 风流寺：意为寺庙风貌犹存。风：流风遗韵，这里指当年的规模、气派。

[5] 日涉园：意为每天在园中散步。陶渊明《归去来兮辞》："园日涉以成趣，门虽
设而常关。"

[6] 南轩：南窗。

久保得二

久保得二(1875—1934),字长野,号天随,长于评论随笔,曾任宫内省图书编修官、大东文化学院教授,著书一百七十余种,有《秋碧吟庐诗钞》。

铜雀台[1]

漳水东流去不回,几多宫观劫余灰。

终生权略三分业[2],旷古文章七子才[3]。

墓表题名欺后世[4],帐前奏伎引余哀[5]。

依稀疑冢亦荒草[6],秋老西陵风雨来[7]。

蜗叟曰:固一世之雄也,而今安在哉!

闲堂曰:诗篇雄健,虽近体,固张燕公《邺都引》之流亚也。

❖注 释

[1] 铜雀台:故址在今河北临漳县西南。东汉建安十五年,曹操建铜雀台,高十丈,周围殿宇一百二十间。于楼顶置大铜雀,舒翼若飞,故名铜雀台。兵乱中损坏,明末又遭漳河冲毁,仅存残址。

[2] "终生"句:意思是曹操一生努力,创建了三分天下有其一的基业。权略:随机应变的谋略。

[3] "旷古"句:指在曹操领导之下文才辈出。旷古:古来所无,空前。七子:建安七子。曹丕《典论·论文》:"今之文人,鲁国孔融文举、广陵陈琳孔璋、山阳王粲仲宣、北海徐幹伟长、陈留阮瑀元瑜、汝南应场德琏、东平刘桢公幹,斯七

子者,于学无所遗,于辞无所假,咸以自骋骥䮭于千里,仰齐足而并驰。"曹植《与吴质书》:"昔仲宣独步于汉南,孔璋鹰扬于河朔,伟长擅名于青土,公幹振藻于海隅,德琏发迹于大魏,足下高视于上京。……吾王于是设天网以该之,顿八纮以掩之,今悉集兹国矣。"诗句兼用曹氏兄弟语意。

[4] 墓表题名:曹操在《述志令》中说,希望为国讨贼立功,封侯作征西将军,"然后题墓道言:'汉故征西将军曹侯之墓。'此其志也"。实际上,曹操后来"挟天子以令诸侯",为丞相,封魏王。所以说"欺后世"。

[5] 帐前奏伎:曹操《遗令》:"吾婢妾与伎人皆勤苦,使著铜雀台,善待之。于台堂上安六尺床,施繐帐","月旦十五日,自朝至午,辄向帐中作伎乐。"

[6] 疑冢:为防人盗掘而造的假墓。相传曹操在漳河上造疑冢七十二。见元末陶宗仪《辍耕录》。

[7] "秋老"句:张说《邺都引》:"试上铜台歌舞处,惟有秋风愁煞人。"西陵:即曹操陵墓。曹操《遗令》:"葬于邺之西冈上,与西门豹祠相近。"又说:"汝等时时登铜雀台,望吾西陵墓田。"

挽森川竹磎 (选一首)[1]

冰心一片与君同[2],怅绝音容转瞬空[3]。
夙慧宁知赋诗苦[4],妙年既见读书功[5]。
生前疟鬼频为祟[6],天下才人例自空。
惟有师恩堪记取[7],后山竟不负南丰[8]。

❖ 注释

[1] 原二首,这里所选为第二首。森川竹磎(1871—1919),名键,字云卿,号竹磎,东京都人,诗人,有《梦余稿》。

[2] 冰心一片:比喻有一颗纯洁清廉的心。王昌龄《芙蓉楼送辛渐》:"洛阳亲友如相问,一片冰心在玉壶。"

[3] 怅绝:失意、恼恨之极。

[4] 夙慧:早慧。宁知:哪知。

442

[5] 妙年：少壮之时。潘岳《杨仲武诔》："子以妙年之秀，固能综览义旨而轨式模范矣。"

[6] 疟鬼：干宝《搜神记》载，相传颛顼氏有三子，死而为疫鬼。一居江水为疟鬼；一居若水为魍魉鬼；一居人宫室，惊人小儿，为小鬼。韩愈《谴疟鬼》："如何不肖子，尚奋疟鬼威？"此指病魔。竹谿生前多病，他的《病中偶题》云："一炷沉香一桁帘，年年三月病恹恹。可怜夜夜潇潇雨，听向枕边愁更添。"

[7] 师恩：久保得二曾学于森川氏，有师生之谊。

[8] "后山"句：意思是像陈师道那样始终如一地尊敬曾巩。后山：宋代诗人陈师道，别号后山居士，早年曾从曾巩受业。后来在苏轼门下，但依然尊敬曾巩。据《风月堂诗话》，陈师道与晁以道俱学文于曾巩，"他日二人相与论文，以道曰：'吾曹不可负曾南丰。'"陈师道《观兖文忠公家六一堂图书》："向来一瓣香，敬为曾南丰。"竟：终究。南丰：曾巩字子固，江西南丰人，故称南丰。他是著名的文学家，为唐宋古文八大家之一。

服部辙

服部辙(1867—1964)，字子云，号担风，爱知县人。一生致力于汉诗学的研究与指导，曾负责《新爱知新闻》汉诗专栏的评选工作，先后主持佩兰吟社、清心吟社、丽泽吟社、含笑吟社、冰心吟社。他的《担风诗集》于1953年(昭和28年)获得日本艺术院颁发的艺术院奖。他又是著名的书法家。

郁达夫寄示近作即次其韵却寄[1]

万里悲哉气作秋[2]，怜君家国有深忧[3]。
功名唾手抛黄卷[4]，车笠论交抵白头[5]。
鲈味何曾慕张翰，鹏图行合答庄周[6]。
略同宗悫平生志，又上乘风破浪舟。

闲堂曰：达夫诗词佳妙，论者以为不在其小说之下。少年已为东邦诗老所重如此。

❖ **注 释**

[1] 郁达夫在名古屋第八高等学校大学预科读书时，曾在《新爱知新闻》汉诗栏发表诗作。1916年5月，郁达夫拜访服部担风。当时担风五十岁，达夫二十一岁，结为忘年交。郁达夫于1919年在第八高等学校预科毕业，进东京帝国大学经济学部经济学科，作《新秋偶感》，刊于1919年10月《新爱知新闻》："客里苍茫又值秋，高歌弹铗我无忧。百年事业归经济，一夜西风梦石头。诸葛居常怀管乐，谢安才岂亚伊周。不鸣大鸟知何待，待溯天河万里舟。"服部担

风次韵作此诗。

[2] "万里"句：宋玉《九辩》："悲哉！秋之为气也。"又，杜甫《登高》："万里悲秋常作客，百年多病独登台。"

[3] "怜君"句：郁达夫1918年11月9日《病后访担风先生有赠》："烽烟故国家何在？知己穷途谊敢忘。"

[4] "功名"句：意思是达夫才华盖世，功名唾手可得，而他现在抛弃旧学，转攻经济。黄卷：书籍，犹言故纸堆。古人以染了黄蘗的纸写书，可以防蛀。

[5] "车笠"句：意思是两人交谊深厚，一直到老。车笠论交：晋代周处《风土记》："越俗性率朴，初与人交有礼，封土坛，祭以鸡犬，祝曰：'卿虽乘车我戴笠，后日相逢下车揖。我步行，君乘马，他日相逢君当下。'"后称不因贵贱而改变的好友为车笠之交。

[6] "鹏图"句：意思是像《逍遥游》中的大鹏一样，施展宏图。庄子《逍遥游》：鹏"背若泰山，翼若垂天之云，抟扶摇羊角而上者九万里。绝云气，负青天，然后图南，且适南冥也"。

森 茂

森茂（1876—1928），号沧浪，曾游中国。

汴都怀古[1]

繁台落日望无涯[2]，千古兴亡入客怀。

南渡君臣歌玉树[3]，北征将士泣金牌[4]。

中原云涌连三晋[5]，河朔风来接两淮[6]。

不耐登临重转首，故宫衰柳草侵阶[7]。

蜗叟曰：首二句：繁台登临；次二句：媾和者与抗敌者；次二句：金兵侵占区域；末二句：吊古作结。

闲堂曰：颔联亦工，然与"南渡君臣轻社稷，中原父老望旌旗"不免雷同之嫌。

❖ **注 释**

[1] 汴都：今河南开封。战国时魏的都城，称大梁。唐代在此设汴州，北宋定都于此，称汴都、汴京。

[2] 繁(pó)台：一作范台、吹台。《战国策·魏策》："梁王魏婴觞诸侯于范台。"繁台为魏王宴游之所，遗址在今开封东南。

[3] "南渡"句：意思是宋高宗偏安江南，与投降派官僚寻欢作乐，不思恢复北方故土。玉树：即《玉树后庭花》，乐曲名。《隋书·乐志》："陈后主(陈叔宝)于清乐中造《黄骊留》及《玉树后庭花》、《金钗两鬓垂》等曲，与幸臣等制其歌词，绮艳相高，极于轻薄，男女唱和，其音甚哀。"歌玉树，点出南渡君臣耽于声色。

[4]"北征"句:宋高宗绍兴十年(1140),岳飞率军大举北伐,直到朱仙镇,距开封只有四十五里,秦桧"言飞孤军不可久留,乞令班师,一日奉十二金字牌,飞愤惋泣下,东向再拜曰:'十年之力,废于一旦。'"岳飞面对拦阻他退兵的当地百姓,流下痛心之泪。事见《宋史·岳飞传》。

[5]"中原"句:意思是宋室南渡,岳飞被迫退兵后,北方皆失,金兵力量越加强大。三晋:春秋末,晋国的韩、赵、魏三卿瓜分晋国,自立为诸侯,故称三晋。

[6]"河朔"句:意思是金人南下,直到淮水。河朔:泛指黄河以北地区。两淮:宋代置淮南东路、淮南西路,称两淮,均在淮河以南。当时宋金两国,西以大散关,东以淮河为界。

[7]故宫:指北宋旧宫。